लियो टॉलस्टॉय की लोकप्रिय कहानियाँ

लियो टॉलस्टॉय

प्र
प्रभात
प्रकाशन

प्रकाशक

प्रभात प्रकाशन प्रा. लि.

4/19 आसफ अली रोड, नई दिल्ली–110002

फोन : 011–23289777 • हेल्पलाइन नं. : 7827007777

इ–मेल : prabhatbooks@gmail.com ❖ वेब ठिकाना : www.prabhatbooks.com

संस्करण

2025

अनुवाद

आनंद अभय

पेपरबैक मूल्य

तीन सौ रुपए

मुद्रक

नरुला प्रिंटर्स, दिल्ली

LEO TOLSTOY KI LOKPRIYA KAHANIYAN

by Leo Tolstoy

Published by **PRABHAT PRAKASHAN PVT. LTD.**

4/19 Asaf Ali Road, New Delhi-110002

ISBN 978-93-5048-839-3

₹ 300.00 (PB)

अनुक्रम

1

आदमी किसके सहारे जीता है?

एक जूते बनानेवाला मोची अपनी पत्नी और बच्चों के साथ एक किसान के घर में रहता था। उसके पास अपना घर और अपनी जमीन नहीं थी। वह अपने परिवार का पेट सिर्फ जूते बनाने के काम की आमदनी से ही पालता था। उसके लिए रोटी महँगी, मगर काम सस्ता था। वह जो भी कमाता, खर्च हो जाता था। उस मोची और उसकी पत्नी के पास सिर्फ एक ही फरवाला कोट था और वह भी बुरी तरह से फट चुका था। मोची एक नए फर के कोट के लिए एक भेड़ की खाल खरीदने के बारे में पिछले दो सालों से सोच रहा था।

वसंत के मौसम के आने तक मोची ने कुछ बचत भी कर ली थी। उसकी पत्नी के बक्से में कागज के नीचे 5 रूबल दबे पड़े थे और गाँव में 20 कोपेक के करीब उसका बकाया भी था। (100 कोपेक=1 रूबल)

एक दिन सुबह-सुबह मोची फर का कोट खरीदने गाँव की तरफ गया। उसने अपनी पत्नी का मुलायम नानकीन जैकेट पहना और उसके ऊपर अपना मोटा काफ्तान डाला। उसने अपनी जेब में 3 रूबल डाले और नाश्ता करने के बाद हाथ में एक डंडी ली और चल दिया। वह सोचने लगा, 'मुझे किसान से 5 रूबल उधार मिल जाएँगे और उनमें मैं अपने ये 3 रूबल मिलाकर फर के कोट के लिए भेड़ की खाल खरीद लूँगा।'

यही बात सोचते-सोचते मोची गाँव तक पहुँच गया और उसने किसान को आवाज दी। किसान घर पर नहीं था। किसान की बीवी ने मोची से वायदा किया कि वह किसान को उसकी रकम के साथ उसके पास भेज देगी, मगर उसने खुद कुछ भी नहीं दिया। मोची अब एक दूसरे किसान के पास पहुँचा, मगर वहाँ भी

किसान ने कसम खाकर कहा कि उसके पास पैसे नहीं हैं; बल्कि उस किसान ने अपने जूतों की मरम्मत के लिए मोची को सिर्फ 20 कोपेक ही दिए। मोची ने अब भेड़ की खाल उधार खरीदने का मन बनाया, पर फरवाला इसके लिए तैयार नहीं था। उसने कहा, ''रकम लाओ और जो चाहो वह ले लो; हमें पता है, कर्जा वसूलने का मतलब क्या है!''

इस तरह मोची को कुछ भी हासिल नहीं हुआ। उसे सिर्फ जूते की मरम्मत करने के लिए 20 कोपेक और साथ में एक जोड़ी जूता तथा उसपर लगाने के लिए चमड़े का टुकड़ा ही मिला। मोची बहुत दुःखी हुआ और उसने अपने वे सारे 20 कोपेक वोदका पीने में खर्च कर दिए तथा फर के कोट के बिना ही घर की तरफ चल पड़ा। सुबह के समय उसे काफी ठंड महसूस हो रही थी; पर चूँकि अब वह थोड़ी वोदका पी चुका था, इसलिए उसे बिना फर के कोट के ही थोड़ी गरमाहट लग रही थी। अब मोची अपने हाथ की छड़ी से जमे हुए कीचड़ के ढूहे को मारता और दूसरे हाथ में उस मरम्मतवाले जूते को लहराता हुआ, खुद से बातें करता हुआ चला जा रहा था।

मोची बड़बड़ाया, ''मैं फर के कोट बिना ही गरम हूँ। मैं एक कप वोदका पी चुका हूँ और यह अब मेरी नसों में बह रही है। मुझे अब किसी भेड़ की खाल की जरूरत नहीं है। मैं अपनी तकलीफ भूल चुका हूँ। वाह, क्या आदमी हूँ मैं! मुझे कोई परवाह नहीं है। मैं बिना फरवाले कोट के ही रह सकता हूँ। मुझे उसकी हमेशा जरूरत नहीं है। सिर्फ एक ही तकलीफ है कि वह बूढ़ी औरत दुःखी हो जाएगी। यह वाकई शर्म की बात है। मैं उस आदमी के लिए काम करता हूँ और वह मुझे बुरी तरह से काम में लगाए रहता है। जरा रुको! अगर तुम रकम नहीं लाए तो मैं तुम्हें देख लूँगा। मैं अपनी बात पर अटल हूँ। क्यों! वह मुझे एक बार में दो डाइम ही देता है। इन दो डाइम से क्या हो सकता है? बस, एक ड्रिंक और सब खत्म। वह कहता है, वह इच्छाओं से परेशान है। तुम इच्छाओं से परेशान हो तो क्या मैं परेशान नहीं हूँ? तुम्हारे पास घर है, जानवर है और जो यहाँ का है और मेरे पास है वह सबकुछ तुम्हारा ही है। तुम्हारे पास अपना अनाज है, जबकि मुझे उसे खरीदना पड़ता है। मैं अपनी मरजी से जो चाहूँ वह कर सकता हूँ, पर मुझे रोटी के लिए हर सप्ताह 3 रूबल खर्च करने पड़ते हैं। मेरे घर पहुँचते ही रोटी खत्म हो जाती है और मुझे फिर से 1.5 रूबल का इंतजाम करना पड़ता है। इसलिए जो कुछ मेरा है, मुझे दे दो।''

मोची अब चलते-चलते सड़क के मोड़ पर बने एक छोटे गिरजाघर के पास

तक आ गया और वहाँ उसने गिरजाघर के नजदीक ही कुछ सफेद सी चीज देखी। उस समय कुछ धुँधलका सा था और मोची के बहुत ही गौर से देखने की कोशिश के बावजूद वह उस सफेद सी चीज का अंदाज नहीं लगा पाया। उसने सोचा, 'वहाँ कोई पत्थर तो था नहीं। वह गाय है क्या? मगर यह गाय की तरह नजर नहीं आ रहा है। यह आदमी के सिर की तरह दिख रहा है और इसके पीछे कुछ सफेद जैसा है। लेकिन वहाँ एक आदमी कर क्या रहा है?'

मोची अब काफी नजदीक पहुँच चुका था, जहाँ से वह साफ देख भी सकता था। वह दृश्य कितना अजीब सा था। यह तो वाकई एक आदमी है। पता नहीं, जिंदा है या मुरदा। वह आदमी बिलकुल नंगा गिरजाघर के सहारे बैठा था, जरा सा भी हिल-डुल नहीं रहा था। मोची बुरी तरह से डर गया और उसने अपने मन में सोचा, 'लगता है, किसी ने इस आदमी को मार डाला है और इसके कपड़े उतारकर इसे यहाँ फेंक दिया है। बिना उसके पास पहुँचे मुझे कुछ भी पता नहीं चलेगा।'

मोची तेजी से आगे बढ़ा और गिरजाघर का चक्कर काटकर निकल गया। अब वह आदमी दिखाई भी नहीं पड़ रहा था। जैसे ही वह गिरजाघर से आगे निकला, उसने मुड़कर पीछे देखा। उसने देखा कि वह आदमी उस इमारत से कुछ हटकर एक तरफ झुक रहा था और ऐसा लग रहा था कि वह मोची को घूर रहा था। मोची अब पहले से भी अधिक डर गया और सोचने लगा कि मुझे इसके पास जाना चाहिए कि नहीं? अगर मैं इसके पास जाता हूँ तो कुछ भी बुरा घट सकता है। कौन जानता है कि वह किस तरह का आदमी है। वह वहाँ किसी अच्छे काम के लिए नहीं है। यदि मैं इसके पास जाऊँगा तो वह उछलेगा और मेरा गला दबा देगा। मैं इससे बचकर भाग भी नहीं पाऊँगा और अगर यह मेरा गला नहीं दबाता है तब भी यह मेरे लिए परेशानी पैदा कर सकता है। चूँकि यह बिलकुल नंगा है, मैं इसके लिए कर क्या सकता हूँ? मैं अपने कपड़े उसे दे नहीं सकता हूँ। हे भगवान्! मुझे बचाओ!

मोची ने तेजी से अपने कदम आगे बढ़ाए। जब उसके विवेक ने उसपर चोट करना शुरू किया, तब तक वह गिरजाघर से काफी आगे निकल चुका था। मोची आगे जाकर सड़क पर रुक गया। उसने खुद से कहा, ''सीमेन, यह तुम क्या कर रहे हो? एक आदमी तकलीफों से मर रहा है और तुम उसे छोड़कर भाग रहे हो। तुम्हारा साहस भी खत्म हो गया? क्या तुम डर गए कि वह तुमसे तुम्हारा सारा धन छीन लेगा? यह ठीक नहीं है, सीमेन।''

सीमेन वापस मुड़ा और उस आदमी के पास गया।

□

सीमेन उस आदमी के पास पहुँचा और उसे बहुत गौर से देखा। उसने देखा कि वहाँ एक युवक था और उसके शरीर पर चोट के निशान भी नहीं थे, मगर वह ठंड से अकड़ा और डरा हुआ सा लग रहा था। वह युवक पीछे की तरफ लुढ़का पड़ा था और उसने सीमेन की तरफ देखा भी नहीं। ऐसा मालूम पड़ रहा था कि वह बहुत ही कमजोर है और अपनी नजरें भी नहीं उठा पा रहा था। सीमेन उस आदमी के और पास पहुँचा ही था कि तभी वह अचानक ही जग गया। उसकी एक झलक देखते ही सीमेन के मन में अच्छे विचार आने शुरू हो गए। उसने अपने जूते उतारे और कमरबंद ढीली की तथा जूतों पर अपनी बेल्ट रखते हुए अपना काफ्तान भी उतार दिया और कहा, ''बातचीत करने से क्या फायदा? इसे पहन लो और आओ, चलो!''

सीमेन ने उस आदमी को कुहनी से पकड़कर उठाया और उसे खड़ा किया। वह आदमी अब खड़ा हो चुका था। सीमेन ने देखा कि उस युवक का शरीर बहुत ही मुलायम और साफ-सुथरा था। उसके हाथ और पैर भी कठोर नहीं थे तथा उसकी शक्ल शालीन थी। सीमेन ने अपना काफ्तान उस युवक पर डाल दिया। युवक को काफ्तान की बाँहें ढूँढ़ने में थोड़ी मुश्किल हो रही थी कि तभी सीमेन ने काफ्तान को उसके चारों तरफ लपेट दिया और बेल्ट भी लगा दी।

सीमेन ने अपनी फटी टोपी अपने सिर से उतारकर उस नंगे युवक के सिर पर पहनानी चाही, पर तभी उसे अपना खुद का सिर ठंडा महसूस हुआ और उसने सोचा कि मैं तो गंजा हूँ, जबकि इस युवक के बाल घुँघराले और लंबे हैं। उसने टोपी फिर से अपने सिर पर रख ली। मुझे इसे जूते पहना देने चाहिए।

सीमेन बैठ गया और उसने उसे जूते पहना दिए और फिर उस युवक की तरफ मुड़कर बोला, ''अब ठीक है, मेरे दोस्त! चलो और गरम हो जाओ। अब सब ठीक हो जाएगा। क्या तुम चल सकते हो?''

वह आदमी खड़ा हो गया और उसने सीमेन की तरफ कातरता से देखा, मगर कहा कुछ भी नहीं।

''तुम कुछ बोलते क्यों नहीं? तुम इस सर्दी में यहाँ नहीं खड़े रह सकते हो। हमें कहीं ठहरने की जगह देखनी होगी। अगर तुम्हें कमजोरी महसूस हो रही हो तो मेरी छड़ी ले लो और धीमे-धीमे चलो।''

अब वह युवक चलने लगा, पर वह धीमे-धीमे ही चल रहा था और पीछे की तरफ गिरा भी नहीं।

जब वे चल रहे थे, तभी सीमेन ने उससे पूछा, "तुम कौन हो?"

"मैं एक अजनबी हूँ।"

"मैं यहाँ के सभी लोगों को जानता हूँ। तुम इस गिरजाघर के पास कैसे पहुँचे?"

"मैं यह नहीं बता सकता।"

"क्या लोगों ने तुम्हारी बेइज्जती की है?"

"नहीं! परमेश्वर ने मुझे सजा दी है।"

"बिलकुल ठीक! ईश्वर ही सबकुछ करता है; मगर फिर भी, तुम्हें कुछ तो करना ही होगा। क्या तुम बँधुआ हो?"

"मुझे इससे कोई फर्क नहीं पड़ता है।"

सीमेन भौंचक्का था। उसे वह आदमी बुरे कामवाला नहीं लग रहा था। वह बातें करने में भी सभ्य था, मगर फिर भी उसने अपने बारे में कुछ भी नहीं कहा। सीमेन ने सोचा कि सबकुछ संभव है और फिर उसने उस युवक से कहा, "अच्छा, चलो मेरे घर और थोड़ा गरम हो जाओ।"

सीमेन खेतों की तरफ से चला और वह अजनबी बिना गिरे उसके पीछे-पीछे चलता रहा। तेज ठंडी हवा सीमेन की कमीज के भीतर तक पहुँच रही थी और अब तक उसका नशा भी गायब हो चुका था। उसे ठंड लगनी शुरू हो गई थी। वह नाक सुड़कता और अपनी बीवी के जैकेट में खुद को लपेटता चला जा रहा था। उसने सोचा, 'यही है तुम्हारा फर का कोट। मैं अपने लिए एक फर का कोट लेने गया था और बिना काफ्तान के ही एक नंगे आदमी को साथ लेकर लौट रहा हूँ। मैट्रीना इस काम के लिए मेरी बड़ाई नहीं करेगी।'

जैसे ही सीमेन ने मैट्रीना के बारे में सोचा, उसे बहुत दुःख महसूस हुआ और जब उसने उस अजनबी की तरफ देखा कि गिरजाघर के पास वह किस तरह से नजर आ रहा था, तब उसके दिल में एक तरह की हलचल शुरू हो गई थी।

□

सीमेन की बीवी अपने सभी काम जल्दी ही खत्म कर चुकी थी। वह लकड़ी काट चुकी थी, पानी ला चुकी थी, बच्चों को खाना खिलाकर खुद भी खा चुकी थी और अब किसी उधेड़बुन में लगी थी। वह सोच रही थी कि डबल रोटी आज तैयार की जाए या कल, क्योंकि उसका एक बड़ा टुकड़ा बच गया था।

उसने सोचा, 'अगर सीमेन ने रात का खाना खाया और दिन में भी अधिक नहीं खाया, तब भी कल तक के लिए डबल रोटी बच ही जाएगी।'

मैट्रीना ने डबल रोटी के टुकड़े को फिर से पलट दिया और दुबारा सोचने लगी, 'मैं आज डबल रोटी नहीं तैयार करूँगी। एक बार के लिए हमारे पास काफी खाना है। हम इसे शुक्रवार तक किसी भी तरह बचाकर रखेंगे।'

मैट्रीना ने डबल रोटी को सरकाकर दूर कर दिया और मेज पर बैठकर अपने पति की फटी कमीज में एक कपड़े का टुकड़ा टाँकने लगी। वह सिलती जा रही थी और साथ ही सोचती भी जा रही थी कि सीमेन फर के कोट के लिए भेड़ की खाल किस तरह से खरीदेगा।

'मेरा पति बहुत ही सीधा है, कहीं फरवाला दुकानदार उसे धोखा न दे दे। वह किसी को भी बेवकूफ नहीं बना सकता है; मगर एक छोटा बच्चा भी उसे धोखा दे सकता है। 8 रूबल कोई छोटी रकम नहीं होती है। इस रकम से कोई भी फर का एक अच्छा कोट खरीद सकता है। इसका फर भी खराब नहीं होगा और धूप में भूरा भी नहीं होगा। पिछले जाड़ों में बिना कोट के हमें कितनी तकलीफ हुई थी। हम नदी के किनारे या और कहीं भी नहीं जा सके थे। इस समय वह सबकुछ पहनकर बाहर गया है और मेरे पास कुछ भी पहनने के लिए नहीं है। वह जल्दी ही चला गया था। इस समय तक तो उसे लौट आना चाहिए। ऐसा तो नहीं कि वह कहीं रुक गया हो।'

जब मैट्रीना यह सोच रही थी तभी बाहर बरामदे में कदमों की आहट हुई और कोई भीतर घुसा। मैट्रीना ने सुई कपड़ों में घुसा दी और बाहर के कमरे की तरफ आई। उसने देखा कि वहाँ दो लोग थे। एक तो सीमेन था और दूसरा बिना टोपीवाला फेल्ट के जूते पहने एक युवक उसके साथ था।

मैट्रीना को अपने पति की साँसों से शराब की गंध आई।

'अच्छा, तो यह बात है; यह मौज ले रहा था।' जब उसने देखा कि उसके पति ने बिना काफ्तान सिर्फ जैकेट ही पहन रखी थी और वह कुछ भी लेकर नहीं आ रहा था, तो वह चकित रह गई और उसने अपने दिल के अंदर कुछ टूटता हुआ सा महसूस किया। उसने सोचा, 'सीमेन ने सारा पैसा शराब में खर्च कर दिया। यह किसी आवारा के साथ मौज ले रहा होगा और अब उसे साथ लेकर आ भी रहा था।'

मैट्रीना ने उन्हें झोंपड़ी में घुस जाने दिया और फिर खुद भी घुसी। उसने उस दुबले-पतले युवक को देखा, जिसने उसका काफ्तान पहन रखा था। काफ्तान के भीतर कमीज भी नहीं थी। जब वह युवक भीतर घुसा, तब वह बिलकुल भी नहीं हिला और उसने अपनी नजरें भी नहीं उठाईं। मैट्रीना ने सोचा कि यह एक अच्छा आदमी नहीं है और यह डरा हुआ भी है।

मैट्रीना ने उनकी तरफ नाराजगी से देखा और ओवन के पास चली गई। वह आगे की घटना का इंतजार करने लगी।

सीमेन ने अपनी टोपी उतारी और एक भले आदमी की तरह बेंच पर बैठ गया। उसने कहा, ''मैट्रीना, क्या तुम हमें कुछ खाने के लिए दोगी?''

मैट्रीना मन-ही-मन बुदबुदाई। वह ओवन के पास खड़ी थी, मगर बिलकुल भी नहीं हिली। वह कभी कुछ और कभी कुछ नजर आ रही थी, फिर उसने सहमति से सिर हिलाया। सीमेन ने देखा कि उसकी बीवी का मूड ठीक नहीं था, मगर इसमें कुछ किया भी नहीं जा सकता था। इसलिए उसने इसकी अनदेखी कर दी। उसने उस अजनबी को बाँहों से पकड़ा और कहा, ''बैठ जाओ मेरे दोस्त, हम साथ-साथ खाना खाएँगे।''

वह अजनबी भी बेंच पर बैठ गया।

''क्या तुमने कुछ भी नहीं पकाया है?''

यह सुनकर मैट्रीना कुछ चिढ़ गई और बोली, ''मैंने बनाया है, पर तुम्हारे लिए नहीं बनाया है। मैं देख रही हूँ कि तुम शराब पीकर अपनी सुध-बुध खो चुके हो। तुम गए थे फर का कोट लाने और लौटे हो बिना काफ्तान, वह भी किसी आवारा को साथ लेकर। तुम शराबियों के लिए मेरे पास कोई खाना नहीं है।''

''रुको मैट्रीना! बिना समझे क्यों बड़बड़ा रही हो? पहले यह तो पूछो कि यह आदमी कौन है!''

मैट्रीना ने पूछा, ''अच्छा बताओ, तुमने उस रकम का क्या किया?''

सीमेन ने काफ्तान में हाथ डाला और सारी रकम हाथ में लेकर उसके सामने फैला दी।

''यहाँ हैं पैसे। ट्रिफोनोव ने मुझे पैसे नहीं दिए। उसने मुझे कल देने का वायदा किया है।''

इस बात ने मैट्रीना को और भी क्षुब्ध कर दिया कि वह फर का कोट लेकर नहीं आया और उसने अपना काफ्तान भी उस नंगे आदमी को पहना दिया तथा उसे अपने साथ लेकर भी चला आया।

मैट्रीना ने टेबल पर फैले पैसे उठाए और उन्हें रखने चल दी, फिर बोली, ''मेरे पास खाना नहीं है। शराबियों को कोई भी खाना नहीं खिला सकता है।''

''ओह मैट्रीना, अपनी जबान बंद रखो और जो मैं कहता हूँ, उसे पहले सुनो।''

''एक बेवकूफ शराबी से मैं बहुत सुन चुकी हूँ। इसी वजह से मैंने तुमसे

शादी करने के लिए मना किया था। मेरी माँ ने मुझे बेहतरीन कपड़े दिए थे और तुमने उसे भी शराब पीकर उड़ा दिया था; तुम फर का कोट खरीदने गए थे और तुमने उसे भी खर्च कर दिया।''

सीमेन अपनी बीवी को बताना चाहता था कि उसने सिर्फ 20 कोपेक ही खर्च किए हैं और उसे वह युवक कहाँ मिला था। मगर मैट्रीना के मन में जो कुछ आ रहा था वह बोले जा रही थी। यहाँ तक कि जो कुछ दस साल पहले हो चुका था, उसे भी वह इसी वक्त उसके सामने ला रही थी।

मैट्रीना बोलती ही चली जा रही थी। तभी वह सीमेन पर झपटी और उसे बाँहों से पकड़ लिया और कहा, ''मुझे मेरी जैकेट दे दो। मेरे पास बस एक ही बची है और तुमने उसे मुझसे लेकर पहन लिया है। इसे मुझे वापस कर दो। भगवान् करे, तुम्हें ठंड लग जाए और अकड़ जाओ!''

सीमेन ने जैकेट उतारनी शुरू कर दी और जैसे ही उसने अपनी बाँह मोड़ी, उसकी पत्नी ने एक झटका दिया और उस जैकेट की सिवन उधड़ गई। मैट्रीना ने वह जैकेट अपने कब्जे में ले ली और खुद पर डालकर दरवाजे की तरफ बढ़ी। वह बाहर जाना चाहती थी, मगर तभी रुक गई। वह दुविधा में थी और बदला लेना चाहती थी, साथ ही वह यह भी जानना चाहती थी कि वह युवक कौन था और किस तरह का था!

□

मैट्रीना रुकी और बोली, ''अगर वह एक भला आदमी होता तो नंगा नहीं होता। उसके शरीर पर तो एक कमीज भी नहीं है। यदि वह भला आदमी है तब क्या तुम मुझे बताओगे कि वह भला आदमी तुम्हें कहाँ मिला?''

''ठीक है, मैं तुम्हें बताता हूँ। जब मैं जा रहा था, तभी मैंने इसे चर्च के पास बैठा देखा। इसके शरीर पर कपड़े नहीं थे और यह करीब–करीब जम–सा गया था। आजकल गरमी नहीं है, फिर भी यह बिलकुल नंगा था। ईश्वर ने ही मुझे इसके पास भेज दिया था, नहीं तो यह मर जाता। अब मैं क्या कर सकता था? सबकुछ अपने आप ही हो गया। मैंने इसे उठाया, कपड़े पहनाए और यहाँ ले आया। अपने आपको शांत करो मैट्रीना। इस तरह का व्यवहार पाप है। एक दिन हम सभी को मरना है।''

मैट्रीना चीखना चाहती थी, पर उसने उस अजनबी की तरफ देखा और चुप रही। वह अजनबी बिना हिले–डुले चुपचाप बेंच के एक कोने पर बैठा रहा। उसके हाथ उसके घुटनों पर मुड़े थे। उसका सिर छाती पर झुका था। उसकी आँखें बंद

थीं और उसकी भौंहों पर एक तनाव था कि जैसे उसके दिल में कुछ जकड़ा हुआ सा है। मैट्रीना चुप रही और सीमेन ने कहा, ''मैट्रीना, क्या तुम्हारे दिल में ईश्वर नहीं है?''

जब मैट्रीना ने इन शब्दों को सुना तब उसने अजनबी की तरफ देखा। अचानक उसके दिल में करुणा जागी और वह दरवाजे से हटी और तंदूर के पास पहुँची तथा खाना तैयार किया। उसने बाउल को मेज पर रख दिया और उसमें जौ से बनी मदिरा एवं ब्रेड का बचा हुआ टुकड़ा डाल दिया। उसने उन्हें एक चाकू और चम्मचें भी पकड़ा दीं।

वह बोली, ''लीजिए, खाइए।''

सीमेन ने अजनबी को छुआ और कहा, ''भले आदमी, इधर पास सरक आओ।''

सीमेन ने ब्रेड को उस पेय में मिला दिया और फिर वे उसे खाने लगे। मैट्रीना मेज के कोने में बैठ गई और कुहनी टिकाकर उस अजनबी को देखने लगी। मैट्रीना को उस अजनबी पर दया आई और वह उसे कुछ अच्छा लगा। तभी अचानक वह अजनबी कुछ खुश दिखा और उसकी भौंहों का तनाव भी खत्म हो गया। उसने अपनी नजरें ऊपर उठाईं और मैट्रीना ने टेबल भी साफ कर दिया।

वह अजनबी से बोली, ''तुम कौन हो?''

''मैं एक अजनबी हूँ।''

''तुम सड़क पर कैसे आ गए थे?''

''मैं यह नहीं बता सकता हूँ।''

''क्या तुम्हें किसी ने लूट लिया है?''

''परमेश्वर ने मुझे सजा दी है।''

''इसीलिए तुम वहाँ नंगे पड़े हुए थे?''

''हाँ, मैं वहाँ नंगा पड़ा हुआ था और ठंड से जम भी रहा था। सीमेन ने मुझे देखा, मुझ पर दया दिखाई, अपना काफ्तान दिया और मुझे लेकर यहाँ आ गया। यहाँ तुमने मुझ पर दया दिखाई, खाने और पीने को दिया। ईश्वर तुम्हारी रक्षा करेगा।''

मैट्रीना उठी और उसने खिड़की से सीमेन की पुरानी कमीज उठाई। यह वही कमीज थी, जिसमें वह कपड़े का पैबंद लगा रही थी। मैट्रीना ने इसे उस अजनबी को दिया, साथ ही उसके लिए एक पैंट भी ढूँढ़ निकाला।

''लो, इसे पहन लो। मैं देख रही हूँ कि तुम्हारे पास कमीज नहीं है। तुम

कहीं भी लेट सकते हो, चाहो तो उस तंदूर के पास या बिस्तर पर।''

अजनबी ने अपना काफ्तान उतारा और कमीज पहनकर उस झूलते हुए बिस्तर पर लेट गया। मैट्रीना ने लाइट बुझा दी और काफ्तान लेकर अपने पति के पास चली गई।

मैट्रीना ने खुद को उस काफ्तान के एक कोने से ढक रखा था। वह लेटी तो थी, पर उसकी आँखों में नींद नहीं थी। वह अजनबी उसके दिमाग से बाहर नहीं निकल सका था। उसने सोचा कि किस तरह से उस अजनबी ने ब्रेड का अंतिम हिस्सा खा लिया और कल के लिए ब्रेड नहीं बची। किस तरह से उसने उसे पैंट और शर्ट दी थी। तब मैट्रीना को बहुत बुरा लगा। मगर जब उसने सोचा कि वह अजनबी किस तरह मुसकराया था तब उसका दिल खुश हो गया था।

मैट्रीना काफी देर तक सो नहीं सकी। उसने देखा कि सीमेन भी सो नहीं रहा था और उसने काफ्तान से खुद को ढकने की कोशिश की।

''सीमेन!''

''क्या है?''

''हम आखिरी ब्रेड भी खा चुके हैं और मैंने दूसरी ब्रेड तैयार भी नहीं की है। मुझे नहीं पता, कल क्या होगा! क्या मलान्या से इस बारे में पूछना ठीक होगा?''

''यदि हम जिंदा रहेंगे, तब कुछ खाने के लिए ढूँढ़ेंगे।''

वह औरत चुपचाप शांति से लेटी रही।

''वह एक भला आदमी लग रहा है; मगर वह अपने बारे में कुछ बताता क्यों नहीं है?''

''ऐसा लगता है, वह बता नहीं सकता है।''

''सीमेन!''

''क्या?''

''हम हमेशा लोगों को देते हैं, पर हमें कोई नहीं देता।''

सीमेन समझ नहीं पाया कि वह क्या बोले। उसने केवल इतना ही कहा, ''चुप रहो।'' और करवट बदलकर सो गया।

□

सीमेन जब सुबह सोकर उठा, तब बच्चे सो रहे थे। उसकी बीवी पड़ोस से ब्रेड उधार लेने गई थी। पिछली रातवाला अजनबी पुरानी पैंट और कमीज पहने बेंच पर अकेला बैठा ऊपर की तरफ देख रहा था। उसके चेहरे पर पहले की अपेक्षा अधिक चमक थी। सीमेन ने कहा, ''मेरे दोस्त, पेट को रोटी चाहिए और

नंगे शरीर को कपड़ा। हमें अपनी आजीविका कमानी ही चाहिए। क्या तुम काम कर सकते हो?''

''मैं कुछ भी नहीं जानता हूँ।''

सीमेन को उस पर आश्चर्य हुआ और उसने कहा, ''यदि तुममें चाहत है तो लोग तुम्हें कुछ भी सिखा सकते हैं।''

''लोग काम करते हैं और मैं भी काम करूँगा।''

''तुम्हारा नाम क्या है?''

''माइकल।''

''अच्छा माइकल, तुम अपने बारे में नहीं बात करना चाहते हो, यह तुम्हारा मामला है; पर आदमी को तो जीना पड़ता ही है। यदि तुम मेरे आदेश के अनुसार काम करोगे तो मैं तुम्हें खाना खिलाऊँगा।''

''ईश्वर तुम्हारी रक्षा करे! मैं सीखूँगा। मुझे बताओ, क्या करना है?''

सीमेन ने धागा उठाया और उसे अपनी उँगली में फँसाकर इसका एक सिरा बनाया।

''देखो, यह कोई कठिन काम नहीं है।''

माइकल ने उसे बहुत ही ध्यानपूर्वक देखा और जिस तरह से सीमेन ने बताया था, उसी तरह से उसने उसे अपनी उँगली में फँसाया।

सीमेन ने उसे दिखाया कि धागे पर किस तरह से मोम रगड़ते हैं। माइकल ने यह काम भी तुरंत ही सीख लिया। सीमेन ने उसे फर लगाना और उसे चिकना करना भी सिखा दिया। माइकल ने उसे भी जल्दी ही सीख लिया।

जो भी काम सीमेन ने उसे दिखाया, उसने इसे तुरंत ही समझ लिया और तीसरे ही दिन इस तरह से सिलना शुरू कर दिया जैसे उसने अपने जीवन में इसके सिवा कुछ किया ही नहीं था। वह बिना अपनी धारणा बदले काम करता जाता, कम खाता और काम के समय चुप रहता और सारे समय आसमान की तरफ देखता रहता था। वह सड़क पर भी नहीं जाता, अनावश्यक बोलता भी नहीं और कभी हँसता या मजाक भी नहीं करता था।

उसे सिर्फ एक बार मुसकराते देखा गया था, वह भी तब, जब उस महिला ने उसे पहली बार उस शाम को खाना दिया था।

☐

दिन-पर-दिन और सप्ताह-पर-सप्ताह, यहाँ तक कि साल भी बीत गया। माइकल सीमेन के साथ काम करता रहा। धीरे-धीरे सीमेन के काम की खबर चारों

तरफ फैली कि सीमेन के जितना सुंदर और मजबूत जूता कोई दूसरा नहीं बना सकता था। उस इलाके के दूर-दराज के लोग सीमेन के पास जूतों के लिए आने लगे और अब सीमेन की आमदनी भी बढ़ गई।

सीमेन एक बार जाड़े में माइकल के साथ बैठा काम कर रहा था कि तभी दरवाजे के सामने घंटियोंवाली एक बग्घी आकर रुकी। उन्होंने खिड़की से बाहर झाँका, वह बग्घी उनकी ही झोंपड़ी के सामने आकर रुकी थी। उसमें से एक सुंदर नौजवान बाहर कूदकर निकला और उसने बग्घी का दरवाजा खोला।

एक आदमी फर का कोट पहने हुए उस बग्घी से बाहर निकला और वह सीधे सीमेन की झोंपड़ी के बरामदे की तरफ बढ़ा। मैट्रीना उछलकर आगे बढ़ी और उसने दरवाजा खोल दिया। उस भले आदमी ने अपना सिर झुकाया और झोंपड़ी में घुस गया। वह आदमी सीधा खड़ा था और उसने कमरे का करीब-करीब पूरा कोना ही कब्जा कर लिया था।

सीमेन उठा और झुककर उस व्यक्ति का अभिवादन किया। वह यह भी सोच रहा था कि यह आदमी चाहता क्या है? उसने इस तरह का आदमी नहीं देखा था। सीमेन खुद भी दुबला-पतला था और माइकल भी मोटा नहीं था तथा मैट्रीना भी पपड़ी की तरह सूखी ही थी; जबकि वह आदमी किसी दूसरी ही दुनिया का लग रहा था। उसका चेहरा सुर्ख लाल था और गरदन साँड़ की तरह थी। वह आदमी पूरी तरह से एक मजबूत लोहे की तरह लग रहा था।

उस भले आदमी ने एक साँस छोड़ी और अपना फरवाला कोट उतारकर बेंच पर बैठ गया तथा बोला, ''तुममें से जूते बनानेवाला कारीगर कौन है?''

सीमेन आगे बढ़ा और बोला, ''मैं हूँ, महामहिम।''

उस आदमी ने अपने साथ आए लड़के को आवाज लगाई, ''ओ फेडका, मुझे वह सामान देना।''

वह लड़का एक पैकेट लेकर दौड़ता हुआ आया। उस आदमी ने पैकेट अपने हाथों में पकड़ा और टेबल पर रख दिया।

उसने कहा, ''इसे खोलो।''

लड़के ने उसे खोला और उस आदमी ने उस पैकेट की तरफ इशारा करते हुए सीमेन से कहा, ''सुनो मोची, यह चमड़ा देख रहे हो?''

मोची ने कहा, ''हाँ हुजूर, देख रहा हूँ।''

''तुम समझ रहे हो, यह किस तरह का चमड़ा है?''

सीमेन ने उसे महसूस किया और कहा, ''यह बहुत अच्छा माल है।''

''मुझे पता है, बेवकूफ! तुमने ऐसा माल पहले नहीं देखा होगा। यह जर्मन चमड़ा है। इसकी कीमत 20 रूबल है।''

सीमेन डर गया और बोला, ''मैं ऐसा माल कहाँ देख सकता था?''

''ठीक है! क्या तुम इससे मेरे लिए जूता बना सकते हो, जो मुझे पूरी तरह से फिट हो जाए?''

''हाँ हुजूर, मैं बना सकता हूँ।''

वह आदमी चीखता हुआ बोला, ''मैं जानता था, तुम बना सकते हो। तुम्हें यह पता होना चाहिए कि तुम किसके लिए काम कर रहे हो और किस माल पर काम कर रहे हो। मेरे लिए एक जोड़ा जूता बना दो, मगर वह बिना खराब हुए साल भर चलना चाहिए। अगर तुम बना सकते हो, तभी इस चमड़े को काटो; यदि तुम नहीं बना सकते हो, तब इसकी जिम्मेदारी मत लो और इसे मत काटना। मैं तुम्हें पहले ही बता दे रहा हूँ कि यदि वह जूता एक साल से पहले खराब हो गया या फट गया, तब मैं तुम्हें जेल में डाल दूँगा और यदि वह साल भर में नहीं फटा या खराब हुआ, तब मैं तुम्हें तुम्हारे काम के लिए 10 रूबल दूँगा।''

सीमेन डर गया और उसे समझ में नहीं आया कि वह क्या कहे। उसने माइकल की तरफ देखा और अपनी कुहनी से उसे छूते हुए पूछा, ''दोस्त, तुम क्या कहते हो?''

माइकल ने सहमति से सिर हिलाया और कहा, ''काम ले लो।''

सीमेन ने माइकल की राय मान ली और ऐसा जूता बनाने की जिम्मेदारी ले ली कि वह साल भर में न तो खराब होगा और न ही फटेगा।

उस आदमी ने लड़के को चिल्लाकर कहा कि वह उसके जूते उतारे और पैर सीधा करे।

''नाप ले लो।''

सीमेन ने 10 इंच के कागज के टुकड़ों को आपस में सिला, उन्हें मोड़ा और सावधानी से अपने हाथों को अपने एप्रन में पोंछा, ताकि उस व्यक्ति के मोजे न गंदे हों। इसके बाद उसने पैरों की नाप ले ली। उसने पहले तल्ले, फिर पंजे और फिर पिंडली की नाप ली, पर वह कागज इतना बड़ा नहीं था। उसकी पिंडली एक तने की तरह मोटी थी।

''देखो, इसे पंजों पर बहुत कस मत देना।''

सीमेन ने एक दूसरा टुकड़ा लेकर उसमें सिल दिया। उस भद्र पुरुष ने अपने मोजे के अंदर अँगूठा सीधा किया और कमरे में लोगों को देखा। उसकी नजर

माइकल पर पड़ी और उसने पूछा, ''यह आदमी कौन है?''

''यह मेरा कारीगर है, यही उन जूतों को बनाएगा।''

उस आदमी ने माइकल से कहा, ''याद रखो, जूते ऐसे बनाना कि साल भर तक खराब न हों।''

सीमेन ने माइकल की तरफ देखा, जो कि उस भद्र पुरुष की तरफ न देखकर कोने में देख रहा था। ऐसा लग रहा था कि वहाँ कोई और खड़ा है। माइकल ने उसकी तरफ देखा और अचानक मुसकराया। उसके चेहरे पर एक चमक दिखी।

''दाँत क्या दिखा रहे हो, बेवकूफ! जूते मुझे समय से मिल जाने चाहिए।''

माइकल ने कहा, ''वे समय से मिल जाएँगे।''

''ठीक है।''

वह आदमी उठा, उसने अपना फर का कोट और जूते पहने तथा दरवाजे की तरफ बढ़ा। वह झुकना भूल गया था और उसका सिर दरवाजे की चौखट से टकरा गया।

उस आदमी ने अपना सिर जोर से रगड़ा और फिर जल्दी से बग्घी में बैठकर चल दिया।

जब वह भद्र पुरुष चला गया तब सीमेन ने कहा, ''वह काफी तगड़ा लग रहा था। तुम उसे गदा से नहीं मार सकते हो। उसने चौखट से टक्कर मारी, पर उसे कोई नुकसान नहीं हुआ।''

तभी मैट्रीना ने कहा, ''वह जिस तरह का जीवन जीता है, उसके अनुसार वह कोमल कैसे हो सकता है! यहाँ तक कि ऐसे तगड़े हथौड़े जैसे आदमी को मौत भी नहीं छू सकती है।''

□

सीमेन ने माइकल से कहा, ''यदि हम किसी परेशानी में नहीं पड़ना चाहते हैं तो यह समझ लो कि हमने इस काम को पूरा करने की जिम्मेदारी ले ली है। यह चमड़ा बहुत महँगा है और वह आदमी भी परेशान है। मुझे उम्मीद है कि हम कोई गलती नहीं करेंगे। तुम्हारी आँखें तेज हैं और तुम्हारे हाथ भी मुझसे ठीक चलते हैं। इसलिए तुम ही माप लो। इसको तुम ही काटो और अंतिम सिलाई मैं कर दूँगा।''

माइकल ने उसकी बात मान ली और उस भद्र पुरुष का माल लेकर टेबल पर बिछा दिया तथा उसे दोहरा करके कैंची से काटना भी शुरू कर दिया।

मैट्रीना आई और उसने उसे काटते देखा। वह जिस ढंग से काम कर रहा था, उसे देखकर मैट्रीना को आश्चर्य हुआ, क्योंकि मैट्रीना जूते बनाने के काम से

बखूबी परिचित थी और उसने देखा कि माइकल उसे जूते बनानेवाले तरीके से नहीं काट रहा था, बल्कि उसे उसने कुछ गोलाकार ढंग से काटा था।

मैट्रीना कुछ कहना चाहती थी, पर उसने सोचा, 'शायद मैं नहीं समझ पा रही हूँ कि उस भद्र पुरुष का जूता किस तरह से बनाया जा रहा है। इसमें कोई शक नहीं है कि माइकल अपने काम को बहुत बेहतर जानता है और मैं उसके काम में दखल नहीं दूँगी।'

माइकल ने जूते को नाप के अनुसार काट लिया और उनके दोनों सिरों को मिला कर सिल भी लिया। यह सारा काम उसने बड़े जूते बनाने के तरीके से नहीं किया था, बल्कि छोटे और मुलायम जूते बनाने के तरीके से किया था।

मैट्रीना को उसके काम पर फिर से आश्चर्य हुआ; पर उसने दखलंदाजी नहीं की और माइकल जूतों को सिलता चला गया। जब वे लोग खाना खाने बैठे, तब सीमेन ने देखा कि माइकल ने उस धनी आदमी के माल से एक छोटा और मुलायम जूता बना दिया था।

सीमेन के मुँह से एक धीमी सी आवाज निकली, "यह क्या है?" उसने सोचा, माइकल मेरे साथ पिछले एक साल से रह रहा है और उसने इस तरह की गलती पहले कभी नहीं की है। उस आदमी ने लंबे और ऊँचे जूते बनाने का ऑर्डर दिया था और इसने छोटे, मुलायम तथा बिना तल्लेवाले जनाना जूते बना दिए। साथ-ही-साथ सारा चमड़ा भी खराब कर दिया। अब मैं इस समस्या से कैसे बाहर निकलूँगा? इस तरह का माल भी नहीं मिल सकेगा।

उसने माइकल से कहा, "यह क्या है? यह तुमने क्या कर दिया? तुमने तो मुझे बरबाद कर दिया। मालिक ने जूतों का ऑर्डर दिया था और देखो, यह तुमने क्या बना दिया!"

सीमेन ने माइकल पर अभी नाराज होना शुरू ही किया था कि तभी दरवाजे पर कुछ आवाज हुई। लगा कि कोई खटखटा रहा था। उन्होंने खिड़की से बाहर झाँका, बाहर एक युवक घोड़े पर सवार होकर आया था और वह अब अपना घोड़ा बाँध रहा था। उन्होंने दरवाजा खोला। वह वही युवक था, जो उस धनी आदमी के साथ उनके यहाँ पहले भी आया था।

"गुड डे!"

"गुड डे, तुम क्या चाहते हो?"

"उस भद्र पुरुष की पत्नी ने मुझे जूतों के लिए भेजा है।"

"किन जूतों के लिए?"

"हमारे मालिक को अब उन जूतों की जरूरत नहीं है। हमारे मालिक हमें लंबी उम्र के लिए छोड़कर चल बसे।"

"यह कैसे हुआ?"

"वह अभी घर भी नहीं पहुँचे थे कि तभी उनकी मौत बग्घी में ही हो गई। वह बग्घी उन्हें लेकर घर पहुँची। वे उसमें एक बोरे की तरह पड़े रहे और अकड़कर भारी भी हो गए थे। उन्हें बग्घी से बाहर निकालने में बहुत मशक्कत हुई। अब उनकी पत्नी ने यह कहकर मुझे भेजा है कि उस मोची को बताना कि उन भद्र पुरुष नें उसको जिस जूते का ऑर्डर दिया था, उसकी अब जरूरत नहीं है। मगर उस चमड़े का इस्तेमाल एक मुलायम व छोटे जूते बनाने में कर दो और वहाँ तब तक रुके रहो, जब तक कि वह जूता तैयार न हो जाए। इसीलिए मैं यहाँ आया हूँ।"

माइकल ने बचा हुआ चमड़ा टेबल पर से उठाया और उसे लपेटा तथा उसने जो छोटा मुलायम जूता बनाया था, उसे आपस में पटका और फिर अपने एप्रन से पोंछकर उस युवक को दे दिया।

उस युवक ने वह मुलायम जूता सँभालकर रख लिया।

"गुड-बाय, गुड लक!"

□

धीरे-धीरे दूसरा साल बीता और फिर तीसरा। इस तरह माइकल को सीमेन के साथ रहते हुए छह साल बीत गए। वह पहले की तरह ही था, कहीं जाता नहीं था और फालतू बोलता भी नहीं था। इस सारे समय में वह सिर्फ दो बार ही मुसकराया था। पहली बार तब, जब उन्होंने उसे खाना खिलाया और दूसरी बार तब, जब वह भद्र पुरुष आया था। सीमेन उसके काम की तारीफ करते नहीं थकता था। वह अब उससे यह भी नहीं पूछता था कि वह कहाँ से आया था। वह केवल इस बात से डरता था कि माइकल कहीं उसे छोड़कर चला न जाए।

एक दिन वे घर में बैठे हुए थे। मैट्रीना ओवन में बरतन रख रही थी और बच्चे बेंच पर उछल-कूद मचा रहे थे तथा खिड़की से बाहर झाँक रहे थे। सीमेन एक खिड़की पर अपना चाकू तेज कर रहा था और माइकल दूसरी खिड़की पर जूते का तल्ला बना रहा था।

उन बच्चों में से एक माइकल के पास बेंच पर आया और उसके कंधे पर झुककर खिड़की से बाहर की तरफ झाँकता हुआ बोला, "माइकल अंकल, वहाँ देखो; एक व्यापारी औरत उन छोटी लड़कियों के साथ हमारी तरफ ही आ रही है। लड़कियों में से एक लँगड़ी है।"

जब लड़के ने कहा तब माइकल ने अपना काम रोक दिया और खिड़की की तरफ मुड़कर बाहर सड़क पर देखने लगा। सीमेन को बहुत आश्चर्य हुआ, क्योंकि माइकल ने पहले कभी बाहर सड़क की ओर नहीं देखा था और इस समय वह भागकर खिड़की की तरफ गया। वह वहाँ बहुत ध्यान से देख रहा था। सीमेन ने भी खिड़की से बाहर देखा; वहाँ वाकई एक महिला थी, जो कि उनकी ही तरफ आ रही थी। उस औरत ने बहुत ही अच्छे कपड़े पहन रखे थे और फर का कोट पहने हुए उसके साथ दो छोटी-छोटी लड़कियाँ भी आ रही थीं। दोनों लड़कियाँ बिलकुल एक जैसी ही नजर आ रही थीं। उनमें अंतर करना काफी मुश्किल था। बस, एक लड़की का बायाँ पैर थोड़ा खराब था और वह लँगड़ाकर चल रही थी।

वह महिला पोर्च से होते हुए बरामदे तक आ पहुँची और साँकल खींचकर दरवाजा खोल दिया। पहले उसने दोनों लड़कियों को भीतर आने दिया और फिर खुद दाखिल हो गई और सबको 'गुड-डे' कहा।

उन लोगों ने जवाब में कहा, "आपका यहाँ स्वागत है। आप क्या चाहती हैं?"

वह महिला टेबल पर बैठ गई और वे बच्चियाँ उसके घुटनों के पास खड़ी हो गईं। वे लोगों से थोड़ा डरी हुई-सी लग रही थीं।

"मैं चाहती हूँ कि आप इन लड़कियों के लिए वसंत के मौसम के जूते बना दें।"

"ठीक है, बन जाएँगे। हमने अभी तक इतने छोटे जूते नहीं बनाए हैं, पर हम बना सकते हैं। हम नुकीले, मुड़नेवाले अस्तरदार जूते बना सकते हैं। माइकल तो मास्टर है।"

सीमेन ने माइकल की तरफ देखा। उसने देखा कि माइकल ने अपना काम एक तरफ रख दिया था और उन लड़कियों को एकटक देखे जा रहा था।

सीमेन माइकल को देखकर आश्चर्यचकित था। वे लड़कियाँ वाकई सुंदर थीं। उनकी काली आँखें, भरा हुआ लाल चेहरा और उनका फर का कोट एवं उसका चमड़ा भी खूबसूरत था; मगर फिर भी सीमेन यह अंदाजा नहीं लगा पा रहा था कि माइकल उन्हें इस तरह से क्यों देख रहा था, जैसे वे उसकी पहले से परिचित रही हों।

सीमेन ने आश्चर्यचकित होते हुए भी उस महिला से बातें और मोल-भाव शुरू किया और फिर बात तय होने पर नाप भी ले लिया। महिला ने उस लँगड़ी लड़की को अपने घुटनों पर बिठाया और कहा, "इस लड़की के लिए दो माप

लेना—खराब पैर के लिए एक जूता और ठीक पैर के लिए तीन जूते बनाना। इन दोनों के पैरों का नाप एक ही है। ये जुड़वाँ हैं।''

सीमेन ने उनका नाप ले लिया और खराब पैरवाली लड़की के लिए पूछा, ''इसका पैर कैसे खराब हो गया? यह कितनी सुंदर बच्ची है! क्या इसका पैर पैदाइशी खराब है?''

''नहीं! यह अपनी माँ से कुचल गई थी। मरते समय वह इस बच्ची पर लुढ़क गई और इसका पैर कुचल गया। बाद में गाँव के लोग इकट्ठा हुए और उन्होंने उसका शरीर धोया तथा ताबूत बनाकर उसे दफना दिया। इनके माता-पिता थे, मगर अब बच्चियाँ बिलकुल अकेली थीं। उनके साथ क्या किया जा सकता था? मैं उस समय वहाँ अकेली ही ऐसी औरत थी, जिसके पास एक बच्चा था। मैं अपने आठ महीने के पहले-पहले पैदा हुए बच्चे की देखभाल कर ही रही थी, इसलिए मैंने उन्हें कुछ समय के लिए रख लिया। मेरा आदमी फिर मेरे पास आया और बार-बार सोचता था कि इनका क्या किया जाए और अंत में मुझसे बोला, 'मेरी, इस समय तुम इन बच्चियों को अपने पास रख लो, बाद में हम इनका कुछ इंतजाम करेंगे।' इसलिए मैंने ठीकवाली बच्ची को अपना दूध पिलाना शुरू कर दिया। शुरू-शुरू में मैंने इस विकलांग को दूध नहीं पिलाया। मुझे नहीं लगता था कि यह जिंदा बचेगी। मगर फिर मैंने सोचा कि इस बेचारी को तकलीफ क्यों होनी चाहिए? इसलिए मुझे इसपर दया आ गई और मैंने अपने बच्चे के साथ इन दोनों को भी अपना दूध पिलाया। मैं उस समय जवान थी और अच्छा खाना खाती थी। ईश्वर की कृपा से मेरी छातियों में दूध भी खूब था और कभी-कभी तो बहता भी था। जब मैं दोनों को पिलाती थी, तब तीसरा इंतजार करता रहता था। जब एक हट जाता, तब मैं तीसरे को पिलाती थी। ईश्वर ने मुझे यह जिम्मेदारी दी थी कि मैं तीनों बच्चों का पालन-पोषण करूँ; पर मेरा अपना बच्चा दूसरे साल ही चल बसा। ईश्वर ने मुझे फिर और बच्चे नहीं दिए। हमने अब काफी कमाना शुरू कर दिया था और अब इस व्यापारी के साथ इस मिल में रह रही हूँ। यहाँ मजदूरी अच्छी है और हमारी आमदनी भी अच्छी है। मेरा अपना कोई बच्चा नहीं है और अगर ये बच्चियाँ नहीं होतीं, तब मैं कैसे जिंदा रहती? मैं इन्हें कैसे प्यार करती? ये बच्चियाँ तो मेरी मोमबत्ती की मोम हैं।''

एक हाथ से उस महिला ने विकलांग बच्ची को अपनी छाती से लगाया और दूसरे हाथ से अपने आँसू पोंछे।

मैट्रीना ने यह सब देखा और बोली, ''वह कहावत बेकार नहीं है, तुम बिना

माँ-बाप के तो रह सकते हो, मगर बिना ईश्वर के नहीं।''

वे सभी आपस में एक-दूसरे से बातें कर रही थीं कि तभी अचानक कमरे में एक रोशनी-सी चमकी। ऐसा लगा कि माइकल जिस शीट पर कोने में बैठा था, चमक वहीं से आई थी। सभी ने मुड़कर उसकी तरफ देखा। माइकल अपने हाथ मोड़कर घुटनों पर टिकाए उन बच्चियों को देख और मुसकरा रहा था।

□

वह महिला उन लड़कियों के साथ चली गई और माइकल अपनी बेंच से उठकर खड़ा हो गया। उसने अपना काम एक तरफ रखकर अपनी एप्रन उतार दी तथा अपने मालिक को अभिवादन करने के बाद कहा, ''मुझे क्षमा करें! ईश्वर ने भी मुझे माफ कर दिया है। आप लोगों को भी मुझे कर देना चाहिए।''

सीमेन और उसकी पत्नी ने माइकल से निकलता प्रकाश देखा। सीमेन ने झुककर माइकल का अभिवादन किया और कहा, ''माइकल, मैंने देखा है कि तुम एक साधारण मनुष्य नहीं हो और मैं तुम्हें अपने पास रख भी नहीं सकता हूँ। मुझे तुमसे यहाँ रुकने के लिए भी नहीं कहना चाहिए। मगर मुझे यह बताओ, जब मैं तुमसे मिला था और तुम्हें लेकर घर आ रहा था, तब तुम उदास क्यों थे और जब मेरी पत्नी ने तुम्हें खाना खिलाया, तब तुम क्यों मुसकराए और इसके बाद तुममें एक चमक आ गई। बाद में जब उस धनी आदमी ने तुम्हें जूतों का ऑर्डर दिया था, तब तुम दुबारा क्यों मुसकराए और इसके बाद तुममें और भी चमक आ गई थी। अब, जब वह महिला अपनी बच्चियों के साथ आई थी, तब तुम तीसरी बार क्यों मुसकराए और तुम पूरी तरह से चमकने लगे थे। बताओ माइकल, तुमसे निकलनेवाला यह प्रकाश कैसा है और तुम तीन बार क्यों मुसकराए थे?''

माइकल ने जवाब दिया, ''यह प्रकाश मुझसे इसलिए निकलता था, क्योंकि ईश्वर ने मुझे दंड दिया था और अब ईश्वर ने मुझे क्षमा कर दिया है। मैं तीन बार इसलिए मुसकराया, क्योंकि मुझे ईश्वर के तीन वाक्यों को समझना था।

''अब मैं उन तीनों वाक्यों को समझ चुका हूँ। पहला वाक्य मैंने तब सीखा, जब तुम्हारी पत्नी ने मुझ पर दया दिखाई और मैं पहली बार मुसकराया था। दूसरा वाक्य मैंने सीखा, जब उस धनी आदमी ने मुझे जूतों का ऑर्डर दिया था और मैं दूसरी बार मुसकराया था। अब जब मैंने उन बच्चियों को देखा, तब मैंने अंतिम और तीसरा वाक्य समझ लिया, इसलिए मैं तीसरी बार मुसकराया।''

सीमेन ने पूछा, ''माइकल, ईश्वर ने तुम्हें क्यों दंड दिया था और ईश्वर के वे तीनों वाक्य क्या हैं? मैं उन्हें जानना चाहता हूँ।''

माइकल ने जवाब दिया, ''ईश्वर ने मुझे उनकी आज्ञा न मानने की वजह से दंड दिया था। मैं स्वर्ग में एक देवदूत था और मैंने ईश्वर की आज्ञा नहीं मानी थी। मैं स्वर्ग में था और ईश्वर ने मुझे नीचे धरती से एक महिला से उसकी आत्मा निकाल लाने के लिए भेजा था। मैं धरती की ओर उड़ा और मैंने देखा कि एक औरत बीमार पड़ी हुई थी तथा उसने जुड़वाँ बच्चियों को जन्म दिया था। वे बच्चियाँ अपनी माँ के बगल में बेचैन थीं और वह औरत उन्हें दूध भी नहीं पिला पा रही थी। उस औरत ने मेरी तरफ देखा। वह जान गई कि ईश्वर ने मुझे उसकी आत्मा को ले जाने के लिए भेजा है। वह रोने लगी और बोली, 'हे ईश्वर के देवदूत! मेरा पति अभी हाल ही में दफनाया गया है। उसकी जंगल में पेड़ से गिरकर मौत हो गई है। मेरी न तो बहन है और न चाची तथा न ही नानी। मेरे पास इन अनाथ बच्चों को पालनेवाला कोई नहीं है, इसलिए कृपया मेरी आत्मा मुझसे अलग मत करो। मुझे मेरे बच्चों को पाल लेने दो और उन्हें उनके पैरों पर खड़ा कर लेने दो। ये बच्चे बिना माता-पिता के जिंदा नहीं रह पाएँगे।' मैंने उस औरत की बात सुन ली और एक बच्ची को उसकी छाती पर रखा तथा दूसरी को उसके हाथों में देकर वापस ईश्वर के पास स्वर्ग लौट आया। जब मैं लौटकर ईश्वर के सामने पहुँचा और मैंने कहा, 'मैं उन नवजात बच्चों की माँ की आत्मा नहीं ला सका, क्योंकि उनके पिता की मौत एक पेड़ से गिरकर हो चुकी थी और उनकी माँ ने जुड़वाँ बच्चों को जन्म दिया था। उस औरत ने मुझसे यह कहते हुए प्रार्थना की थी कि मुझे इन बच्चों को पाल लेने दो और उन्हें उनके पैरों पर खड़ा कर लेने दो। वे बच्चे बिना माता-पिता के जीवित नहीं रह सकेंगे। इसलिए मैं उन नवजात बच्चों को जन्म देनेवाली माँ की आत्मा लेकर नहीं आ सका।' ईश्वर ने जवाब दिया, 'जाओ और उस जन्म देनेवाली माता की आत्मा लेकर आओ! अब तुम इन तीन वाक्यों को समझ जाओगे—मानवों में क्या है, मानवों को क्या नहीं दिया गया है और मानव किसके सहारे जीता है? जब तुम इन तीनों वाक्यों का अर्थ समझ लोगे, तब तुम स्वर्ग में वापस आ जाओगे।' इसके बाद मैं वापस धरती पर आया और मैंने उस औरत की आत्मा उसके शरीर से निकाल ली।

''वे छोटे बच्चे उसकी छाती से गिर पड़े। उस महिला का मृत शरीर बिस्तर पर लुढ़क गया और उससे कुचलकर एक बच्ची की टाँग टूट गई। मैं गाँव के ऊपर उड़ा और उस आत्मा को ईश्वर को देना चाहता था; मगर तभी तेज हवा आई और मेरे पंख लटककर गिर गए तथा वह आत्मा अपने आप ही ईश्वर के पास चली गई और मैं जमीन पर गिर पड़ा।''

□

सीमेन और मैट्रीना अब समझ चुके थे कि वे किसके साथ रह रहे थे और वह कौन था, जिसे वे अब तक खाना एवं कपड़े दे रहे थे। वे डर गए और खुशी से रोने लगे। तब देवदूत ने कहा, ''मैं मैदान में बिलकुल अकेला और नंगा पड़ा हुआ था। मुझे आदमियों की चाहतों एवं भूख और न ही ठंड के बारे में पता था। पर अब मैं एक मानव बन चुका था। मैं भूखा था और ठंड से काँप रहा था और मुझे यह भी नहीं पता था कि क्या किया जाए। मैंने खेतों के किनारे एक गिरजाघर देखा, जो ईश्वर के लिए ही बनाया गया था। मैं उसमें पनाह लेने और छिपने के लिए गया। वह गिरजाघर बंद था और मैं उसमें नहीं घुस सका। तेज हवा से बचने के लिए मैं गिरजाघर के पीछे छिपकर बैठ गया। शाम हो चुकी थी और मुझे भूख एवं ठंड लग रही थी। मेरा सारा बदन दर्द कर रहा था। अचानक मैंने एक आदमी को सड़क पर चलते सुना। वह अपने हाथों में एक जूता लिये हुए था और खुद से ही बातें कर रहा था। जब से मैं मानव बना था, मैंने पहली बार एक नश्वर चेहरा देखा था। वह चेहरा मेरे लिए कितना भयानक था और मैंने अपना मुँह दूसरी तरफ घुमा लिया था। मैंने उस आदमी को खुद से ही बातें करते सुना कि किस तरह से वह इस ठंड में अपने शरीर को ढँकेगा और किस तरह वह अपनी पत्नी व बच्चों का पेट भरेगा। मैंने सोचा कि मैं भूख और ठंड से मर रहा हूँ और यह आदमी सोच रहा है कि वह कैसे खुद को और अपनी पत्नी को फर के कोट से ढँकेगा तथा अपने परिवार को खिलाएगा। यह आदमी मेरी सहायता नहीं कर सकता है। उस आदमी ने मुझे देखा। वह परेशान और दुःखी नजर आ रहा था। वह मेरी बगल से गुजर गया। मैं भी हताश था। अचानक मैंने उस आदमी को वापस आते देखा। मैंने उसकी तरफ देखा और उसे पहचान नहीं सका। पहले उसके चेहरे पर मौत थी और अब वह बच गया था। उसके चेहरे पर मैंने परमेश्वर को देखा। वह मेरे पास आया, मुझे कपड़े पहनाए और अपने साथ अपने घर ले आया। मैं उसके घर आ गया, जहाँ एक औरत घर से बाहर निकली और बातें करने लगी। वह औरत उस आदमी से भी अधिक भयावह थी। उसके मुँह से मौत की आत्मा बाहर निकल रही थी और मैं मौत की दुर्गंध में साँस नहीं ले पा रहा था। वह मुझे ठंड में बाहर निकालना चाहती थी और मैं जानता था कि यदि वह मुझे बाहर निकालेगी तो वह मर जाएगी। अचानक उसके पति ने उसे ईश्वर की याद दिलाई, तभी वह औरत बदल गई। उसने मुझे खाने के लिए दिया और मेरी तरफ देखा। मैंने देखा कि अब उस पर मौत की छाया नहीं है। वह जीवित है

और मैंने उसमें ईश्वर पहचान लिया था।

‘‘मुझे ईश्वर का प्रथम वाक्य याद आ गया—‘तुम समझ जाओगे कि मानवों में क्या है।’ और मैं जान गया कि मानवों में प्यार रहता है। इसलिए मैंने खुशी दिखाई, क्योंकि ईश्वर ने जो मुझसे वायदा किया था, वह मुझे बता दिया था और मैं पहली बार मुसकराया था। लेकिन अभी भी मैं सबकुछ नहीं जान पाया था। मुझे नहीं पता था कि मानवों को क्या नहीं दिया गया है और मानव का सहारा क्या है।

‘‘मैंने तुम्हारे साथ रहना शुरू कर दिया और एक साल हो गया था कि तभी एक आदमी आया और उसने एक जोड़ा ऐसा जूता बनाने का ऑर्डर दिया, जो कि साल भर तक चले और खराब भी न हो। मैंने उसकी तरफ देखा और तभी मैंने उसके कंधे के पीछे अपने साथी, मौत के देवदूत, को भी देखा। किसी और ने नहीं, बल्कि मैंने उस देवदूत को देखा था। मैं समझ गया था कि सूरज के डूबने से पहले इस धनी व्यक्ति की आत्मा इसका साथ छोड़ देगी। मैंने सोचा, यह व्यक्ति एक साल की तैयारी कर रहा है और इसे यह नहीं पता कि वह शाम तक भी जीवित नहीं रहेगा। मुझे ईश्वर का दूसरा वाक्य याद आ गया— ‘तुम जान जाओगे कि मानवों को क्या नहीं दिया गया है।’

‘‘मैं अब समझ चुका था कि मानवों में क्या है। मैं अब यह भी जान गया था कि मानवों को क्या नहीं दिया गया है। मानवों को यह जानकारी नहीं दी गई है कि उनके शरीर को किस चीज की जरूरत है। इसीलिए मैं दूसरी बार मुसकराया था। मैं बहुत खुश था कि ईश्वर ने मुझे दूसरा वाक्य भी समझा दिया था।

‘‘लेकिन मैं सबकुछ नहीं समझ सका था। मैं यह नहीं समझ पाया था कि मानव किसके सहारे जीता है। मैं यहीं रहता गया और ईश्वर द्वारा उसके तीसरे वाक्य की जानकारी का इंतजार करता रहा। फिर छह साल बाद वह महिला उन दोनों जुड़वाँ बच्चियों के साथ आई। मैं उन दोनों को पहचान गया कि वे किस तरह जिंदा बची थीं। मैंने सोचा, वह माँ अपनी बच्चियों के जीवन के लिए मुझसे विनती कर रही थी और मैं सोच रहा था कि वे बच्चियाँ बिना माँ-बाप के जीवित नहीं बचेंगी। मगर एक अजनबी औरत ने उन्हें अपना दूध पिलाया और उनको पाला। जब उस औरत को उन बच्चियों ने छुआ और उसकी आँखों में आँसू आए तथा उसने जिस तरह से उन बच्चियों को देखा, तब मैंने उसमें ईश्वर को देखा और मैं समझ गया कि मानव किसके सहारे जीता है। मैं अब यह जान गया कि ईश्वर ने मुझे अपने तीसरे वाक्य का अर्थ बता दिया है तथा मुझे माफ भी कर दिया है। इसीलिए मैं तीसरी बार मुसकराया था।’’

□

उस देवदूत का शरीर नंगा था और प्रकाश से इस तरह से ढँका था कि आँखें उसे सहन नहीं कर पा रही थीं। वह इस तरह जोर से बोला कि लगा, वह आवाज उससे न निकलकर स्वर्ग से आ रही थी। देवदूत ने कहा, ''मैं समझ गया हूँ कि प्रत्येक व्यक्ति खुद का खयाल रखने की वजह से नहीं जिंदा रहता है, बल्कि प्यार की वजह से जीवित रहता है।''

उस माँ को यह जानना नहीं बताया गया था कि उसके बच्चों को जीवन में किन चीजों की जरूरत है। उस धनी व्यक्ति को यह जानना नहीं बताया गया था कि उसे अपने लिए किन चीजों की जरूरत है और यह किसी भी व्यक्ति को जानकारी नहीं दी गई है कि शाम से पहले उसे उसके जीवन के लिए जूतों की जरूरत होगी या उसकी मौत के बाद उन जनाना जूतों की।

''जब मैं मानव था, तब मैंने जो कुछ भी अपने लिए किया, उसकी वजह से मैं नहीं जिंदा बचा रहा, बल्कि उस राहगीर और उसकी पत्नी के प्रेम और दया की वजह से बचा रहा। वे अनाथ बच्चियाँ इसलिए नहीं जीवित बची रहीं कि उन्होंने अपने लिए कुछ किया था, बल्कि उस अजनबी महिला के प्रेम और उन पर दया की वजह से वे बची रहीं। सभी मानव सिर्फ इसलिए नहीं जीवित बचे रहते हैं कि वे अपने लिए कुछ करते हैं, बल्कि इसलिए बचे रहते हैं कि दूसरे व्यक्तियों में उनके लिए प्रेम होता है।

''मुझे पहले ही पता था कि ईश्वर ने मानव को जीवन दिया है और वह चाहता है कि वे जीवित रहें; परंतु अब मैं कुछ और भी समझ चुका हूँ। मैं जान चुका हूँ कि ईश्वर नहीं चाहता है कि मानव अलग रहकर जीवित रहे, इसलिए उसने प्रत्येक मानव को यह नहीं बताया है कि उसे किन चीजों की जरूरत है, बल्कि ईश्वर चाहता है कि वे साथ-साथ रहें और इसीलिए उसने उन्हें बताया है कि उन्हें सामूहिक रूप से और सबके लिए किन चीजों की जरूरत है।

''मैं अब यह समझ चुका हूँ कि मानवों को सिर्फ ऐसा लगता है कि वे सिर्फ अपना खयाल रखने के द्वारा जीवित रहते हैं; परंतु वे केवल प्रेम के द्वारा जीवित रहते हैं। वह व्यक्ति जिसमें प्रेम है, उसमें ईश्वर है और वह ईश्वर में है, क्योंकि प्रेम ही ईश्वर है।''

इस तरह वह देवदूत ईश्वर के गुणगान करने लगा और उसकी आवाज से पूरी झोंपड़ी हिलने लगी थी। तभी छत फट गई और एक अग्निपुंज धरती से स्वर्ग की तरफ चला गया।

सीमेन, उसकी पत्नी और बच्चे धरती पर गिर पड़े। उस देवदूत के पंख खुल गए और वह स्वर्ग की तरफ उड़ गया।

जब सीमेन चेतनावस्था, तब उसने देखा कि उसकी झोंपड़ी पहले की ही तरह थी और उसके कमरे में सिर्फ उसका परिवार ही मौजूद था।

□

2

देश-निकाला

'ईश्वर सच्चाई देखता है, मगर सही वक्त का इंतजार करता है।'

काफी समय पहले ब्लादीमीर के शहर में एक युवा व्यापारी रहता था। उसका नाम एक्सीनॉफ था और उसके पास एक मकान तथा दो दुकानें हुआ करती थीं।

एक्सीनॉफ का रंग लाल था और बाल घुँघराले थे। वह बहुत ही खुशमिजाज और एक अच्छा गायक भी था। जब वह युवा था, तब बहुत शराब पीता था और कभी-कभी नशे की हालत में हिंसक भी हो जाता था; मगर अपनी शादी के बाद उसने शराब पीना छोड़ दिया और केवल कभी-कभी ही मौज-मस्ती करता था।

एक बार गरमी के मौसम में एक्सीनॉफ एक नए शहर में एक बड़ा मेला देखने जा रहा था। जब वह अपने परिवार को गुडबाय कर रहा था, तभी उसकी पत्नी ने कहा, ''ईवान डेमित्रिविच, आज मत जाओ। मैंने तुम्हारे लिए एक बुरा सपना देखा है।''

एक्सीनॉफ उस पर हँसा और बोला, ''क्या तुम अभी भी डर रही हो कि मैं मेले में मौज-मस्ती करने लगूँगा?''

उसकी पत्नी ने कहा, ''मुझे नहीं पता है कि मैं क्यों डर रही हूँ, पर मैंने एक बुरा सपना देखा है कि तुम शहर से घर वापस आने वाले हो और तुम जब अपना हैट उतारते हो तो तुम्हारे सारे बाल सफेद हो चुके हैं।''

एक्सीनॉफ हँसा और बोला, ''इसका मतलब मेरी किस्मत अच्छी है। देखो, मैं जा रहा हूँ और तुम्हारी यादगार में कुछ खास चीज लेकर आऊँगा।'' उसने

अपने परिवार को गुडबाय कहा और चल दिया।

जब उसने अपनी आधी यात्रा तय कर ली, तब उसकी मुलाकात एक दूसरे व्यापारी से हुई, जिसे वह पहले से ही जानता था। वे दोनों रात गुज़ारने के लिए एक सराय में रुक गए। उन्होंने साथ-साथ चाय पी और पास ही के कमरों में सोने चले गए।

एक्सीनॉफ बहुत देर तक नहीं सोया और वह सुबह-सुबह ठंड में ही निकलने के लिए आधी रात को ही उठ गया। सुबह जल्दी ही उसने अपने कोचवान को जगाया और बग्घी तैयार करने के लिए कहकर उस सराय के मालिक के पास उसका हिसाब चुकता करने चला गया और फिर अपने रास्ते चल दिया। करीब 26 मील चल चुकने के बाद वह कुछ खाने के लिए एक सराय में रुका। उस समय दोपहर हो रही थी। उसने सामोवर (रूसी चाय) का ऑर्डर दिया और अपना गिटार निकालकर बजाने लगा।

तभी अचानक तीन घुड़सवार उस सराय के सामने आकर रुके। उनमें से एक अधिकारी और दो सैनिक लग रहे थे। वे सीधे एक्सीनॉफ के पास पहुँचे और पूछा, "तुम कौन हो और कहाँ से आए हो?"

एक्सीनॉफ ने बिना किसी हिचकिचाहट के जवाब दिया और उनसे पूछा, "क्या आप मेरे साथ चाय पीना पसंद करेंगे?"

मगर उस अधिकारी ने अपना प्रश्न पूछना जारी रखा—"तुमने अपनी पिछली रात कहाँ गुजारी थी? तुम अकेले थे या तुम्हारे साथ कोई व्यापारी भी था? तुम वहाँ से इतनी जल्दी क्यों चले आए?"

एक्सीनॉफ को आश्चर्य हुआ कि उससे इस तरह के सवाल क्यों पूछे जा रहे थे। मगर उसने सभी सवालों के जवाब दिए और पूछा, "आप लोग मुझसे इतने सवाल क्यों पूछ रहे हैं? मैं कोई चोर या खूनी नहीं हूँ। मैं अपने काम से जा रहा हूँ। मुझसे इस तरह के सवाल पूछने की जरूरत नहीं है।

तब उस अधिकारी ने सैनिकों को बुलाया और कहा, "मैं पुलिस इंस्पेक्टर हूँ और इसलिए पूछताछ कर रहा हूँ। तुमने जिस व्यापारी के साथ रात गुजारी थी, उसकी चाकू मारकर हत्या कर दी गई है। तुम मुझे अपनी चीजें दिखाओ, मुझे तुम्हारी तलाशी लेनी है।"

वे लोग सराय के अंदर गए और उन्होंने व्यापारी का बक्सा व बैग खोलकर उसकी तलाशी ली। अचानक पुलिस इंस्पेक्टर ने बैग से एक चाकू निकाला और पूछा, "यह चाकू किसका है?"

एक्सीनॉफ ने देखा कि वह चाकू खून से रँगा हुआ है और वह उसी के बैग से निकला है। वह बुरी तरह से डर गया।

"इस चाकू पर किसका खून लगा है?"

एक्सीनॉफ ने जवाब देने की कोशिश की, मगर उसके गले से शब्द नहीं निकल पा रहे थे; मैं…मैं…नहीं…जानता…यह…चाकू…मेरा नहीं है।"

पुलिस इंस्पेक्टर ने कहा, "आज सुबह वह व्यापारी अपने बिस्तर पर मरा हुआ मिला। चाकू से उसकी हत्या कर दी गई। तुम्हारे सिवा यह काम किसी ने भी नहीं किया है। वह सराय भीतर से बंद थी और तुम्हारे अलावा उसमें और कोई नहीं था। खून से सना वह चाकू भी तुम्हारे बैग से बरामद हुआ है और तुम्हारे चेहरे पर तुम्हारा जुर्म नजर आ रहा है। मुझे बताओ कि तुमने उसे किस तरह से मारा और उससे तुमने कितनी रकम चुराई?"

एक्सीनॉफ ने कसम खाकर कहा कि उसने यह सब नहीं किया है और उस व्यापारी के साथ रात की चाय पीने के बाद उसने उसे देखा तक नहीं। ये 8,000 रूबल उसके अपने हैं और यह चाकू भी उसका नहीं है। लेकिन उसकी आवाज काँप रही थी और चेहरा पीला पड़ चुका था। वह एक दोषी व्यक्ति की तरह डर से काँप रहा था।

पुलिस इंस्पेक्टर ने सैनिकों को बुलाया और एक्सीनॉफ को बंदी बनाकर गाड़ी में डाल देने का हुक्म दिया।

जब वे एक्सीनॉफ के पैर बाँधकर गाड़ी की तरफ ले जा रहे थे, तब वह बहुत रोया और गिड़गिड़ाया। उन्होंने एक्सीनॉफ की चीजें और पैसा जब्त कर लिया तथा उसे अगले शहर में ले जाकर जेल में डाल दिया।

उन लोगों ने एक्सीनॉफ के चाल-चलन के बारे में पता लगाने के लिए ब्लादीमीर में पूछताछ की थी। वहाँ के सभी व्यापारियों और नागरिकों ने बताया कि जब वह युवा था, तब शराब पीने का आदी था और कभी-कभी हिंसक भी हो जाता था; मगर अब वह एक अच्छा आदमी है। इन सारी जानकारियों के बाद उसे न्याय के लिए ले जाया गया।

एक्सीनॉफ को उस व्यापारी की हत्या और उसके 20,000 रूबल लूटने के लिए सजा दी गई।

एक्सीनॉफ की बीवी इस घटना पर भौंचक्का रह गई। वह समझ नहीं पा रही थी कि वह क्या करे। उसके बच्चे अभी छोटे थे और एक बच्चा तो अभी नवजात ही था। उसने उन सभी को अपने साथ लिया और उस शहर की तरफ चली, जहाँ

उसके पति को बंदी बनाकर रखा गया था।

शुरू में तो उसे मिलने की अनुमति नहीं मिली, पर बाद में वहाँ के पहरेदारों ने उसे उसके पति से मिलने जाने दिया। जब उसने अपने पति को कैदियों के कपड़ों में जंजीरों से जकड़े खूनियों के साथ देखा, तब वह चक्कर खाकर गिर पड़ी।

उसे वापस होश में आने में काफी समय लगा। उसने अपने बच्चों को अपने पास बैठा लिया और अपने पति को घरेलू बातें बताने लगी तथा उसके साथ जो कुछ भी घटित हुआ, उसे पूछने लगी।

एक्सीनॉफ ने पूरी कहानी बताई। उसकी बीवी ने पूछा, "अब क्या किया जाए?"

वह बोला, "हमें जार के पास अरजी भेजनी चाहिए। किसी निर्दोष व्यक्ति को दोषी ठहराना उचित नहीं है।"

उसकी बीवी ने जवाब दिया, "मैं पहले ही जार को अरजी भेज चुकी हूँ, पर वह अरजी खारिज कर दी गई है।"

एक्सीनॉफ कुछ भी नहीं बोला, मगर वह बहुत ही हताश नजर आ रहा था।

उसकी बीवी ने कहा, "तुम्हें मेरा देखा हुआ वह सपना याद है? जब मैंने तुमसे कहा था कि तुम्हारे बाल सफेद हो गए हैं, तब उसका कुछ मतलब था। तुम्हारे बाल परेशानियों की वजह से सफेद होने लगे हैं। तुम्हें उस दिन घर पर ही रुक जाना चाहिए था।"

उसकी पत्नी ने उसके बालों में हाथ फेरते हुए पूछा, "क्या तुम अपनी पत्नी को सच-सच बता सकते हो कि क्या तुमने वह अपराध किया है?"

एक्सीनॉफ ने कहा, "क्या तुम्हें भी मुझ पर यकीन नहीं है।" इसके बाद उसने अपनी मुट्ठी भींच ली और रोने लगा।

तभी एक सैनिक आया और बोला, "मुलाकात का समय समाप्त हो चुका है।" यही वह वक्त था, जब एक्सीनॉफ ने अपनी पत्नी और बच्चों को आखिरी बार गुडबाय कहा था।

जब उसकी पत्नी चली गई, तब एक्सीनॉफ ने उसकी बात पर सोचना शुरू किया। जब उसे याद आया कि उसकी पत्नी ने भी उसपर यकीन नहीं किया, तब उसने खुद से ही पूछा कि क्या उसने वह कत्ल किया है? और फिर उसने खुद को ही जवाब दिया, "सिर्फ ईश्वर ही जानता है कि सच्चाई क्या है और सिर्फ उसी से दया माँगी जा सकती है तथा केवल ईश्वर ही है, जिससे इसकी उम्मीद है।"

उसी समय से एक्सीनॉफ ने अरजियाँ भेजनी बंद कर दीं और उम्मीद भी

छोड़ दी। अब वह सिर्फ ईश्वर से प्रार्थना करता था। एक्सीनॉफ को कोड़ों की मार और कठोर श्रम की सजा दी गई थी। उसे कोड़ों से पीटा जाता था और जब उसके घाव भर गए, तब उसे साइबेरिया के लिए देश-निकाला दे दिया गया।

एक्सीनॉफ 20 सालों तक खदानों में काम करता रहा। उसके बाल बर्फ की तरफ सफेद हो चुके थे। उसकी दाढ़ी बढ़कर पतली और भूरी हो चुकी थी। उसका सीधा खड़ा होना खत्म हो चुका था। वह झुक भी गया था और अपना ज्यादातर समय प्रार्थना में ही गुजारता था।

एक्सीनॉफ ने जेल में रहते हुए जूते बनाने सीख लिये थे और उससे कमाए हुए धन से उसने कुछ धार्मिक किताबें खरीदीं। जब जेल में रोशनी होती, तब वह उन्हें पढ़ा करता था। छुट्टियों में वह जेल के गिरजाघर भी जाता और 'बाइबिल' भी पढ़ता था और उसे सुर में गाता भी था। उसकी आवाज अच्छी और तेज थी।

जेल के अधिकारी एक्सीनॉफ की विनम्रता की वजह से उसे पसंद करते थे। जेल के उसके साथी बंदी भी उसका आदर करते और उसे 'दादा' व 'ईश्वर का आदमी' पुकारते थे। जब कभी वे अरजी देना चाहते, तब वे एक्सीनॉफ को ही इसे अधिकारियों के पास पहुँचाने के लिए चुनते थे। जब कभी कैदियों में आपस में झगड़ा होता, तब वे फैसले के लिए एक्सीनॉफ के ही पास जाते थे।

एक्सीनॉफ के पास उसके घर से एक भी चिट्ठी नहीं आई थी और उसे यह भी पता नहीं था कि उसकी पत्नी और बच्चे जीवित हैं भी या नहीं।

एक बार कुछ नए कैदी जेल में आए। शाम को सभी पुराने कैदी नए आनेवाले कैदियों के चारों तरफ बैठ गए और उनसे यह पूछना शुरू किया कि वे किस शहर या गाँव से आए हैं और उनका अपराध क्या था?

उस समय एक्सीनॉफ भी अपनी बेंच पर एक अजनबी के साथ सिर झुकाकर लोगों की बातें सुन रहा था। कैदियों में से एक काफी लंबा और तगड़ा था। उसकी उम्र भी तकरीबन 60 वर्ष के आस-पास होगी। उसकी दाढ़ी घनी और भूरी थी। वह बता रहा था कि उसे क्यों गिरफ्तार किया गया था। उसने कहा, "भाइयो, मुझे यहाँ बिना किसी वजह के ही भेज दिया गया है। मैंने एक स्लेज गाड़ी से घोड़ा खोला ही था कि उन्होंने मुझे पकड़ लिया और कहा कि मैं उसे चुरा रहा था। मैंने उनसे कहा कि मैं थोड़ा तेज चलना चाहता था और इसीलिए मैंने घोड़े को चाबुक मारा था तथा इसका मालिक मेरा दोस्त है। उन लोगों ने कहा, 'नहीं, तुम इसे चुरा रहे थे।' मैंने काफी समय पहले कुछ ऐसा काम किया था, जिसके लिए उन्हें मुझे यहाँ पहले ही भेज देना चाहिए था, पर मैं उन्हें उस वक्त मिला ही नहीं। इस बार

बिना न्याय किए ही मुझे यहाँ भेज दिया। मगर शिकायत करने से क्या फायदा? मैं पहले भी साइबेरिया रह चुका हूँ। वे मुझे यहाँ बहुत देर तक नहीं रोक पाएँगे।''

कैदियों में से एक ने पूछा, ''तुम कहाँ से आए हो?''

''मैं ब्लादीमीर से आया हूँ। हम वहीं के नागरिक हैं। मेरा नाम मेकर है और मेरे पिता का नाम सिमयान है।''

एक्सीनॉफ ने अपना सिर ऊपर उठाया और पूछा, ''मेकर, मुझे बताओ कि क्या तुमने ब्लादीमीर शहर में एक्सीनॉफ व्यापारियों के बारे में सुना है? क्या वे जीवित हैं?''

''वाकई, मैंने उनके बारे में सुना है। वे बहुत धनी हैं, हालाँकि उनके पिता साइबेरिया में हैं। ऐसा लगता है, वे भी हम जैसे पापियों में से एक होंगे। अब तुम बताओ दादा, तुम्हें यहाँ किसलिए भेजा गया है?''

एक्सीनॉफ अपनी बदकिस्मती के बारे में नहीं बताना चाहता था। वह शरमाया और बोला, ''बीस साल पहले मुझे मेरे पापों के लिए कठोर श्रम की सजा मिली थी।''

मेकर ने पूछा, ''मगर तुम्हारा अपराध क्या था?''

एक्सीनॉफ ने जवाब दिया, ''मैं इसी सजा के लायक था।'' उसने पूरा ब्योरा नहीं बताया, मगर दूसरे कैदियों ने, जो यह जानते थे कि वह क्यों साइबेरिया भेज दिया गया था, उन्होंने बताया कि किस तरह सड़क पर किसी ने एक व्यापारी की हत्या कर दी थी और चाकू एक्सीनॉफ के बैग में रख दिया और किस तरह उसे अन्यायपूर्वक दंडित किया गया था।

जब मेकर ने यह सुना, तब उसने एक्सीनॉफ की तरफ देखा और अपने घुटनों पर हाथ मारकर बोला, ''अरे, यह तो कमाल हो गया! यह वाकई कमाल है। दादा, तुम तो बूढ़े हो गए।''

उन लोगों ने उससे पूछना शुरू कर दिया कि इसमें आश्चर्यजनक क्या है और उसने एक्सीनॉफ को कहाँ देखा था? लेकिन मेकर ने कोई जवाब नहीं दिया और दोहराया, ''कमाल हो गया! कितना आश्चर्यजनक है कि हमारी मुलाकात फिर से यहाँ हो रही है।''

जैसे ही उसने इन शब्दों को कहा, एक्सीनॉफ को महसूस हुआ कि शायद यह आदमी उस आदमी को जरूर जानता होगा, जिसने उस व्यापारी का कत्ल किया था। वह बोला, ''मेकर, क्या तुमने इस अपराध के बारे में पहले भी सुना है या तुमने मुझे पहले भी कभी देखा है?''

"हाँ, मैंने इसके बारे में सुना है। उस समय शहर में भारी भीड़ थी, मगर यह घटना काफी पहले हुई थी। अब मैं भूल भी गया हूँ कि मैंने क्या सुना था।"

एक्सीनॉफ ने पूछा, "शायद तुमने सुना हो कि किसने उस व्यापारी की हत्या की थी?"

मेकर हँसा और बोला, "उसी ने हत्या की होगी, जिसके बैग में वह चाकू मिला था। यह तो किसी के लिए भी बिलकुल नामुमकिन था कि वह तुम्हारे बैग में चाकू रख देता और यह करते हुए पकड़ा भी न जाता। वह चाकू तुम्हारे बैग में कैसे रख सकता था? क्या वह बैग तुम्हारे सिर के बिलकुल पास नहीं रखा था? तुम उसकी आवाज सुन सकते थे क्यों, ऐसा नहीं है?"

जैसे ही एक्सीनॉफ ने इन शब्दों को सुना, वह समझ गया कि यही वह आदमी है जिसने उस व्यापारी की हत्या की थी। वह तुरंत खड़ा हुआ और चला गया। सारी रात वह सो नहीं सका। उसके मन में एक गहरा दुःख उमड़ पड़ा और उसकी याददाश्त में पुरानी यादें फिर से ताजा हो गईं।

उसे याद आ गया कि किस तरह से उसकी पत्नी पिछली बार उसके साथ मेले में गई थी। उसे ऐसा लगा कि वह जिंदा है और उसके बगल में खड़ी है तथा वह उसकी आँखें और चेहरा देख रहा था। उसे उसकी हँसी और उसके शब्द सुनाई पड़ रहे थे। फिर उसकी कल्पना उसे उसके बच्चों के पास ले गई, जहाँ उसका एक बेटा छोटे से फर के कोट में था और दूसरा बेटा अपनी माँ की छाती से चिपका हुआ था। उसने अपनी खुद की भी कल्पना की, जिसमें वह जवान और खुश था। उसे याद आया कि वह किस तरह उस सराय की सीढ़ियों पर बैठा था और गिटार बजा रहा था। वह उस समय कितना खुश था।

उसे वह जगह भी याद आ रही थी, जहाँ उन्होंने उसे कोड़े मारे थे और वे कोड़े मारनेवाले भी याद आ रहे थे। वह अपनी इस बढ़ी हुई उम्र, वे कैदी, जंजीरें और 26 सालों का जेल का जीवन भी याद कर रहा था। यह दुःख इतना अधिक था कि एक्सीनॉफ अपना जीवन खत्म ही कर देना चाहता था। एक्सीनॉफ ने स्वयं से कहा, 'वह सबकुछ सिर्फ इस अपराधी की वजह से हुआ था।'

अब उसे मेकर पर इतना अधिक गुस्सा आ रहा था कि वह करीब-करीब अपना आपा खो बैठा और बदला लेने की चाहत से पागल-सा हो गया। उसने रात भर बार-बार प्रार्थना की, मगर स्वयं को शांत न कर सका। जब दिन निकला, तब वह मेकर के पास से गुजरा और उसकी तरफ देखा भी नहीं।

इस तरह दो हफ्ते बीत गए। एक्सीनॉफ रात भर सो नहीं पाता था और इस

दु:ख ने उसे इस तरह जकड़ लिया था कि वह समझ नहीं पा रहा था कि क्या करे।

एक बार रात को जब वह कहीं जा रहा था कि तभी उसने अपने सोनेवाली पत्थर की बेंच के नीचे कुछ मिट्टी निकली देखी। वह उसे देखने के लिए रुक गया कि तभी अचानक उस बेंच के नीचे से रेंगकर मेकर बाहर निकला और घबराकर एक्सीनॉफ की तरफ देखने लगा।

एक्सीनॉफ उसकी तरफ देखे बिना ही जाने वाला था कि तभी मेकर ने उसकी बाँह पकड़ ली और बताने लगा कि किस तरह से उसने दीवार के नीचे सुरंग बनाई है और किस तरह वह जूतों में मिट्टी भरकर रोजाना बाहर जाते समय सड़कों पर फेंक देता है। वह बोला, "बूढ़े आदमी! यदि तुम चुप रहोगे तो मैं तुम्हें भी साथ ले चलूँगा, मगर यदि तुम मेरे बारे में बता दोगे, तब वे मुझे कोड़े से मारेंगे। इसके बाद मैं तुम्हारे साथ बहुत बुरा सलूक करूँगा और तुम्हें मार डालूँगा।"

एक्सीनॉफ ने उस आदमी की तरफ देखा, जिसने उसे बरबाद कर दिया था और गुस्से से काँपने लगा तथा अपनी बाँह छुड़ाते हुए बोला, "मुझे भागने की जरूरत नहीं है और मेरी हत्या करके तुम मेरा कोई नुकसान नहीं कर सकते हो। तुमने तो मुझे बहुत पहले ही मार डाला था; लेकिन मैं तुम्हारे बारे में बताऊँ या न बताऊँ, मैं वही करूँगा, जो ईश्वर मुझसे करने के लिए कहेगा।"

अगले दिन जब वे लोग कैदियों को बाहर काम के लिए लेकर जा रहे थे, तभी सैनिकों ने वह जगह देख ली, जहाँ मेकर ने गड्ढा खोदा था। उन्होंने छानबीन शुरू कर दी और वह सुरंग भी ढूँढ़ ली। जेल का मुखिया आया और उसने प्रत्येक कैदी से पूछा, "किसने यह सुरंग खोदी है?"

सभी ने मना कर दिया और जो लोग जानते भी थे, उन्होंने मेकर का नाम नहीं लिया, क्योंकि उन्हें पता था कि उसे सैनिक कोड़ों से मारकर अधमरा कर देंगे।

तभी जेलर एक्सीनॉफ के पास आया। वह जानता था कि एक्सीनॉफ एक सच्चा आदमी है। वह बोला, "ओ बूढ़े आदमी, तुम एक सच्चे आदमी हो; ईश्वर को साक्षी मानकर बताओ कि यह किसने किया है?"

मेकर पास ही खड़ा था। उसने गार्ड्स की तरफ देखा, पर एक्सीनॉफ की तरफ देखने का साहस न कर सका। एक्सीनॉफ के हाथ और होंठ काँपे और इससे पहले कि वह कुछ बोलता, उसने स्वयं से कहा, 'क्या मुझे उसे बचाना चाहिए? मगर मुझे उसको क्यों माफ करना चाहिए, जबकि उसने मुझे बरबाद कर दिया? मुझे दिए गए कष्टों के लिए उसे सजा मिलने दो, मगर क्या मुझे उसके बारे में बता देना चाहिए? ये लोग उसे कोड़ों से जरूर मारेंगे, पर इस बात से क्या फर्क पड़ता है

कि मैं उसके बारे में क्या सोचता हूँ? क्या इससे मुझे कुछ आराम मिल जाएगा?'

एक बार फिर जेलर ने पूछा, "ओ बुजुर्ग आदमी, सच्चाई बताओ? किसने सुरंग खोदी है?"

एक्सीनॉफ ने मेकर की तरफ देखा और कहा, "महोदय, मैं यह आपको नहीं बता सकता हूँ। ईश्वर ने मुझे यह बताने की अनुमति नहीं दी है। मैं नहीं बताऊँगा। आप मेरे साथ जो चाहे कर सकते हैं, मैं आपके अधीन हूँ।"

जेलर की सारी कोशिशों के बावजूद एक्सीनॉफ ने कुछ भी नहीं बताया और वे इस बात को नहीं जान सके कि वह सुरंग किसने खोदी थी?

आधी रात को जब एक्सीनॉफ अपनी पत्थर की बेंच पर सोया था कि तभी उसे लगा कि कोई आया है और उसके पैरों के पास बैठ गया है। उसने अँधेरे में देखने की कोशिश की और देखा कि वह मेकर था। एक्सीनॉफ ने उससे पूछा, "तुम मुझसे क्या चाहते हो? तुम यहाँ क्या कर रहे हो?"

मेकर चुप रहा।

एक्सीनॉफ उठकर बैठ गया और बोला, "तुम क्या चाहते हो? चले जाओ, नहीं तो मैं गार्ड को बुला दूँगा।"

मेकर एक्सीनॉफ के ऊपर झुका और फुसफुसाता हुआ बोला, "ईवान डिमित्रिविच, मुझे माफ कर दो।"

एक्सीनॉफ ने पूछा, "मैं तुम्हें किसलिए माफ कर दूँ?"

"मैंने ही उस व्यापारी का कत्ल किया था और मैंने ही वह चाकू तुम्हारे थैले में छिपा दिया था। मैं तो तुम्हारी भी हत्या करना चाहता था, पर बाहर शोर सुनकर मैंने वह चाकू तुम्हारे थैले में छिपा दिया और खिड़की से बाहर निकल गया।"

एक्सीनॉफ ने कुछ नहीं कहा और उसे समझ में भी नहीं आ रहा था कि वह क्या करे। मेकर उस बेंच से नीचे उतरकर जमीन पर घुटनों के बल बैठ गया और कहने लगा, "ईवान डिमित्रिविच, मुझे माफ कर दो! ईश्वर के लिए मुझे माफ कर दो। मैं अपना अपराध स्वीकार कर लूँगा कि मैंने ही उस व्यापारी की हत्या की थी और वे तुम्हें माफ कर देंगे। फिर तुम अपने घर जा सकोगे।"

एक्सीनॉफ ने कहा, "तुम्हारे लिए यह कहना आसान है, पर मैं इसे कैसे सह सकूँगा? अब मैं जाऊँगा भी कहाँ? मेरी बीवी मर चुकी है और मेरे बच्चे मुझे भूल चुके हैं। मेरे पास जाने के लिए कोई जगह नहीं है।"

मेकर वहाँ से उठा नहीं और अपना सिर जमीन पर पटकते हुए बोला, "ईवान डिमित्रिविच, मुझे माफ कर दो। जब वे लोग मुझे कोड़े से मारते हैं, तब

उसे बरदाश्त करना मेरे लिए आसान है; पर तुमसे नजरें मिला पाना आसान नहीं है। तुमने इतना सबकुछ होने पर भी मुझ पर दया दिखाई और मेरे बारे में उन्हें कुछ भी नहीं बताया। हालाँकि मैं बहुत बुरा आदमी हूँ, फिर भी ईश्वर के लिए मुझे माफ कर दो।''

इतना कहकर मेकर सुबकने लगा।

जब एक्सीनॉफ ने मेकर का सुबकना सुना, तब उसकी भी आँखों में आँसू आ गए और उसने कहा, ''ईश्वर तुम्हें माफ कर देगा; पर शायद मैं तुमसे सौ गुना अधिक बुरा आदमी रहा हूँगा।''

तभी अचानक एक्सीनॉफ को एक अजीब सी शांति का एहसास हुआ और उसने अपने घर का दुःख मनाना बंद कर दिया। अब उसके मन में जेल को छोड़कर जाने की इच्छा भी समाप्त हो गई और वह अपने अंतिम पलों के बारे में सोचने लगा।

मेकर ने एक्सीनॉफ की बात नहीं मानी और अपना अपराध स्वीकार कर लिया। जिस दिन एक्सीनॉफ को जेल से घर जाने का आदेश मिला, उसी दिन उसके प्राण-पखेरू उसे छोड़कर चले गए।

□

3

दो बुजुर्ग आदमी

एक बार दो बुजुर्ग आदमियों ने प्राचीन जेरूशलम जाकर परमेश्वर की आराधना करने का इरादा किया। उन दोनों बुजुर्गों में से एक धनी व परिश्रमी किसान था और उसका नाम येफिम तारास्विच शेवलेफ था; दूसरा बुजुर्ग उतना धनी नहीं था और उसका नाम येलसी बोडरोफ था।

येफिम एक गंभीर और सौम्य किसान था। वह न तो वोदका पीता था और न ही तंबाकू या नसवार लेता था। उसने अपनी सारी जिंदगी एक भी बुरे शब्द का इस्तेमाल नहीं किया था। वह एक अनुशासित और ईमानदार आदमी था। याफिम दो बार बिना घाटा दिए ही अपने कर का भुगतान भी कर चुका था। येफिम का परिवार काफी बड़ा था, जिसमें उसके दो लड़के और एक शादीशुदा पोता भी था। वे सभी लोग साथ ही रहा करते थे। तंदुरुस्ती के लिहाज से वह काफी भला-चंगा और सीधा खड़ा रहता था तथा उसकी दाढ़ी भी लंबी थी। हालाँकि वह अपनी उम्र के सातवें दशक में था और उसकी दाढ़ी भी सफेद होनी शुरू हो चुकी थी।

येलसी थोड़ा कम बूढ़ा था और वह न तो धनी था, न ही गरीब। शुरू-शुरू में उसने बढ़ईगीरी का काम किया था, पर अब वह बूढ़ा हो चुका था और घर पर रहकर ही मधुमक्खियाँ पालता था। उसका एक लड़का बाहर काम करने गया है और दूसरा घर पर ही रहता है। येलसी एक अच्छा और खुशमिजाज आदमी है। वह वोदका पीने का आदी था और नसवार भी लेता था तथा उसे संगीत का भी शौक था। येलसी एक शांतिप्रिय व्यक्ति था और अपने परिवार तथा पड़ोसियों के साथ प्रेम से रहता था। येलसी कम ऊँचाईवाला गहरे रंग का और घुँघराली दाढ़ीवाला एक गंजा किसान था।

उन दोनों बुजुर्गों ने साथ-साथ कहीं जाने का वायदा किया था, मगर तारास्विच को कभी खाली समय ही नहीं मिला। उसकी व्यस्तता कभी खत्म ही नहीं होती थी। जैसे ही एक व्यस्तता जाती, दूसरी आ जाती; पहले उसके पोते ने शादी की और फिर छोटे बेटे की सेना से लौट आने की उम्मीद थी। इसके बाद उनकी एक बड़ी झोंपड़ी बनाने की भी योजना थी।

एक बार किसी उत्सववाले दिन उन दोनों बुजुर्गों की मुलाकात हुई और वे धूप में बैठे थे। येलसी ने कहा, "अच्छा बताओ, हम कब बाहर निकलेंगे और अपना वायदा पूरा करेंगे?"

येफिम ने अपनी भौंहें चढ़ाईं और बोला, "हमें थोड़ा इंतजार करना चाहिए। इस साल हमें थोड़ी परेशानी है। मैं एक बड़ी झोंपड़ी बनाने में लगा हूँ। मैंने 100 रूबल खर्च करने की योजना बनाई है, मेरा काम भी एक-तिहाई हो चुका है; पर अभी भी पूरा खत्म नहीं हुआ है। इसे पूरा होने में गरमी तक का समय लगेगा। गरमियों तक यदि ईश्वर की इच्छा हुई, तब हम बिना किसी परेशानी के चले चलेंगे।"

येलसी ने जवाब दिया, "मेरे विचार से अब हमें इस काम को टालना नहीं चाहिए और आज ही चलना चाहिए। इस समय बहुत अच्छा वसंत का मौसम है।"

"समय तो वाकई ठीक है, पर मेरा काम शुरू हो चुका है और मैं इसे बीच में ही कैसे छोड़ सकता हूँ?"

"क्या तुम्हारे पास कोई और आदमी नहीं है? तुम्हारा लड़का भी इसे देख सकता है।"

"वह कैसे कर सकता है? मेरे बड़े लड़के पर यकीन नहीं किया जा सकता है। वह तो शराबी है।"

"मेरे दोस्त, एक दिन हम सब मर जाएँगे और उन्हें हमारे बिना ही रहना होगा। तुम्हारे बेटे को यह सीखना ही चाहिए।"

"तुम्हारा कहना बिलकुल ठीक है; पर मैं अपनी आँखों से यह काम खत्म होते हुए देखना चाहता हूँ।"

"मेरे प्यारे दोस्त, तुम अपने सारे काम कभी पूरे नहीं कर पाओगे। ईस्टर की तैयारी में आज मेरे घर की सारी मेहनती औरतें घर की सफाई कर रही थीं। ये दोनों ही काम जरूरी हैं, पर तुम इन्हें कभी खत्म नहीं कर पाओगे। मेरी बड़ी बहू, जो एक समझदार औरत है और कहती है, परमेश्वर का लाख-लाख शुक्र है कि

ईस्टर आ रहा है; पर यह हमारा इंतजार नहीं करता है। साथ ही वह यह भी कहती है, ये काम कभी खत्म नहीं होंगे।''

येफिम अपने खयालों में डूब गया और बोला, ''मैंने इस मकान में काफी रकम लगा दी है और हम इस यात्रा पर खाली हाथ नहीं जा सकते हैं। इसमें 100 रूबल से कम नहीं खर्च होगा।''

येलसी जोर से हँसा और बोला, ''मेरे दोस्त! अगर मैं गलत नहीं हूँ तो तुम्हारे पास मुझसे दस गुना अधिक संपत्ति है, और तुम रकम की बात कर रहे हो। तुम सिर्फ इतना बताओ कि हमें चलना कब है? मेरे पास कुछ भी नहीं है, पर मैं इंतजाम कर लूँगा।''

येफिम मुसकराया, ''तुम दिल के कितने धनी हो, मगर तुम इंतजाम कैसे करोगे?''

''मैं घर का कुछ कबाड़ बेच दूँगा, इससे कुछ इंतजाम हो जाएगा और बाकी के लिए मैं अपने पड़ोसी को अपनी मधुमक्खियों के इस छत्ते को बेच दूँगा। वह काफी दिनों से इनके पीछे पड़ा हुआ है।''

''यह साल मधुमक्खियों के लिहाज से बहुत अच्छा होने वाला है; तुम इसके लिए पछताओगे।''

''पछताऊँगा? नहीं दोस्त, मैं अपने जीवन में सिवाय अपने पापों के किसी भी चीज के लिए नहीं पछताता। मेरे लिए मेरी अंतरात्मा से अधिक कीमती कुछ भी नहीं है।''

''यह ठीक है, लेकिन जब घर पर सब ठीक-ठाक नहीं है, तब इस काम में आनंद नहीं है।''

''मगर जब हमारी आत्मा सही नहीं है, तब यह कैसे होगा?''

''तब यह तो और भी बुरा होगा। हमने चलने की प्रतिज्ञा की है—आओ, चलें। मैं तुमसे अनुरोध करता हूँ—आओ, चलें।''

□

येलसी ने अपने साथी से काफी बातें कीं। येफिम ने इसपर बार-बार सोचा और सुबह वह येलसी के पास जाकर बोला, ''अच्छा, तो आओ चलें! तुम सही कहते हो। जिंदगी और मौत पर ईश्वर की ही इच्छा चलती है। जब तक हम जिंदा हैं और हममें ताकत है, हमें वहाँ जरूर जाना चाहिए।''

उन दोनों बुजुर्गों ने सप्ताह के आखिर तक अपनी तैयारियाँ पूरी कर लीं। तारास्विच के पास घर में पैसा था। उसने अपनी यात्रा के लिए 100 रूबल ले लिये

और अपनी बूढ़ी औरत के लिए 200 रूबल छोड़ दिए।

उधर येलसी भी तैयार था। उसने अपने पड़ोसी को दस मधुमक्खियों के छत्ते बेच दिए और जो दस मधुमक्खियों के छत्ते तैयार होने वाले थे, वे भी उसने उसी को बेच दिए। उसके पास अब 70 रूबल इकट्ठा हो चुके थे और बचे हुए 30 रूबल उसने अपने घर में छिपाकर रखे हुए स्थान से निकाल लिये। उसकी बूढ़ी औरत को उसकी बहू ने जो पैसे दिए थे और इसे उसने अपने अंतिम समय के लिए बचाकर रखे थे, वे सब भी उसने अपने आदमी को दे दिए।

येफिम तारास्विच ने अपने बड़े बेटे को सबकुछ समझा दिया था कि किस चरागाह को किराए पर देना है और खाद कहाँ रखनी है तथा मकान की छत कैसे बनवानी है। उसने हर चीज के बारे में सोचा और पहले से ही आदेश भी दे दिया। उधर येलसी ने अपनी बूढ़ी बीवी से सिर्फ इतना ही कहा कि तैयार होनेवाले मधुमक्खियों के छत्ते को बिना किसी चालाकी के पड़ोसी को दे देना। घरेलू मामलों के बारे में सिवाय इसके उसने कुछ भी नहीं कहा, ''यदि कुछ सामने आए तो उसका सामना करना। तुम घर के सभी लोग वही करना, जिसे तुम अच्छा समझना।''

अब वे दोनों बुजुर्ग आदमी चलने को तैयार थे। उन किसानों ने काफी ब्रेड तैयार करके रख ली थीं, मोजे की जगह पहने जानेवाले कपड़े काटकर रख लिये थे। उन्होंने नए जूते पहने और कुछ जूते साथ रख लिये थे। गाँव के लोगों ने उनका कुछ दूर तक साथ दिया और फिर उन्हें विदा कर दिया। अब वे दोनों बुजुर्ग अपनी यात्रा के लिए निकल पड़े।

येलसी बहुत ही अच्छे मूड में था और जैसे ही उसने गाँव छोड़ा, वह अपनी सारी परेशानियों को भूल चुका था। उसके मन में सिर्फ एक ही विचार था कि अपने साथी को किस तरह से खुश रखा जाए और किसी को एक भी बुरा शब्द न बोला जाए तथा किस तरह से उस पवित्र स्थान पर पहुँचे और वापस घर आ जाएँ। येलसी सड़क पर चलते समय या तो प्रार्थना बुदबुदाता रहता या फिर अपनी याददाश्त में बसे किसी संत के जीवन को याद करता रहता। यदि वह रास्ते में किसी से मिलता या कहीं ठहरता, तब वह जहाँ तक संभव हो, हरेक के साथ समझौता करते हुए खुद को उपयोगी बनाए रखता। यहाँ तक कि परमेश्वर की सेवा में ही कुछ कहता भी था। वह अपना रास्ता खुशी-खुशी तय कर रहा था। लेकिन एक काम येलसी नहीं कर सका। वह नसवार लेना छोड़ना चाहता था और उसने अपना नसवार का डिब्बा भी छोड़ दिया था; पर यह काम उसके लिए काफी परेशानीवाला था। रास्ते में एक आदमी ने उसे कुछ नसवार दे दी और अब वह

बार-बार अपने साथी के पास चला जाता, ताकि उसके मन में नसवार का लालच न पैदा हो, मगर फिर भी वह एक चुटकी नसवार सूँघ ही लेता था।

येफिम तारास्विच भी दृढ़ता के साथ चल रहा था। उसने कुछ भी बुरा नहीं किया और किसी को भी बुरे वचन नहीं बोले; पर उसका मन बेचैन था। वह अपने मन से अपने घरेलू मामलों को नहीं निकाल पा रहा था। वह लगातार सोचता जा रहा था कि उसके घर पर क्या हो रहा होगा। कहीं वह अपने बेटे को कुछ बताना भूल तो नहीं गया। क्या उसका बेटा वही कर रहा है, जो उसने उसे बताया था? जब वह किसी को सड़क के किनारे आलू बोते या खाद देते देखता, तब वह सोचने लगता कि क्या उसका बेटा उसकी बात के अनुसार काम कर रहा होगा? वह करीब-करीब वापस जाने के लिए तैयार ही था कि वह उसे दिखाए कि कैसे काम किया जाता है या वह खुद ही उसके काम को कर दे।

☐

उन बुजुर्ग आदमियों को यात्रा करते हुए पाँच सप्ताह बीत चुके थे, उनके घर के बने जूते फट गए थे और उन्हें नए जूते खरीदने पड़े। अब वे चलते-चलते टॉप नाट्स (छोटा रूस) पहुँच चुके थे। जब वे घर से चले थे, तब उन्हें ठहरने और खाने के लिए भुगतान करना पड़ता था, पर अब वे टॉप नाट्स आ चुके थे, जहाँ लोग उन्हें आमंत्रित करने के लिए आपस में प्रतिस्पर्धा करते नजर आ रहे थे। वहाँ के लोगों ने उन्हें ठहरने की जगह दी, खाना खिलाया और इसके लिए धन भी नहीं लिया, बल्कि आगे की यात्रा के लिए उनके थैले में ब्रेड भी रख दिया। इस समय तक उन बूढ़े आदमियों ने करीब 467 मील की यात्रा कर ली थी। उन्होंने इस सरकार का क्षेत्र भी पार कर लिया था और अब वे अकालग्रस्त क्षेत्र से गुजर रहे थे।

इस जगह के लोग उन्हें अपने साथ घर ले गए और उनसे ठहरने का कुछ भी नहीं लिया; पर वे उन्हें कुछ खिला न सके। उस गाँव के लोग उनके लिए ब्रेड का भी इंतजाम न कर सके। उन लोगों ने बताया कि पिछले साल से वहाँ कुछ भी पैदा नहीं हुआ। उस गाँव के जो भी धनी लोग थे, वे सब बरबाद हो गए और अपना सबकुछ बेचने के लिए मजबूर थे। जो मध्यम दर्जे के थे वे निम्न स्तर पर आ गए और जो गरीब लोग थे, वे या तो अपने घरों में ही खत्म हो गए या फिर समूह बनाकर रहने लगे। सारे जाड़े भर वहाँ के लोग भूसी और जंगली पौधों पर गुजारा करते रहे।

एक बार वे दोनों बुजुर्ग एक छोटी सी जगह पर रुके और वहाँ से उन्होंने 15 पाउंड ब्रेड खरीदी तथा रात गुजारने के बाद वे सुबह जल्दी ही चल दिए, ताकि दिन के गरम होने तक अधिक-से-अधिक दूरी तय कर सकें। उन्होंने तकरीबन 10

मील की यात्रा भी तय कर ली थी और एक नदी के तट पर आ पहुँचे। उन लोगों ने अपने मग में पानी भरा और ब्रेड के छोटे-छोटे टुकड़ों को भिगोने लगे तथा अपने जूते भी बदल लिये। वे वहाँ कुछ देर आराम करने लगे। तभी येलसी ने अपनी छोटी सी नसवार की डिबिया निकाली। येफिम ने उसकी तरफ अपना सिर घुमाया और कहा, "क्यों नहीं तुम इस गंदी चीज को फेंक देते?"

येलसी ने अपना सिर झटकते हुए जवाब दिया, "मेरा यह गुनाह बहुत मजबूत है, आप इसमें कर ही क्या सकते हैं?"

अब वे उठकर खड़े हो गए और आगे की तरफ चल पड़े। करीब आधा मील चलने के बाद वे एक बड़े से गाँव में पहुँचे। वे गाँव के भीतर घुस गए। उस समय काफी गरमी थी। येलसी थकान से बुरी तरह चूर था और वह पानी पीना तथा थोड़ा आराम करना चाहता था, मगर तारास्विच का मन रुकने का नहीं था। तारास्विच चलने में थोड़ा तगड़ा था और येलसी को उसका साथ देने में थोड़ी परेशानी हो रही थी।

उसने कहा, "मैं पानी पीना चाहता हूँ।"

"ठीक है, तुम पानी पी लो, पर मुझे नहीं चाहिए।"

येलसी रुक गया और बोला, "मेरा इंतजार मत करना। मैं सिर्फ इस झोंपड़ी में एक मिनट के लिए जा रहा हूँ, वहाँ पानी पिऊँगा और तुम्हें जल्दी ही पकड़ भी लूँगा।"

"ठीक है।"

इस तरह येफिम तारास्विच अकेले ही आगे चल दिया और येलसी उस झोंपड़ी की तरफ मुड़ गया।

येलसी उस झोंपड़ी के पास पहुँचा। वह एक बहुत ही छोटी सी झोंपड़ी थी और उसपर मिट्टी की लिपाई थी। भीतर से वह काली और ऊपर से सफेद थी। उसकी मिट्टी जगह-जगह से उखड़ गई थी। ऐसा लगता था, उसकी एक लंबे समय से मरम्मत नहीं हुई थी। उसकी छत भी एक जगह से टूट चुकी थी। झोंपड़ी तक पहुँचने का रास्ता एक बंद दरवाजे से होकर जाता था। येलसी उस दरवाजे से होकर भीतर घुसा और उसने देखा कि वहाँ एक दुबला-पतला बिना दाढ़ीवाला आदमी कमीज और हाफ पैंट पहनकर जमीन पर पड़ा है। ऐसा मालूम पड़ता था कि ठंड में वह आदमी लेट गया होगा, मगर अब सूरज बिलकुल उसके ऊपर चमक रहा था। वह आदमी केवल वहाँ लेटा ही था, सोया नहीं था। येलसी ने उसे आवाज लगाई और पानी माँगा, पर उसने कोई जवाब नहीं दिया।

येलसी ने सोचा, या तो वह आदमी बीमार था या बुरा। इसके बाद जब येलसी झोंपड़ी में घुसा, तब उसने वहाँ कुछ रोते हुए बच्चे देखे।

येलसी ने कुंडी खटखटाई और कहा, "बच्चो!" पर कोई जवाब नहीं आया। उसने दरवाजे की साँकल और जोर से खटखटाई और आवाज लगाई, "कोई है?"

कोई हलचल नहीं हुई।

"अरे, ईश्वर के सेवक!" किसी ने जवाब नहीं दिया।

येलसी वापस जाने ही वाला था कि उसने कुछ सुना, दरवाजे के पीछे कोई हाँफ रहा था।

क्या इन लोगों पर कोई मुसीबत आई है? मुझे देखना चाहिए, यह सोचकर येलसी झोंपड़ी के भीतर घुसा।

□

येलसी ने दरवाजे की घुंडी घुमाई, जो भीतर से बंद नहीं थी, इसलिए खुल गई। और अब वह झोंपड़ी के भीतर था। दरवाजा वैसे ही खुला रहा और अंदर बाईं तरफ एक तंदूर, सीधे कोने में प्रार्थना करने की एक मेज और एक बेंच पड़ी थी। बेंच पर एक बूढ़ी औरत सिर्फ एक कमीज पहने बैठी थी, जिसके बाल बेतरतीब ढंग से बिखरे थे और उसने अपना सिर मेज से टिका रखा था। उसकी कुहनी के पास एक दुबला-पतला छोटा सा लड़का खड़ा था, जिसका रंग मोम की तरह पीला और पेट कुपोषण की वजह से फूला हुआ था। उस बच्चे ने औरत की बाँह पकड़ रखी थी और पूरी ताकत से चिल्लाकर कुछ खाने के लिए माँग रहा था।

येलसी ने देखा कि झोंपड़ी के भीतर का माहौल बहुत ही दमघोंटू है और तंदूर के पीछे एक औरत पड़ी हुई है। वह औरत पीठ के बल लेटी थी और ऊपर की तरफ नहीं देख रही थी। वह केवल दुःखी थी और कभी-कभी अपने पैरों को फैलाती व समेटती थी। वह इधर-उधर करवट भी बदल रही थी तथा उससे निकलती बदबू की भी अनदेखी कर रही थी। उस बूढ़ी औरत ने अपना सिर ऊपर उठाया और उस आदमी की तरफ देखा तथा पूछा, "तुम क्या चाहते हो? हमारे पास तुम्हें देने के लिए कुछ भी नहीं है।"

येलसी ने उस महिला की बात समझ ली और सीधा उसके पास पहुँचा। बोला, "मैं ईश्वर का एक सेवक हूँ और यहाँ पानी पीने आया हूँ।"

वह औरत बोली, "यहाँ कुछ भी नहीं है, कुछ भी देने के लिए नहीं है। चले जाओ!"

येलसी ने उससे पूछना शुरू किया, "क्या यहाँ कोई ऐसा आदमी नहीं है, जो

उस औरत की देखभाल कर सके?''

''नहीं, यहाँ कोई नहीं है। वह आदमी भूख से मर रहा है और यहाँ हम इस हाल में हैं।''

उस बच्चे ने जब एक अजनबी को देखा तब उसने रोना बंद कर दिया। मगर जैसे ही वह बूढ़ी औरत बोली, उसने फिर से उसकी बाँह पकड़ ली और ''ब्रेड, दादी ब्रेड!'' कहकर चिल्लाना शुरू कर दिया।

येलसी उस बूढ़ी औरत से कुछ और प्रश्न पूछने ही वाला था कि तभी वह किसान लड़खड़ाता हुआ झोंपड़ी में घुसा। उसने दीवार का सहारा ले रखा था और बेंच पर बैठने ही जा रहा था कि तभी वह किनारे की तरफ गिर पड़ा। उसने उठने की कोशिश नहीं की, पर वह कुछ कहना चाहता था। वह मुश्किल से ही एक शब्द बोल पाया था कि उसकी साँस उखड़ गई।

''बीमार है बेचारा''भूख से मर रहा है।''

किसान ने उस बच्चे की तरफ अपने सिर से इशारा किया और उसकी आँखों में आँसू आ गए।

येलसी ने अपने कंधे से झोला उतारा, अपने हाथ खाली किए और फिर झोला जमीन पर रखकर उसे बेंच पर रखने के लिए उठाया तथा खोलने लगा। उसने उसमें से एक ब्रेड और चाकू निकाला और उससे एक टुकड़ा काटकर उस किसान को दिया। किसान ने उसे नहीं खाया और उस लड़के व लड़की की तरफ इशारा करते हुए कहा, ''प्लीज, उन्हें दे दीजिए।''

येलसी ने बच्चे को वह टुकड़ा पकड़ा दिया। उस छोटे से बच्चे को ब्रेड की खुशबू मिली और उसने उसे अपने दोनों हाथों से पकड़कर इसमें अपनी नाक घुसा दी। एक छोटी लड़की तंदूर के पीछे से रेंगकर निकली और ब्रेड को घूरने लगी। येलसी ने उसे भी कुछ दिया और फिर ब्रेड का एक बड़ा सा टुकड़ा काटकर उस बूढ़ी औरत को दे दिया। उस औरत ने उस टुकड़े को लिया और उसे चबाने की कोशिश करने लगी।

उस औरत ने येलसी से कहा, ''क्या तुम पानी ला दोगे? इनके मुँह सूख रहे हैं। मैंने पानी भरने की कोशिश की थी। पता नहीं आज या कल, यह मुझे याद नहीं है, पर मैं गिर पड़ी थी और मुझे पानी भी नहीं मिला था। अगर किसी ने चुरा न ली हो तो वह बालटी भी वहीं होगी।''

येलसी ने उनसे कुएँ के बारे में पूछा। उस बूढ़ी औरत ने इशारे से बता दिया। येलसी उसी तरफ गया और उसे बालटी मिल गई। वह पानी ले आया और उसने

उन लोगों को भी पानी पिलाया।

वे बच्चे अभी भी ब्रेड और पानी साथ-साथ खा रहे थे। उस बूढ़ी औरत ने भी थोड़ा सा खाया। पर किसान ने खाने से मना कर दिया और कहा, "यह मेरा पेट खराब कर देगा।"

उसकी औरत ने अपने ब्रेड के अलावा इस बात पर ध्यान नहीं दिया।

येलसी गाँव में गया और एक दुकान से उसने कुछ आटा, नमक, मक्खन और एक कुल्हाड़ी खरीदी। उसने कुछ लकड़ियाँ चीरीं और तंदूर में आग जलाई। इस काम में उस छोटी सी लड़की ने भी उसकी सहायता की। येलसी ने दलिया उबाला और उन लोगों को खिलाया।

□

उस किसान और बूढ़ी औरत ने थोड़ा सा ही खाया, पर उस छोटी लड़की और लड़के ने पूरे बरतन को चाटकर साफ कर दिया था। अब वे दोनों बच्चे एक-दूसरे की बाँहों में बाँहें डाले सो रहे थे।

किसान और बूढ़ी औरत ने अब यह बताना शुरू कर दिया कि यह सबकुछ उनके साथ किस ढंग से घटित हुआ। उन्होंने कहा, "हम इस अकाल से पहले भी धनी नहीं थे और जब पैदावार बिलकुछ ही नहीं हुई, तब पिछले वसंत में बचाया हुआ सबकुछ हमें खाने में खर्च कर देना पड़ा। हमारा सबकुछ खत्म हो गया और हमने अपने पड़ोसियों व दयालु लोगों से भीख माँगना शुरू कर दिया। शुरू-शुरू में तो उन लोगों ने हमें दिया और फिर भगा दिया। कुछ लोग हमें खुशी से देना चाहते थे, पर उनके पास कुछ भी नहीं था। हमें वाकई भीख माँगने में शर्म महसूस होती थी। धीरे-धीरे हम उन सभी लोगों के पैसे, आटा और ब्रेड के कर्जदार हो गए। किसान ने कहा, "मैंने काम करने की भी कोशिश की, पर वहाँ कोई काम ही नहीं था। सभी जगह किसान खाने के लिए काम की तलाश में भटक रहे थे। एक दिन काम मिलता तो दो दिन उसकी तलाश करनी पड़ती थी। इस बूढ़ी औरत और छोटी बच्ची को भीख माँगने के लिए काफी दूर जाना पड़ता था। उन्हें कुछ अधिक नहीं मिलता था, क्योंकि किसी के पास भी फालतू ब्रेड नहीं थी। हम इसी उम्मीद में जी रहे थे कि नई फसल आएगी और तब तक यह चलता ही रहेगा; मगर तभी उन लोगों ने देना बंद कर दिया और यह बीमारी भी आ गई। हमारे हालात बद से बदतर होते चले गए। एक दिन हमारे पास खाने के लिए कुछ होता तो अगले दो दिनों तक कुछ भी नहीं होता। हमने घास खानी शुरू कर दी। शायद घास या इसी तरह की कोई चीज खाने की वजह से मेरी पत्नी बीमार पड़ गई। मेरी पत्नी बीमार

थी और मुझमें ताकत नहीं बची थी। हमारे बचने का कोई रास्ता नहीं था।

बूढ़ी औरत ने कहा, ''केवल मैं ही बची थी और वह भी भूखी। मैंने अपनी सारी ताकत खो दी थी और बहुत कमजोर हो गई थी। वह छोटी बच्ची इतनी कमजोर हो चुकी थी कि उसकी धड़कन तक कम हो गई। हमने उसे पड़ोसी के घर भेजा, पर वह नहीं गई और उस कोने में रेंगकर चली गई। कल से पहले एक पड़ोसन इधर से गुजरी थी और उसने देखा कि हम भूख से मर रहे हैं और बीमार हैं, पर वह मुड़कर नहीं आई और चली गई। इस बीमार औरत का आदमी इसे छोड़कर चला गया है और इसके पास अपने बच्चों को खिलाने के लिए कुछ भी नहीं था। इसलिए हम यहाँ लेटकर मौत का इंतजार कर रहे थे।''

येलसी ने उनकी बातें सुनीं और उस दिन अपने साथी से जाकर मिलने का इरादा बदल दिया। वह उस रात वहीं रुक गया। सुबह वह जल्दी उठा और उसने अपने रोजमर्रा के काम इस तरह निपटाए कि जैसे वह इस घर का मालिक था। उसने और उस बूढ़ी औरत ने ब्रेड के लिए आटा गूँधा और फिर तंदूर में आग जलाई। येलसी उस छोटी लड़की के साथ पड़ोसियों के पास जरूरत का सामान माँगने गया, क्योंकि वहाँ घरेलू काम के लिए कुछ भी नहीं था। सारा सामान बिक चुका था, यहाँ तक कि कपड़े भी नहीं थे। येलसी ने जरूरत का सामान इकट्ठा किया। कुछ तो उसने खुद ही बनाए और कुछ खरीद लिये। इस तरह येलसी ने वहाँ एक दिन, दो दिन और तीसरा दिन भी बिता दिया।

वह छोटा लड़का अब स्वस्थ हो चला था और येलसी को प्यार करने के लिए बेंच पर चढ़ जाता था। वह छोटी लड़की भी पूरी तरह से ठीक हो चुकी थी और सभी कामों में उसकी सहायता भी करती थी, साथ ही वह येलसी के पीछे 'दादा-दादा' कहकर दौड़ती भी रहती थी। वह बूढ़ी औरत भी अब चलने-फिरने लगी थी और पड़ोसियों के पास जाने लगी थी। उस किसान ने दीवार का सहारा लेकर धीरे-धीरे चलना शुरू कर दिया था। केवल वह औरत ही अभी तक बेहोश थी, पर तीसरे दिन उसे भी होश आ गया और उसने कुछ खाने के लिए माँगा।

येलसी ने सोचा, मैंने यहाँ काफी समय बिता दिया है और अब मुझे यहाँ से चलना चाहिए।

□

चौथे दिन इन फाकों के बाद पहली बार उन्हें मीट खाने की अनुमति मिली। येलसी ने सोचा, अब मैं इन लोगों के साथ खाना खाऊँगा। मैं इनके लिए सेंट दिवस (सेंट पीटर) पर कुछ खरीदूँगा और शाम तक चला जाऊँगा। येलसी दुबारा

गाँव में गया और वहाँ से उसने दूध, आटा व मीट खरीदा। सुबह येलसी चर्च गया और घर लौटकर उसने उन सभी लोगों के साथ मीट खाया। आज वह औरत भी उठ गई थी और रेंगने भी लगी थी। उस किसान ने अपनी हजामत भी बना ली थी और बूढ़ी औरत की धोई हुई साफ कमीज भी पहन रखी थी। अब वह गाँव के एक धनी किसान के पास उसकी सहायता माँगने पहुँचा। उसका चरागाह और मक्के का खेत उस धनी किसान के पास गिरवी पड़ा था। वह उस किसान के पास यह पूछने गया कि क्या वह उसे उसके चरागाह और मक्के के खेत की नई फसल के आने तक दे सकता था?

किसान शाम को अपनी आँखों में आँसू लिये दुःखी मन से घर वापस लौटा। उस धनी किसान ने उस पर दया नहीं दिखाई और कहा, ''उसकी रकम ले आओ।''

येलसी फिर से सोच में पड़ गया, यह किसान कैसे रह पाएगा? इन लोगों के पास कुछ भी नहीं है तथा इनके खेत भी गिरवी पड़े हैं। इस समय जौ पकने वाली है और लोग फसल काटने के लिए तैयार हैं। हमारी धरती माँ ने इस साल अच्छी फसल दी है, मगर इन लोगों को कुछ भी नहीं मिलेगा, क्योंकि इनके खेत उस धनी किसान के पास गिरवी पड़े हैं। यदि मैं चला जाऊँगा, तब ये लोग फिर से बरबाद हो जाएँगे।

येलसी इन्हीं विचारों में डूबा रहा और शाम को नहीं गया तथा सुबह तक इंतजार करता रहा। वह बाहर बरामदे में सोने चला गया और लेटकर उसने प्रार्थना भी की, पर वह सो नहीं सका। उसने सोचा, मुझे अब यहाँ से चलना चाहिए। मैं यहाँ काफी पैसा और समय खर्च कर रहा हूँ। मुझे इन लोगों के लिए दुःख है, पर तुम हर किसी को तो नहीं दे सकते हो। मैंने तो उनके लिए सिर्फ पानी और ब्रेड के टुकड़े का ही इंतजाम किया था, मगर देखो, उन्होंने मुझे किस ढंग से लिया। अब मुझे उनके चरागाह और खेत छुड़ा लेने चाहिए और जब मैं उनके खेत छुड़ा लूँगा, तब उन बच्चों के लिए एक गाय और अनाज के गट्ठर को ढोने के लिए एक घोड़ा भी खरीदना होगा। येलसी, अब तुम एक कठिन परिस्थिति में हो। तुम इनकी सुरक्षा के लिए फँस चुके हो तथा आसानी से नहीं जा सकते हो।

येलसी उठकर बैठ गया। उसने अपना काफ्तान सिर के नीचे से निकाला, एक चुटकी नसवार सूँघा और अपने विचारों से खुद को बाहर निकालने की कोशिश की। मगर वह सोचता ही रह गया, उससे बाहर नहीं निकल सका। उसे जाना चाहिए, पर उसे उन लोगों पर दया आ रही थी। उसे क्या करना चाहिए, वह

नहीं समझ पा रहा था। उसने अपने काफ्तान को तकिए की तरह सिर के नीचे लगाया और लेट गया। सुबह मुरगे ने बाँग भी दे दी और वह सोता ही रहा। तभी उसे लगा कि कोई उसे जगा रहा था। उसने देखा कि वह अपने साज-सामान के साथ जाने के लिए पूरी तरह से तैयार है तथा फाटक के पास पहुँच गया है। फाटक कुछ इस तरह से बंद था कि उसमें से सिर्फ एक ही आदमी निकल सकता था। जैसे ही वह फाटक के पास पहुँचता है कि तभी एक तरफ से किसी ने उसका थैला पकड़ लिया। वह उसे छुड़ाने की कोशिश करता है कि तभी दूसरी तरफ से किसी ने उसका पैर पकड़ लिया था। वह छुड़ाने के लिए देखता है कि वहाँ उस छोटी बच्ची ने उसे पकड़ रखा है और रोते हुए कह रही है, ''दादा, प्यारे दादा, ब्रेड।'' दूसरी तरफ वह देखता है कि वह लड़का उसपर चढ़ रहा है और वह बूढ़ी औरत तथा किसान खिड़की से उसे देख रहे हैं।

येलसी चौंककर जाग गया और उसने मन-ही-मन कहा, 'कल मैं खेत और चरागाह छुड़ा लूँगा और एक घोड़ा व अगली फसल के आने तक के लिए आटा भी खरीदूँगा। बच्चों के लिए मैं एक गाय खरीदूँगा, क्योंकि ईसा से मिलने तुम समुद्र पार करके जाओगे और क्या उसे अपनी ही आत्मा में खो दोगे? मुझे इन लोगों की स्थिति ठीक करनी ही चाहिए।'

येलसी अगले दिन सुबह तक सोता रहा और फिर सुबह ही उस धनी किसान के पास पहुँचा। उसे रकम चुकाकर उसने खेत और चरागाह छुड़ा लिया। उसने खेत काटनेवाला औजार भी खरीद लिया, जिसे वह किसान पहले ही बेच चुका था। उसने किसान को खेत काटने के लिए भेज दिया और खुद घोड़ा एवं उसके साथ लगनेवाली गाड़ी खरीदने उस सराय मालिक के पास गया, जो उन्हें बेचने के लिए तैयार था। उसने थोड़ा मोल-भाव किया और फिर खरीद लिया। इसके बाद येलसी ने आटा खरीदा और बोरा गाड़ी में रखकर एक गाय खरीदने के लिए आगे चला। थोड़ी दूर चलने पर उसने दो औरतों को बातें करते सुना। वे अपनी ही भाषा में बातें कर रही थीं। येलसी ने अनुमान लगाया कि वे उसके बारे में ही बातें कर रही थीं।

हे परमेश्वर! शुरू-शुरू में तो उन्हें उसका अंदाज ही नहीं लगा। उनका खयाल था कि वह सिर्फ एक आदमी है। जब वह आया था, तब लगा कि वह सिर्फ पानी पीने के लिए ही रुका था। फिर उसने कहा, ''उन्हें जो कुछ भी चाहिए, वह ले आएगा। मैंने आज ही उसे सराय मालिक के पास से एक घोड़ा और गाड़ी खरीदते देखा है। मुझे नहीं पता था कि ऐसे लोग भी दुनिया में हैं। हमें चलकर उसे देखना चाहिए।''

येलसी ने सबकुछ सुना और समझ गया कि वे उसकी प्रशंसा कर रही थीं। वह गाय खरीदने नहीं गया। उसने वापस लौटकर सराय मालिक को घोड़े का पैसा दिया और उसपर लगाम लगाकर गाड़ी के साथ झोंपड़ी वापस लौट आया। वह उसे लेकर फाटक तक आया और फिर गाड़ी से अलग कर दिया। घर के लोगों ने घोड़े को देखा और भौंचक्के रह गए। उन्हें यह समझ में आ चुका था कि यह घोड़ा उनके लिए ही लाया गया था, पर वे कुछ भी बोलने का साहस न कर सके।

किसान फाटक खोलने के लिए बाहर निकल आया और पूछा, ''दादा, तुम्हें यह घोड़ा कहाँ मिला?''

उसने जवाब दिया, ''मैंने इसे खरीदा है। मुझे यह सस्ते में मिल गया था। इसके लिए थोड़ा नरम घास काट लाओ और बोरा ले जाओ।''

किसान ने घोड़े को खोल दिया और बोरा घर में ले गया तथा काफी घास काट कर घोड़े के सामने फैला दिया। जब वे सोने चले गए, तब येलसी अपने सामान के साथ बाहर बरामदे में ही सोया। वे लोग जब सो ही रहे थे, तभी येलसी उठा, अपने कंधे पर अपना थैला डाला, जूते पहने, काफ्तान पहना और येफिम के पीछे चल दिया।

□

येलसी अभी 5 मील ही चला होगा कि सुबह की रोशनी होनी शुरू हो गई। वह एक पेड़ के नीचे बैठ गया और अपना थैला खोला तथा सोचने लगा। उसने अपने पैसे गिने, जिसमें अब केवल 17 रूबल और 20 कोपेक ही बचे थे। उसने सोचा कि इतने पैसों से वह समुद्र पार नहीं कर सकता था और जीसस के नाम पर भीख माँगना एक बहुत बड़ा पाप है। मेरा दोस्त येफिम अकेला ही चला जाएगा और मेरे लिए वहाँ एक मोमबत्ती जला देगा। लेकिन मेरे मरने तक मुझ पर यह कर्ज बना रहेगा। हे ईश्वर! मेरा साथी दयालु है, वह धीरज रखेगा।

येलसी उठा, उसने अपना थैला अपने कंधे पर डाला और वापस घर की तरफ चल पड़ा। इस बार वह गाँव का चक्कर काटकर गुजरा, ताकि वहाँ के लोग उसे देख न सकें। येलसी जल्दी ही घर पहुँच गया, क्योंकि जब उसने चलना शुरू किया था, तब येफिम के साथ चलने में ऐसा मालूम पड़ता था कि उसे अधिक ताकत लगानी पड़ रही थी, पर वापस लौटने में ईश्वर ने उसे इतनी शक्ति दे दी थी कि उसे थकान मालूम ही नहीं पड़ी। वह सारा रास्ता खुशी और उमंग से पूरा करता चला गया। वह एक दिन में 70 मील तक चल लेता था।

येलसी घर वापस आ गया। उसके खेत पहले ही जोते-बोए जा चुके थे।

गाँव के लोग उसे देखकर बहुत खुश थे और उन लोगों ने उससे सवाल पूछने शुरू कर दिए कि उसने अपने साथी को क्यों छोड़ दिया और वह उसके साथ आगे क्यों नहीं गया? येलसी ने उन्हें यह बताना जरूरी नहीं समझा। उसने कहा, "ईश्वर ने उसे इसकी अनुमति नहीं दी। मैंने अपना पैसा सड़क पर ही खो दिया और अपने साथी से बिछुड़ गया। इसी वजह से मैं उसके साथ नहीं जा सका। ईश्वर के लिए मुझे माफ कर दो।"

येलसी ने बची हुई रकम अपनी पत्नी के हाथों में रख दी और उससे घरेलू मामलों के बारे में पूछा, तब पता चला कि सबकुछ ठीक-ठाक था। खेतों में भी काम बचा नहीं था और सभी लोग शांति व प्रसन्नता से रह रहे थे।

उसी शाम येफिम के आदमियों ने भी सुना कि येलसी वापस आ चुका है। तब उन्होंने उससे येफिम के बारे में जानकारी प्राप्त करनी चाही। येलसी ने उन लोगों को भी वही कहानी सुना दी कि तुम्हारा वह बुजुर्ग आदमी दृढ़तापूर्वक आगे बढ़ता गया और हम बिछुड़ गए। पीटर के दिन से ठीक तीन दिन पहले मैं उसे पकड़ लेना चाहता था, पर मेरा सारा पैसा खो गया और मैं उसे नहीं पकड़ सका। इसलिए मैं वापस लौट आया।

वहाँ के लोगों को इस बात पर आश्चर्य हुआ कि इतने समझदार आदमी ने कैसी बेवकूफी का काम किया, जो बीच रास्ते से ही लौट आया। इसने केवल अपना पैसा बरबाद किया। उन लोगों को आश्चर्य तो हुआ, पर फिर भूल गए। येलसी भी सबकुछ भूल गया और उसने अपने घर-गृहस्थी के काम फिर से शुरू कर दिए। वह जाड़ों के लिए लकड़ी कटवाने में अपने लड़के का हाथ बँटवाता, अपनी पत्नी के साथ चारा काटता। उसने अपना छप्पर भी फिर से सुधार दिया, मधुमक्खियों के छत्तों को भी ठीक किया और अपने पड़ोसी को दस छत्ते भी दिए। उसकी बूढ़ी औरत उन बिके हुए छत्तों में बढ़ी हुई मधुमक्खियों की संख्या को छुपाना चाहती थी; परंतु येलसी को पता था कि कितने छत्तों में बढ़ोतरी हुई है और कितनों में नहीं। उसने अपने पड़ोसी को दस के बजाय पंद्रह छत्ते दिए। येलसी ने सबकुछ व्यवस्थित कर लिया तथा अपने लड़के को काम पर भेजकर खुद जाड़ों के लिए जूते बनाने लगा और मधुमक्खियों के छत्ते तैयार करने लगा।

□

जिन दिनों येलसी उन बीमार लोगों के साथ ऊबता रहा और येफिम अपने साथी का इंतजार ही करता रहा। वह थोड़ी दूर चला और फिर बैठ गया। वह इंतजार करते-करते सो गया और उठने पर भी उसका साथी नहीं आया था। उसने

चारों तरफ अपनी नजर दौड़ाई, अब तो सूरज भी पेड़ों के पीछे जा चुका था; पर येलसी का कहीं पता नहीं था।

'वह मुझे छोड़कर नहीं जा सकता, पर शायद किसी ने उसे अपने साथ किसी सवारी पर बैठा लिया हो और मुझे सोते हुए उसने न देखा हो तथा आगे निकल गया हो। यदि अब मैं पीछे जाता हूँ, तब वह और भी आगे चला जाएगा।' उसने सोचा, यह तो और भी बुरा होगा। मुझे आगे चलना चाहिए। हमारी मुलाकात आगे सराय पर हो जाएगी।'

येफिम आगे के एक गाँव में पहुँचा और वहाँ के सिपाहियों से कहा कि यदि उस तरह का कोई बुजुर्ग साथी आए तो वे उसे आगे भेज दें। येलसी उस सराय में भी नहीं पहुँचा था। येफिम आगे बढ़ता गया और लोगों से पूछता रहा कि उन्होंने एक छोटे कद के गंजे बूढ़े आदमी को देखा तो नहीं था। लोगों के 'नहीं' कहने पर येफिम को आश्चर्य हुआ और वह अकेला ही बढ़ता गया। उसने सोचा, 'हम आगे ओडेसा में या शायद जहाज पर मिल जाएँगे।' अब उसने सोचना बंद कर दिया था।

रास्ते में उसकी मुलाकात एक पेशेवर तीर्थयात्री से हुई। उस तीर्थयात्री ने पादरियोंवाली टोपी और उन्हीं की तरह का चोगा पहन रखा था। उसके बाल काफी लंबे थे। उसका संबंध एथास मांटेसरी से था और वह जेरूशलम दूसरी बार जा रहा था। उनकी मुलाकात सराय में हुई थी और बातचीत के बाद वे साथ हो लिये। वे लोग अब सुरक्षित ओडेसा पहुँच गए और वहाँ उन्होंने तीन दिनों तक जहाज के लिए इंतजार किया। वहाँ और भी तीर्थयात्री इंतजार कर रहे थे। वे सभी लोग अलग-अलग जगहों से आए थे। यहाँ भी येफिम ने येलसी के बारे में पूछताछ की, पर उसका कुछ भी पता नहीं चला। किसी ने भी उसे नहीं देखा था।

येफिम ने पासपोर्ट के बारे में पता किया तो उसकी लागत 5 रूबल बताई गई। उसने वापसी के टिकट के लिए 40 रूबल का भुगतान किया और इस समुद्री यात्रा के लिए ब्रेड व मछलियाँ भी खरीदकर रख ली थीं। जहाज पूरी तरह से भर गया और सभी तीर्थयात्री भी उसमें चढ़ गए। येफिम ने भी उस पादरी के साथ अपनी जगह ले ली और जहाज ने लंगर उठा दिया तथा समुद्र में बढ़ चला। सारे दिन जहाज चलता रहा और शाम को तेज हवा चली तथा बारिश भी होने लगी। उस समय जहाज चलाना मुश्किल हो रहा था और बड़ी-बड़ी लहरें जहाज से टकरा रही थीं। लोग इधर-उधर गिरने लगे, औरतें चिल्लाने लगीं तथा कमजोर लोग जहाज पर ही भागकर अपने-अपने लिए सुरक्षित जगहें ढूँढ़ने लगे थे।

येफिम भी डर गया था, पर उसने भय को अपने चेहरे पर नहीं आने दिया। ठीक जहाँ वह बैठा था, वहीं कुछ बूढ़े लोग, जो कि टांबोफ से आए थे, वे भी बैठे थे। वे लोग सारी रात अपने-अपने थैलों से चिपके चुपचाप बैठे रहे। तीसरे दिन मौसम साफ हो गया और पाँचवें दिन वे सब जार गार्ड पहुँच गए। कुछ तीर्थयात्री वहाँ किनारे उतर गए, क्योंकि वे सोफिया विज्डम का मंदिर देखना चाहते थे, जो कि अब तुर्कों के कब्जे में था। येफिम वहाँ नहीं उतरा और जहाज पर ही बैठा रहा। उसने वहाँ से सिर्फ थोड़ी ब्रेड खरीदीं। यहाँ वे लोग चौबीस घंटे रुके और फिर समुद्र में चल दिए। उन्होंने अपना अगला पड़ाव स्माइर्ना पर किया और फिर अलेक्जेंड्रिया होते हुए जाफा पहुँच गए। जाफा में सभी तीर्थयात्री जहाज से उतर गए। वहाँ से जेरूशलम तक की 70 मील की यात्रा पैदल ही तय करनी थी। जहाज के समुद्र तट पर पहुँचते ही कुछ लोगों में इतनी दीवानगी थी कि वे ऊपर से ही नावों पर कूद पड़े। नाव डगमगा गई और कुछ लोग पानी में गिर पड़े तथा दो आदमी तो डूब भी गए; मगर बाकी लोग खुशी-खुशी किनारे उतर गए।

समुद्र-तट पर उतरकर उन लोगों ने पैदल चलना शुरू कर दिया। तीन दिनों तक पैदल चलने के बाद वे जेरूशलम पहुँचे। वे लोग वहाँ रूसी लोगों के ठहरने के स्थान पर पहुँचे, जहाँ उनके पासपोर्ट और वीजा की जाँच की गई। उन्होंने वहाँ खाना खाया और तीर्थयात्रियों के साथ पवित्र जगहों पर गए; लेकिन जीसस के समाधि-स्थल पर उस समय जाने की इजाजत नहीं थी।

वे सभी लोग अब एक पुरुष प्रधान मठ में इकट्ठा हुए, जहाँ औरतें एक तरफ बैठी थीं और पुरुष दूसरी तरफ बैठे थे। उन लोगों को जूते उतारकर गोलाकार स्थिति में बैठना था। थोड़ी देर में एक मठवासी तौलिया लेकर हाजिर हुआ और उसने उन सभी तीर्थयात्रियों के पैर धोए व पोंछे तथा उन्हें चूमा। वे सभी लोग सुबह व मध्य रात्रि की प्रार्थनाओं में शामिल हुए और वहाँ उन्होंने अपने माता-पिताओं के नाम भी दर्ज कराए। वहाँ इन लोगों ने पारंपरिक कौर खाया और वाइन भी ले गए।

सुबह वे मिस्र में मेरी की कोठरी में गए, जहाँ उसने आश्रय लिया था। वहाँ उन लोगों ने मोमबत्तियाँ जलाईं और धार्मिक गीत गाए। वहाँ से वे अब्राहम के मठ में गए और माउंट मोरिया का बाग भी देखा, जिसमें अब्राहम अपने बेटे का बलिदान देने के लिए गए थे। इसके बाद वे लोग उस जगह गए, जहाँ ईसा ने मैरी मैग्डालेन को अपने बारे में बताया था और फिर जेम्स के चर्च भी पहुँचे, जोकि उनके गार्ड थे।

वह पादरी तीर्थयात्री उन सभी जगहों को दिखा रहा था और धन का सहयोग देने की जरूरत कहाँ है, यह भी बताता जा रहा था। वे सभी लोग रात का खाना खाने के लिए वापस अपने ठहरनेवाली जगह आ गए थे। खाना खाने के बाद जैसे ही वे सोने जा रहे थे कि तभी उस पादरी तीर्थयात्री ने अपने चोगे को झटकते हुए जोर से कहा, ''मैं लुट गया। किसी ने मेरा बटुआ चुरा लिया। उसमें मेरे 23 रूबल थे, दो नोट दस के थे और तीन फुटकर थे।'' वह पादरी तीर्थयात्री बहुत दु:खी हुआ, पर अब तो कुछ भी नहीं हो सकता था। वे सभी लोग सोने के लिए चले गए थे।

□

येफिम भी सोने के लिए लेट गया; पर तभी उसके मन में विचार आया कि उस पादरी का धन चोरी नहीं हुआ था, क्योंकि उसके पास कुछ था ही नहीं। उसने कहीं कुछ नहीं दिया था। उसने मुझे यह तो बताया था कि मुझे कहाँ पैसा देना है, पर उसने खुद कहीं नहीं दिया था। और तो और उसने मुझसे 1 रूबल उधार भी लिया था।

येफिम के मन में जब इस तरह का विचार आया, तब उसे खुद पर गुस्सा भी आया कि 'मैं उस आदमी को क्यों परख रहा हूँ, यह गलत है। मैं यह सब नहीं सोचूँगा।'

अभी उसने सोने की कोशिश शुरू ही की थी कि तभी फिर से उसके विचारों ने उसे घेर लिया और वह सोचने लगा कि 'पादरी ने किस तरह से अपने बटुए के बारे में एक अविश्वसनीय कहानी सुनाई थी। उसके पास तो पैसे थे ही नहीं, यह सब उसका नाटक था।'

अगली सुबह वे उठे और जीसस के पुनर्जीवनवाले चर्च में प्रार्थना के लिए इकट्ठा हुए, जहाँ जीसस की एक बड़ी समाधि बनी थी। उस पादरी ने येफिम का साथ नहीं छोड़ा और उसी के साथ-साथ हर जगह जाना चाहता था। वे एक चर्च में पहुँचे, जहाँ लोगों की एक भीड़ इकट्ठा थीं, जिसमें तीर्थयात्री, पादरी एवं रूस, ग्रीस, अमेरिका, तुर्क व सीरिया के भी लोग थे। येफिम भी पवित्र द्वार से लोगों की भीड़ के साथ भीतर घुसा। एक मठवासी ने वहाँ उसको रास्ता दिखाया। वह उन्हें लेकर तुर्की पहरेदारों के पीछे से ले जाकर उस जगह तक ले गया, जहाँ जीसस को सलीब से उतारा गया था और उस जगह के बारे में बताया गया, जहाँ नौ बड़ी मोमबत्तियाँ जलाई जा रही थीं। उसने हर जगह को दिखाया और उसके बारे में भी बताया।

येफिम ने भी उस जगह एक मोमबत्ती जलाईं। कुछ मठवासियों ने येफिम को दाहिनी तरफ थोड़ा ऊपर की ओर के रास्ते पर भेजा, जहाँ वह सलीब रखा गया था। वहाँ येफिम ने प्रार्थना की और इसके बाद उन्होंने येफिम को वह छेद दिखाया, जहाँ से पृथ्वी में नरक का रास्ता जाता है और फिर उन्होंने उस तरफ इशारा किया, जहाँ जीसस के हाथ व पैर बाँधकर सलीब पर लटकाया गया था। उन लोगों ने आदम की वह कब्र भी दिखाई, जिसकी हड्डियों पर जीसस का खून बहा था। येफिम ने वह पत्थर भी देखा, जिस पर बैठकर जीसस ने काँटों का ताज पहना था और वह खंभा भी देखा, जिससे बाँधकर जीसस पर कोड़े बरसाए गए थे। येफिम ने जीसस के पैरों के निशानवाले पत्थर भी देखे, जहाँ दो छोटे गड्ढे बने थे। वे उन्हें कुछ और भी दिखाना चाहते थे, पर भीड़ जल्दी में थी। वे सभी जीसस की समाधिवाली गुफा की तरफ भागे। वहाँ विदेशी भीड़ अभी घुसी ही थी और यह एक धार्मिक परंपरावादी भीड़ की शुरुआत ही थी। येफिम भी भीड़ के साथ उस गुफा में गया। येफिम उस पादरी तीर्थयात्री से अपना पीछा छुड़ाना चाहता था, क्योंकि वह उस पादरी तीर्थयात्री के बारे में लगातार बुरा सोचने का पाप कर रहा था और उसी के साथ वह जीसस की कब्रवाली गुफा में भी घुसा। वे सभी कब्र के पास आना चाहते थे, पर नहीं पहुँच सके। लोग इतने पास-पास सटे हुए थे कि आगे-पीछे होना संभव नहीं था। येफिम खड़ा हुआ और आगे की तरफ देखकर उसने अपनी प्रार्थना पूरी की; पर इसका कोई फायदा नहीं था, क्योंकि वह लगातार यही सोच रहा था कि उसका बटुआ उसके पास है कि नहीं। उसके मन में दो तरह के विचार चल रहे थे। एक तरफ तो वह सोच रहा था कि वह पादरी उसे धोखा दे रहा है और दूसरी तरफ वह सोच रहा था कि यदि वह पादरी उसे धोखा नहीं दे रहा है और वह वाकई लुट गया था, तब यह सबकुछ उसके साथ भी हो सकता था।

□

येफिम वहाँ गिरजाघर के सामने खड़ा है और उधर ही मुँह करके प्रार्थना भी कर रहा है। यह वही चर्च है, जहाँ जीसस की कब्र भी है। इस कब्र पर 36 लैंप जल रहे हैं। येफिम इन्हें देखता है और कहता है, क्या अद्भुत दृश्य है। उन लैंपों के अंदर आशीर्वाद की अग्नि जल रही है और उसी के सामने वह देखता है कि एक छोटे कद का गंजा आदमी खुरदुरा-सा काफ्तान पहने खड़ा है। उसे वह आदमी येलसी की तरह लगा।

येफिम ने सोचा, 'वह येलसी है, पर वह यहाँ अकेले कैसे हो सकता है?

वह मुझसे पहले नहीं पहुँच सकता। मेरे जहाज से एक हफ्ते पहले तक कोई जहाज नहीं चला था। वह मुझसे आगे नहीं जा सकता था और वह हमारे जहाज में भी नहीं था। मैंने सभी तीर्थयात्रियों को देखा था, वह वहाँ भी नहीं था।'

येफिम जब इस उधेड़बुन में था, तभी उस छोटे कद के आदमी ने प्रार्थना शुरू कर दी और वह तीन बार आगे की तरफ झुका, जिसमें पहली बार वह ईश्वर की तरफ और फिर उन धार्मिक लोगों की भीड़ की तरफ भी दो बार झुका। जैसे ही वह छोटे कद का आदमी दाहिनी तरफ लोगों की तरफ झुका, तभी येफिम ने उसे पहचान लिया, वह येलसी ही था। गालों पर उगी उसकी घुँघराली दाढ़ी, वही भौंहें, वही आँखें और नाक सभी कुछ वैसा ही था। वह सचमुच येलसी बोडरोफ ही था।

येफिम खुशी से भर गया कि उसका साथी उसे मिल गया; पर वह आश्चर्यचकित था कि वह उससे पहले वहाँ कैसे पहुँच गया? उसने मन-ही-मन कहा, 'ठीक है, पर वह आगे की कतार में कैसे पहुँच गया?' जरूर वह किसी से मिला होगा, जिसने उसे वहाँ सामने पहुँचा दिया। जैसे ही हम यहाँ से बाहर निकलेंगे, मुझे इससे मिल लेना चाहिए। मैं इस पादरी से भी छुटकारा पाना चाहता हूँ और वह शायद मुझे भी आगेवाली जगह तक पहुँचा दे।'

सारे समय वह येलसी पर अपनी नजरें टिकाए हुए था, ताकि वह कहीं खो न जाए। अब सभा भी खत्म हो गई और भीड़ छँटने लगी। लोग अपने-अपने रास्ते जाने के लिए संघर्ष करने लगे थे कि तभी येफिम को एक तरफ से धक्का लगा और तभी उसे डर लगा कि कहीं कोई उसका बटुआ न चुरा ले।

येफिम ने अपना बटुआ कसकर पकड़ लिया और जोर लगाकर उस भीड़ से निकलकर खुली जगह में पहुँचने की कोशिश करने लगा। उसने खुली जगह पहुँचने के साथ-साथ येलसी की हर जगह बहुत तलाश की और चर्च में भी ढूँढ़ा। उसने देखा कि चर्च के अहाते में बहुत से लोग इकट्ठा हैं और वहाँ खा-पी रहे हैं तथा पढ़ व सो रहे हैं, मगर उनमें येलसी नहीं था। येफिम लौटकर अपने ठिकाने पर आ गया, पर उसे उसका साथी नहीं मिला। आज की शाम वह पादरी तीर्थयात्री भी नहीं आया। वह कहीं गायब हो गया था और उसने वह रूबल भी उसे वापस नहीं किया। येफिम अब अकेला रह गया।

अगले दिन येफिम फिर तांबोफ के उस बूढ़े आदमी, जो कि उसी के साथ जहाज से आया था, के साथ जीसस की समाधि पर पहुँचा। वह भीड़ में आगे जाना चाहता था, पर भीड़ ने उसे फिर पीछे धकेल दिया। वह वहीं एक खंभे का

सहारा लेकर खड़ा हो गया और प्रार्थना की। उसने जीसस की कब्र के पास जल रहे लैंप की तरफ देखा तो उसे वहाँ फिर येलसी नजर आया। येलसी ने पादरी की तरह अपनी बाँहें फैला रखी थीं और उसके गंजे सिर के चारों तरफ प्रकाश चमक रहा था।

येफिम ने सोचा, 'इस बार मैं उसे नहीं खोऊँगा।' उसने आगे बढ़ने की कोशिश की, पर उसे फिर से धक्का लगा और वहाँ येलसी नहीं था, वह कहीं जा चुका था।

तीसरे दिन फिर से येफिम ने जीसस की कब्र की तरफ देखा तो उसे वहाँ उसी पहलेवाले रूप में येलसी दिखाई दिया। उसकी नजरें बिलकुल स्थिर थीं और उसका गंजा सिर चमक रहा था। येफिम ने सोचा कि इस बार मैं इसे नहीं जाने दूँगा और दरवाजे पर ही खड़ा हो जाऊँगा। यहाँ से वह बचकर नहीं जा सकेगा।

येफिम जाकर दरवाजे पर खड़ा हो गया और आधे दिन तक वहीं खड़ा रहा। सभी लोग चले गए, पर येलसी नहीं मिला। येफिम ने जेरूशलम में छह हफ्ते बिताए और वह हर जगह यानी बेथलहम, बेथानी और जॉर्डन भी गया। उसने जीसस की समाधि से एक मुहर लगी कमीज खरीदी, ताकि दफनाए जाते समय उसे वही कमीज पहनाई जाए। उसने जॉर्डन का पवित्र जल और थोड़ी मिट्टी भी साथ रख ली। उसने पवित्र अग्नि से कुछ मोमबत्तियाँ भी रखीं तथा सभी जगहों में अपनी स्मृतियाँ भी लिखीं और वापसी के लिए कुछ धन बचाकर सभी कुछ वहीं खर्च कर दिया। येफिम ने अब घर वापसी की यात्रा शुरू की और जाफना पहुँचकर जहाज से ओडेसा आ गया, फिर वहाँ से घर की तरफ पैदल चलना शुरू कर दिया।

□

येफिम पहले की तरह अब उसी जानी-पहचानी सड़क पर अकेला चल रहा था। जैसे-जैसे वह अपने घर के पास आता जा रहा था, उसके मन में चिंताएँ उमड़ने लगीं कि उसके बिना वहाँ लोग किस तरह से होंगे। उसने सोचा, एक साल में बहुत सा पानी बह गया होगा। एक घर को बनाने में पूरा जीवन लग जाता है और इसे बरबाद होने में अधिक समय नहीं लगता। उसके लड़के ने इन कामों को किस तरह से सँभाला होगा? वसंत का मौसम किस तरह बीता होगा? जाड़े में मवेशी कैसे रहे होंगे? उन लोगों ने नई झोंपड़ी किस तरह से बनाई होगी?...

येफिम चलते-चलते अब उस जगह पहुँच गया था, जहाँ वह एक साल पहले येलसी से अलग हुआ था। उस समय वहाँ के लोगों को पहचानना मुश्किल हो रहा था। एक साल पहले यहाँ पर लोग बेहद गरीब थे और इस समय सभी लोग

काफी आरामदेह स्थिति में थे। यहाँ फसल भी अच्छी थी। लोग अच्छी स्थिति में आ चुके थे और अपनी पुरानी तकलीफों को भूल भी गए थे।

शाम को येफिम उस गाँव में भी पहुँचा, जहाँ साल भर पहले येलसी रुका था। वह उस गाँव में घुसा ही था कि तभी सफेद शर्ट पहनकर एक छोटी सी लड़की एक झोंपड़ी से कूदकर बाहर आई और बोली, ''दादा! प्यारे दादा! हमारे साथ चलो!''

येफिम आगे जाना चाहता था, पर उस छोटी बच्ची ने उसे आगे नहीं जाने दिया। वह येफिम की कमीज पकड़कर उसे खींचते हुए अपनी झोंपड़ी में ले गई और हँसने लगी। वहाँ दरवाजे पर एक औरत छोटे लड़के के साथ खड़ी थी। उसने भी येफिम का स्वागत किया और कहा, ''अंदर आइए दादा! हमारे साथ खाना खाइए और आप यहाँ रात भी गुजार सकते हैं।''

येफिम भीतर झोंपड़ी में घुसा और उसने सोचा, यही ठीक है। मैं येलसी के बारे में भी पूछ लूँगा, क्योंकि यही वह झोंपड़ी है, जिसमें वह पानी पीने के लिए रुका था।

झोंपड़ी में घुसने पर उस औरत ने येफिम का थैला उसके कंधे से उतार लिया और उसका हाथ-मुँह धुलवाकर बैठने के लिए एक स्टूल दिया। उस औरत ने उसे दूध और खाने के लिए ब्रेड-मक्खन भी दिया। येफिम ने उन लोगों को एक तीर्थयात्री की इस तरह से आवभगत करने के लिए धन्यवाद दिया।

उस औरत ने अपना सिर हिलाया और कहा, ''हम तीर्थयात्रियों का आतिथ्य-सत्कार करके उनकी सहायता नहीं कर रहे हैं। हमारा जीवन एक तीर्थयात्री का ऋणी है। हम यहाँ रहते थे और ईश्वर को भूल चुके थे तथा ईश्वर भी हमें भूल गया था, इसलिए हमने सिर्फ मृत्यु की ही उम्मीद की थी। पिछली गरमियों में हमारे साथ बहुत बुरा समय गुजरा। हम सभी लोग बीमार थे और हमारे पास कुछ भी खाने के लिए नहीं था। हम सब मरने ही वाले थे कि तभी ईश्वर ने तुम्हारी ही तरह का एक बुजुर्ग आदमी यहाँ भेज दिया। वह यहाँ दोपहर में आया था और जब उसने हमें देखा, तब उसे हमें इस हालत में देखकर बहुत दया आई। वह हमारे पास रुक गया और उसने हमें पानी पिलाया तथा खाना भी खिलाया। उसने हमें हमारे पैरों पर खड़ा भी किया तथा हमारी जमीन भी हमें वापस दिलाकर एक घोड़ा और एक गाड़ी भी खरीदी, फिर हमें छोड़कर वह चुपचाप चला गया।''

इतने में एक बूढ़ी औरत भीतर कमरे से निकली और उस औरत की बात के बीच में टोकते हुए बोली, ''हमें यह भी नहीं पता है कि वह आदमी था या ईश्वर

का भेजा देवदूत। उसने हमें स्नेह किया, हम पर करुणा दिखाई और फिर हमें बिना बताए (कि वह कौन था) चला गया। अब हम यह भी नहीं जानते हैं कि हम किस आदमी के लिए प्रार्थना करें। मुझे अभी भी याद है कि मैं वहाँ लेटी थी और मौत का इंतजार कर रही थी, तभी वह छोटे कद का आदमी आया। वह रुका नहीं और उसने पानी माँगा। वह गंजा भी था। मैं कितना पापी था, मैंने सोचा कि वह यहाँ किसी तलाश में आया था; पर जैसे ही उसने हमें देखा, अपने कंधे से थैला उतारा और वहाँ रखकर उसे खोल दिया।''

तभी वह छोटी लड़की बीच में बोल पड़ी, ''नहीं दादी, पहले उसने अपना थैला वहाँ बीच में रखा था और उसे उठाकर बेंच पर रख दिया था।''

उन लोगों ने येलसी के बारे में बातें शुरू कर दीं कि वह कहाँ बैठा था, कहाँ सोया था और उसने इन लोगों से जो भी कहा था, उसे याद भी करने लगे।

रात को वह किसान भी घोड़े के साथ आया और येलसी के बारे में बताने लगा कि वह किस तरह से उनके साथ रहा था। वह बताने लगा कि यदि येलसी वहाँ नहीं आता तो वे सभी अपने पापों की वजह से मर चुके होते। हम हताशा में बरबाद हो रहे थे और ईश्वर तथा लोगों के खिलाफ बुदबुदा रहे थे; लेकिन उस आदमी ने हमें हमारे पैरों पर खड़ा कर दिया और उसी से हमने ईश्वर को जानना सीख लिया तथा हमें यह यकीन हो गया कि इस दुनिया में कुछ अच्छे लोग भी हैं। जीसस उनका भला करे। पहले हम जानवरों की तरह रहते थे और उसने हमें मनुष्य बना दिया।

उन लोगों ने येफिम को पीने के लिए काफी कुछ दिया और रात को ठहरने की जगह भी दी तथा वे खुद भी इसके बाद सोने चले गए। येफिम की आँखों में नींद नहीं थी और विचार उसके दिमाग से निकल ही नहीं पा रहे थे। वह सोच रहा था कि उसने येलसी को किस तरह से जेरूशलम में सबसे खास जगह तीन बार देखा। इसीलिए वह वहाँ मुझसे पहले पहुँच गया। वह सोचने लगा, मेरा श्रम परमेश्वर स्वीकार कर भी सकता है और नहीं भी कर सकता है, परंतु परमेश्वर ने उसकी सेवा अवश्य स्वीकार कर ली।

सुबह उन लोगों ने येफिम को अलविदा कहा और रास्ते के लिए उसे काफी आलू और पका हुआ मांस भी दे दिया। इसके बाद वे अपने काम पर चले गए और येफिम ने अपनी यात्रा शुरू कर दी।

□

येफिम को अपना घर छोड़े हुए ठीक एक साल हो रहा था और वह वसंत में

ही घर लौट रहा था।

वह शाम को घर पहुँचा। उसका लड़का घर पर नहीं था। वह पब गया हुआ था और वहाँ से नशे की हालत में घर वापस लौटा। येफिम ने उससे पूछना शुरू किया, तब उसे पता चला कि उसकी गैर-मौजूदगी में वह बुरी आदतों का शिकार हो चुका था। उसने सारे पैसे बेकार के कामों में खर्च कर दिए थे।

जब उसके पिता ने उसपर नाराज होना शुरू किया, तब वह उद्दंडता से बोला, ''आपको खुद थोड़ा-बहुत काम करना चाहिए, पर आप तो घूमने चल दिए। और हाँ, अपने साथ सारा पैसा भी ले गए तथा मुझे जिम्मेदार ठहराते हैं।''

येफिम यह सुनकर गुस्सा हो गया और उसने अपने लड़के को मारा। सुबह-सुबह वह स्टारोस्ता के पास अपने लड़के के बारे में बात करने पहुँचा। वह येलसी के घर के सामने से गुजर रहा था। वहाँ दरवाजे पर येलसी की बूढ़ी पत्नी खड़ी थी। उसने येफिम का अभिवादन किया और पूछा, ''आपका स्वास्थ्य कैसा है और आपकी तीर्थयात्रा कैसी रही?''

येफिम रुक गया। वह बोला, ''ईश्वर की कृपा थी कि मैं चला गया, पर तुम्हारा पति बीच में ही बिछुड़ गया था। मैंने सुना है, वह घर पहुँच चुका है।''

अब उस बूढ़ी औरत ने बातचीत शुरू कर दी। उसे बेकार की बातें करने में बहुत मजा आता था। वह बोली, ''वह तो वापस आ चुका है। वह काफी पहले ही आ गया था, मदर मैरी के त्योहार से काफी पहले ही। हमें इस बात की बहुत खुशी है कि ईश्वर ने उसे घर वापस भेज दिया। उसके बिना काफी अकेलापन महसूस हो रहा था। बहुत से कामों के लिए वह बहुत अच्छा नहीं है, उसकी उम्र भी हो चुकी है; पर वह हमारा मुखिया है और हम उससे बहुत खुश हैं। हमारा लड़का भी बहुत खुश था। वह कहता है, 'बिना पिता के तो ऐसा लगता था कि आँखों में रोशनी ही नहीं थी।' उसके बिना कितना अकेलापन था। हम उसे बहुत प्यार करते हैं और हमने उसकी कमी को बहुत महसूस किया।''

''अच्छा! क्या वह अभी घर में है?''

''हाँ, वह मधुमक्खियों के साथ है और नए अंडोंवाले छत्ते के पास है। वह कहता है, इतनी अच्छी मधुमक्खियाँ ईश्वर ने पहले कभी नहीं दीं और वह यह भी कहता है कि ईश्वर हमारे पापों पर हमें कुछ भी नहीं देता है।''

''आओ-आओ अंदर आ जाओ, वह तुम्हें देखकर बहुत खुश होगा।''

येफिम घर के अहाते से आगे बढ़ता हुआ मधुमक्खी पालनेवाली जगह पर पहुँचा, जहाँ येलसी खड़ा था। येलसी एक पेड़ के नीचे बिना जाल, बिना दस्ताने

अपने स्लेटी रंग के काफ्तान में हाथ फैलाए खड़ा था और ऊपर आसमान की तरफ देख रहा था। उसका गंजा सिर उसी तरह से चमक रहा था, जैसे वह जेरूशलम में जीसस की समाधि के सामने चमक रहा था। सूरज की रोशनी पेड़ों से छनकर उसके सिर पर पड़ रही थी और उसके सिर के चारों तरफ एक सुनहरी मधुमक्खी चक्कर काट रही थी। वह अंदर-बाहर उड़ रही थी, पर उसे काट नहीं रही थी।

येफिम चुपचाप खड़ा रहा। येलसी की बूढ़ी पत्नी ने अपने पति को पुकारकर कहा, "हमारा पड़ोसी आया है।"

येलसी ने मुड़कर देखा और अपने साथी को देखकर बहुत खुश हुआ। उसने शांति से अपनी दाढ़ी से मधुमक्खियों को हटाया और पूछा, "कैसे हो, मेरे दोस्त! तुम्हारी यात्रा कैसी रही?"

"मेरे पाँव उस पवित्र स्थल तक गए और मैं जॉर्डन नदी से पवित्र जल भी लाया हूँ। आओ, तुम भी इसे ले लो, पर क्या ईश्वर ने मेरा श्रम स्वीकार किया होगा?"

"हाँ, ईश्वर की महानता है, जीसस हमारी रक्षा करें।"

येफिम कुछ पलों तक शांत रहा, फिर बोला, "मेरे पाँव मुझे वहाँ जरूर ले गए, पर क्या मेरी आत्मा भी वहाँ थी या किसी और की…"

"यह ईश्वर का मामला है, दोस्त! ईश्वर का।"

"वापसी में मैं उसी झोंपड़ी पर रुका, जहाँ तुमने मुझे छोड़ दिया था।"

येलसी थोड़ा हकबकाया और बोलते हुए हकलाया, "दोस्त, यह ईश्वर की माया है। तुम कह क्या रहे हो? आओ, हम अंदर चलें, मैं तुम्हें शहद दूँगा।"

येलसी ने बात का विषय बदल दिया और घरेलू मामलों की बातें करने लगा। येफिम ने एक गहरी साँस ली और येलसी से फिर उस झोंपड़ी के लोगों के बारे में नहीं पूछा और न ही जेरूशलमवाले उस दृश्य के बारे में बात की। वह समझ गया कि इस दुनिया में ईश्वर हर किसी को मरते समय तक उसका कर्तव्य करने का आदेश, प्यार और भले कामों के रूप में देता रहता है।

□

4

खोडिनाका : निकोलस द्वितीय के राज्याभिषेक की एक घटना

मैं इस जिद की वजह समझ ही नहीं पा रहा हूँ। जब तुम वेरा आंटी के साथ सीधे पैवेलियन में जा सकती हो और सबकुछ बिना किसी परेशानी के ही देख सकती हो, तब तुम वहाँ बिना सोचे-समझे आम लोगों के साथ क्यों जाना चाहती हो? मैंने तुम्हें बताया था कि बेर ने तुम्हें वहाँ पहुँचाने का वायदा किया है और जहाँ तक वहाँ जाने का सवाल है, तुम उस जगह एक सम्मानित नवयुवती के रूप में प्रवेश पाने का अधिकार खुद ही रखती हो।''

यह बातचीत प्रिंस पॉल गोलस्तीन, जिन्हें शाही रूप में 'पिजन' के नाम से जाना जाता था, उनके और उनकी 23 वर्षीय बेटी एलेक्जेंड्रा के बीच हो रही थी, जिसका पुकारने का एक नाम 'रीना' भी था।

यह बातचीत 17 मई, 1893 को मास्को में राज्याभिषेक पर होनेवाले मशहूर खेलकूद समारोह के अवसर पर हो रही थी। शिकारी चिड़िया की चोंच की तरह नुकीली नाकवाली रीना एक बेहद खूबसूरत और आकर्षक लड़की थी। उसकी एक लंबे समय से बॉल डांस या सामाजिक समारोहों के प्रति दीवानगी भरी रुचि खत्म हो चुकी थी और वह खुद को एक आधुनिक तथा लोगों को स्नेह करनेवाली महिला समझती थी। वह अपने पिता की अकेली व चहेती बेटी थी और वह जो चाहती थी, वही करती थी। इस खास मौके पर वह ठीक दोपहर में अपने चचेरे भाई के साथ दरबार में नहीं जाना चाहती थी, बल्कि वह आम लोगों, कुलियों और अपने घर के नौकरों के साथ जाना चाहती थी, जो उस समारोह में जाने के लिए जल्दी सुबह ही निकलने वाले थे।

"पिताजी, मैं लोगों को सिर्फ देखना ही नहीं चाहती हूँ, बल्कि उनके साथ होना चाहती हूँ। मैं देखना चाहती हूँ कि वे युवा जार के लिए कैसा महसूस करते हैं। वाकई मैं सिर्फ एक बार…"

"ठीक है! ठीक है, तुम जैसा चाहो वैसा करो। मैं जानता हूँ कि तुम बहुत जिद्दी हो।"

"पिताजी, नाराज मत होइए। मैं वादा करती हूँ, मैं बहुत सावधान रहूँगी और एलेस भी मुझे छोड़कर नहीं जाएगा।"

हालाँकि उसके पिता के लिए यह योजना काफी खतरनाक और अजीब सी थी, पर उन्होंने उसकी अनुमति दे दी।

जब रीना ने बग्घी ले जाने के लिए पूछा, तब उन्होंने जवाब दिया कि "इसे खोडिनाका तक ले जाओ और फिर वापस भेज देना।"

"ठीक है।"

रीना जब उनके पास पहुँची, तब उन्होंने आशीर्वाद दिया और रीना ने रिवाज के अनुसार उनके बड़े से सफेद हाथ को चूम लिया।

उस सराय में कल के आयोजन के अलावा उन सिगरेट बनानेवालों के बीच और कोई बात नहीं हो रही थी। यह जगह उन्हें ठहरने के लिए उस बदनाम मैरी याको वेल्वना ने ही किराए पर दी थी। इमेलिन टागोडिन के कई दोस्त उसके कमरे में यह बातचीत करने के लिए इकट्ठा हुए कि वे लोग कब चलेंगे। एक युवक, जो कमरे में एक कोने में बैठा था, उसने कहा कि इस समय सोने के लिए बिस्तर पर जाने से कोई फायदा नहीं है।

इमेलिन ने उसका विरोध करते हुए कहा, "क्यों न थोड़ी देर के लिए सो लिया जाए? हमें कल सुबह जल्दी निकलना है।"

सभी ने कहा कि यही ठीक रहेगा।

"ठीक है, हम सोने के लिए जा रहे हैं, पर इमेलिन, इस बात का खयाल रखना कि यदि हम समय पर नहीं जागे तो हमें उठा देना।"

इमेलिन ने उन सबसे इसका वायदा किया और मेज के नीचे से सिल्क की एक चादर उठाई, लैंप को अपने नजदीक सरकाया और अपने ओवर कोट के एक टूटे हुए बटन को टाँकने लगा। जैसे ही उसका काम खत्म हुआ, उसने अपने बेहतरीन कपड़े निकाले और जूते साफ करने के बाद प्रार्थना की, "हमारे परम पिता हेल मेरी आदि-आदि, जिसका अर्थ उसे नहीं मालूम था और उसे जानने में उसकी रुचि भी नहीं थी। उसने अपने जूते उतारे और फिर उस चरमराते हुए

बिस्तर पर लेट गया।

थोड़ी देर बाद वह खुद से बोला, 'किस्मत भी कोई चीज होती है। काश, मुझे लॉटरी का टिकट मिल जाए और मैं जीत जाता' लोगों में यह भी अफवाह है कि दूसरे अन्य उपहारों के साथ ही कुछ लॉटरी के टिकट भी बाँटे जाएँगे। 10,000 रूबल के इनाम की उम्मीद तो बहुत अधिक है, पर 500 रूबल तो कोई जीत ही सकता है। मैं इनसे क्या नहीं कर सकता? मैं इसमें से कुछ रकम बूढ़े लोगों को भेज दूँगा। इस रकम से मेरी पत्नी की स्थिति भी सुधर जाएगी। इस तरह उससे अलग रहने का कोई मतलब नहीं है। इस रकम से मैं एक अच्छी सी घड़ी और एक फर का कोट भी खरीदूँगा। यह एक लंबा संघर्ष है और तुम कभी अपनी परेशानियों से बाहर नहीं निकल सकते हो।''

उसने अब सपना देखना शुरू कर दिया कि वह और उसकी पत्नी एलेक्जेंडर गार्डन में टहल रहे थे और तभी एक पुलिसवाला वहाँ आया। यह वही पुलिसवाला था जो कि एक साल पहले उसे शराब के नशे में अभद्र भाषा के इस्तेमाल करने के इलजाम में पकड़कर ले गया था। सपने में वह पुलिसवाला अब कोई साधारण पुलिस का आदमी नहीं था, बल्कि वह एक जनरल बन चुका था और उसने उन लोगों को पास ही के एक जन सभागार में वाद्य संगीत सुनने के लिए आमंत्रित किया था। वह वाद्य यंत्र घड़ी की टिक-टिक की तरह बज रहा था। तभी इमेलिन यह देखने के लिए उठा कि वाकई घड़ी से सीटी की तरह आवाज आ रही थी और उसी समय मकान मालकिन दरवाजे के पीछे से खाँस भी रही थी। इस समय पिछली रात के जितना अँधेरा नहीं था।

इमेलिन उठा और याशा को जगाने नंगे पाँव ही अपने कमरे को पार करता हुआ उस तक पहुँच गया। इसके बाद उसने बड़े ही करीने से अपने कपड़े पहने तथा टूटे हुए शीशे के सामने खड़े होकर बालों में तेल लगाया और कंघी की। वह मन-ही-मन बुदबुदाया, 'मैं बहुत ही हैंडसम हूँ, इसीलिए लड़कियाँ मुझ पर मरती हैं। केवल मुझे उनको परेशान नहीं करना चाहिए।'

वह अब सीधा मकान मालकिन के पहले से ही तय कार्यक्रम के अनुसार खाना लेने उसके पास पहुँच गया। वहाँ उसने मीट का एक टुकड़ा, दो अंडे, कुछ सूखा हुआ मांस और वोदका की एक छोटी बोतल अपने थैले में रख ली। अब वह याशा के साथ पीटर पार्क की तरफ चल पड़ा।

वे लोग अकेले नहीं थे। कुछ लोग उनसे आगे चल रहे थे और कुछ उनसे आगे निकलने के लिए उनके पीछे जल्दी-जल्दी आ रहे थे। सभी एक तरह से

खुशहाल लोग थे, जिनमें आदमी, औरतें और बच्चे अपने बेहतरीन कपड़ों में सजे-सँवरे साथ-साथ एक ही दिशा में चल रहे थे। चलते-चलते वे खोडिनाका के मैदान तक आ ही गए। इस मैदान का किनारा लोगों की भीड़ से काला नजर आ रहा था। यहाँ सुबह-सुबह काफी ठंड थी और कहीं-कहीं पेड़ों की टहनियाँ व लट्ठों के जलने से धुआँ भी उठ रहा था। इमेलिन को वहाँ अपने कुछ दोस्त भी मिले, जिन्होंने लकड़ियाँ इकट्ठी करके आग भी जला रखी थी और उसी के इर्द-गिर्द अपना खाना बना रहे थे तथा खा-पी भी रहे थे। सूरज चमक रहा था और चारों तरफ एक उमंग का वातावरण बढ़ता जा रहा था। वातावरण में एक तरह का उल्लास, चुटकुले और ठहाके भरे हुए थे। वहाँ की हर चीज आनंद बढ़ा रही थी, पर अभी भी सबसे बड़ी खुशी बचाकर रखी गई थी। इमेलिन ने थोड़ी सी वोदका पी और फिर एक सिगरेट भी सुलगा ली। वह बहुत खुश था।

वहाँ लोग बहुत सुंदर कपड़े पहनकर आए थे और उनमें कुछ धनी व्यापारी भी थे, जिनके साथ उनके बच्चे और पत्नियाँ भी थीं। वे धनी लोग उन सभी कामगार लोगों के बीच कुछ अलग ही नजर आ रहे थे। रीना गोलिटसिन, जो कि अपने चचेरे भाई के साथ उन जलती हुई लकड़ियों की बगल से गुजर रही थी और बहुत खुश नजर आ रही थी, साथ ही वह यह सोचकर उमंग में थी कि जार के राज्यारोहण पर लोग इस उत्सव को मना रहे थे और वे सभी जार को कितना अधिक पसंद करते थे।

तभी एक मजदूर ने चीखते हुए अपना हाथ ऊपर किया और गिलास अपने मुँह की तरफ लगाते हुए बोला, "ओ खूबसूरत औरत! ये जाम तुम्हारे स्वास्थ्य के नाम। हमारे साथ खाने के लिए मना मत करना।"

"धन्यवाद।"

उसके चचेरे भाई ने एक प्रचलित रिवाज की जानकारी दिखाते हुए धीमे से कहा, "तुम्हें अपना खाना अकेले ही खाना होगा।" और फिर वे आगे बढ़ गए।

सभी जगहों पर अच्छे स्थान पर बैठने की आदत की वजह से वे भीड़ में घुस कर सीधे पैवेलियन में जाने की कोशिश करने लगे। लेकिन वहाँ भीड़ इतनी अधिक थी कि खुले मौसम के बावजूद मैदान के ऊपर एक घना कुहरा छाया हुआ था। पुलिस ने उन लोगों को उस भीड़ से होकर नहीं जाने दिया।

रीना ने कहा, "मैं बहुत खुश हूँ। चलो, चलते हैं।" और फिर वे भीड़ की तरफ मुड़ गए।

इमेलिन अपने साथियों के साथ सफेद कागज पर रखे गए खाने के चारों

तरफ बैठा था और अपने पास बैठे उस युवा मजदूर से बोला, ''वे सब झूठे हैं। इनाम का बँटना शुरू हो चुका है। मैं ऐसा इसलिए कह रहा हूँ कि यह काम नियमों के खिलाफ है, मगर उन लोगों ने इनाम बाँटना शुरू कर दिया। मैंने खुद देखा है कि हर आदमी एक मग और एक पैकेट लेकर जा रहा है।''

''वाकई उन सनकी कमिश्नरों को किसकी परवाह है? वे उसी को इनाम देंगे, जिसे उन लोगों ने चुन लिया है।''

''लेकिन उन्होंने ऐसा क्यों किया? वे नियमों के खिलाफ कैसे जा सकते हैं?''

''तुम लोग देख रहे हो न कि वे ऐसा कर सकते हैं। आओ दोस्तो, चलें, हमें अब किस बात का इंतजार है?''

वे सभी लोग उठ खड़े हो गए। इमेलिन ने अपनी बची हुई वोदका की बोतल अपनी जेब के हवाले किया और अपने साथियों के साथ आगे बढ़ा।

वे अभी मुश्किल से बीस कदम भी नहीं पहुँचे होंगे कि आगे भीड़ बहुत अधिक हो गई और वे अब हिल भी नहीं पा रहे थे।

''तुम धक्का क्यों दे रहे हो?''

''मैं कहाँ! तुम खुद ही धक्का दे रहे हो?''

''तुम्हीं केवल यहाँ नहीं हो।''

इसी बीच एक औरत चीखी, ''हे ईश्वर! मैं तो पिस गई।''

दूसरी तरफ एक बच्चे की चीखने की आवाज आ रही थी।

''भाड़ में जाओ!''

इमेलिन चिल्लाया, ''तुमने हिम्मत कैसे की? क्या तुम यहाँ अकेले हो? वहाँ पहुँचने के पहले सारे इनाम खत्म हो चुके होंगे, मगर मैं एक ले के रहूँगा। दूर हटो जंगलियो, दुष्टो।'' इतना कहकर वह उन्हें कुहनी और कंधे से धक्का देते हुए अपने लिए भीड़ में जगह बनाने लगा।

दोनों ही तरफ से लोगों की भीड़ उसे दबा रही थी, मगर वह आगे नहीं बढ़ सका। भीड़ में लोग एक-दूसरे पर चिल्ला और गुर्रा रहे थे।

इमेलिन ने चुपचाप अपने दाँत पीसे, भौंहें चढ़ाईं और बिना हिम्मत हारे ही थोड़ा और जोर लगाया, पर वह थोड़ा सा ही आगे बढ़ सका। तभी अचानक वहाँ एक अजीब सी भगदड़ मच गई। दाहिनी तरफ से भीड़ की एक लहर आई। इमेलिन ने देखा कि उसके सिर के ऊपर से भीड़ में कुछ गिरा। एक, दो, तीन...वह कुछ समझ पाता कि तभी भीड़ में कोई चिल्लाया।

"सत्यानास हो इनका! ये भीड़ में सब चीजें फेंक रहे हैं।"

भीड़ में जिधर थैले गिर रहे थे, उधर से लोगों के चीखने, हँसने और गुर्राने की आवाजें आ रही थीं। इसी बीच इमेलिन की पसली में किसी ने मुक्का मारा, जिसकी वजह से उसकी आँखों के आगे अँधेरा छा गया और जब तक वह अपने गुस्से पर काबू पाता या सँभलता, तभी किसी ने उसके पैरों को कुचल दिया और किसी के धक्के से उसका बिलकुल ही नया कोट बुरी तरह से फट गया। अपने मन में दुष्टता का भाव लाते हुए अपनी ताकत समेटकर वह आगे बढ़ा और यह नहीं समझ सका कि उसके साथ क्या हुआ था। अब वह एक खुली जगह पर आ चुका था, जहाँ से वह उस टेंट को देख सकता था, जहाँ से वह मग, पैकेट व मिठाइयाँ बाँटी जा रही थीं। लेकिन इस समय उसे वहाँ लोगों की पीठ के अलावा कुछ भी नजर नहीं आ रहा था।

एक पल के लिए तो वह बहुत खुश हुआ, क्योंकि उसे लगा कि इन सबकी वजह वही लोग थे, जो कि आगे थे और वे पानीवाले एक बड़े गड्ढे के पास पहुँच गए थे। कुछ लोग तो उस गड्ढे में फिसलकर गिर भी पड़े तथा उनके पीछेवाले लोग जमीन पर गिरे हुए थे। वह भी कुछ लोगों पर गिर पड़ा और उसके पीछेवाले उसपर गिरने की तैयारी में थे। यह देखकर वह पहली बार थोड़ा डरा; क्योंकि जैसे ही वह गिरा, उसके ऊपर ऊनी शॉल पहने एक औरत लुढ़क गई। अपने ऊपर गिरी उस औरत को उसने उठाने की कोशिश की, पर उसके पीछे की भीड़ ने उसे असहाय कर दिया। तभी किसी ने उसकी टाँग खींचीं और वह चिल्ला पड़ा। वह न तो किसी को देख पा रहा था और न ही कुछ सुन ही पा रहा था। उसे तो अपने चारों तरफ बस, आदमी-ही-आदमी नजर आ रहे थे।

तभी अचानक उसके पास ही एक आदमी चीखा, "मेरी सहायता करो! मेरी सोने की घड़ी ले लो और मुझे यहाँ से निकालो।"

गड्ढे के दूसरी तरफ निकलते हुए इमेलिन ने सोचा, 'इस समय घड़ी की जरूरत किसे है?' इस समय उसके दिल में दो चीजें समाई हुई थीं—पहली, उसकी खुद की जिंदगी बचाने के लिए डर और दूसरी उन जंगली लोगों से नाराजगी, जो कि उसे धक्का दे रहे थे। इतना सबकुछ होने के बावजूद उसने उन इनामों के पैकेट और लॉटरी के टिकट के लिए जो इरादा किया था, उसमें अभी भी कोई कमी नहीं आई थी।

इनामोंवाला वह तंबू अभी उसके पास ही था। वह उन पुरस्कार बाँटनेवालों को देख सकता था और उसे उन लोगों के चीखने की आवाजें और उस मंच के

चरमराने की आवाजें भी सुनाई पड़ रही थीं, जिस पर उस तंबू तक पहुँच चुके लोग खड़े थे। इमेलिन लड़खड़ाया और अब वह वहाँ से बीस कदम की दूरी पर ही होगा कि तभी उसने देखा कि नंगे सिरवाला एक छोटा लड़का, जिसकी कमीज फट चुकी थी और जिसका चेहरा नीचे की तरफ था, वह उसके पैरों से लिपटकर बुरी तरह से रो रहा था। इमेलिन ने महसूस किया, उसके दिल की धड़कन बंद हो रही थी। अपने खुद के लिए उसका डर अचानक गायब हो चुका था और बाकी लोगों पर उसे गुस्सा भी आ रहा था। उसे लड़के को देखकर दया आई। वह नीचे झुका और उस लड़के को उसकी कमर से पकड़ा। तभी पीछे से आई भीड़ ने उसे जोर से धक्का दिया और वह करीब-करीब गिर ही पड़ा। वह लड़का भी उसके हाथों से छूट गया। उसने फिर से अपनी ताकत बटोरी और उस छोटे से लड़के को अपने कंधों से ऊपर उठाया। एक पल के लिए उसे किसी धक्का-मुक्की का एहसास ही नहीं हुआ और वह उस बच्चे को ऊपर उठाने में सफल हो गया।

इतने में एक कोचवान ने, जो कि इमेलिन की तरफ था, आवाज लगाई, "वह बच्चा मुझे दे दो।" और उसे भीड़ के ऊपर उठा लिया। लोगों के ऊपर से होता वह बच्चा आगे निकलता गया। पीछे मुड़कर जब इमेलिन ने देखा, तब तक वह बच्चा लोगों की भीड़ के ऊपर से आगे बढ़ता हुआ भीड़ में ओझल हो चुका था।

इमेलिन ने भी अपना बढ़ना जारी रखा; पर अब उसे उन इनामों का आकर्षण नहीं था और न ही वह उस तंबू तक पहुँचना ही चाहता था। उसने तो बस उस छोटे बच्चे याशा के बारे में सोचा और उन लोगों के बारे में सोचा, जो कि भीड़ में नीचे दब गए थे और उस गड्ढे को पार करते समय उसे नजर आ रहे थे। जब वह पैवेलियन पहुँचा, तब आखिरकार उसे एक मग और मिठाइयों का डिब्बा भी मिल गया; पर उसे पाकर वह खुश नहीं हुआ। उसे खुशी इस बात से थी कि अब वह भगदड़ खत्म हो चुकी थी और वह आसानी से साँस ले सकता था तथा चल सकता था। लेकिन उसकी वह खुशी एक पल की ही थी। उसकी नजर एक औरत पर पड़ी, जिसके बाल भूरे रंग के थे। उसकी शॉल फट चुकी थी, जूते बटनदार थे, मगर वह अस्त-व्यस्त हालत में जमीन पर सीधी पड़ी हुई थी। उसका एक हाथ नीचे घास पर था और दूसरे हाथ की मुट्ठी बंद थी तथा वह उसकी छाती पर पड़ा था। उस औरत का चेहरा मुरदे की तरह सफेद पड़ चुका था। वह शायद अकेली महिला थी, जो कि भीड़ में दबकर मर चुकी थी और जिसे जार के पैवेलियन के सामने झाड़ी में फेंक दिया गया था।

जब इमेलिन की नजर उस औरत पर पड़ी, तब वहाँ दो सिपाही खड़े थे और

एक पुलिस अधिकारी उन्हें निर्देश दे रहा था। अगले ही पल उधर से सैनिकों का एक दस्ता गुजरा। उन्हें देखते ही उस अधिकारी ने आदेश देना बंद कर दिया। वे तेजी से इमेलिन की तरफ भागे और दूसरे लोग जो वहाँ खड़े थे, उन्हें उन्होंने भीड़ की तरफ भगाया। इमेलिन अब फिर से भीड़ के भँवर में फँस गया था।

इस समय स्थिति पहले से भी बदतर हो चुकी थी। औरतों और बच्चों की रोने की आवाजें आ रही थीं और लोगों की भगदड़ में आदमी के नीचे आदमी दबा पड़ा था। कोई भी किसी की सहायता करने की स्थिति में नहीं था। इमेलिन इस समय न तो नाराज था और न ही डरा हुआ था। वह बस यही चाहता था कि इस जगह से किसी तरह बाहर निकले, सिगरेट और वोदका पी सके तथा अपने दिमाग में आती भावनाओं को बता सके। उसे काफी देर से सिगरेट और वोदका की तलब हो रही थी। जैसे ही वह भीड़ से बाहर निकला, उसने अपनी चाहत पूरी कर ली।

इतना सारा कुछ एलिस और रीना के साथ नहीं हुआ था। उन्हें इस बात की उम्मीद भी नहीं थी और वे उन लोगों के बीच में बैठे थे, जो समूहों में थे तथा औरतों व बच्चों के साथ बातें कर रहे थे। तभी अचानक सभी लोगों में पैवेलियन की तरफ जाने की होड़ मच गई और यह अफवाह उड़ी कि नियमों के खिलाफ मिठाइयाँ एवं मग का इनाम बाँटा जा रहा था। इससे पहले कि रीना को वहाँ से निकलने का मौका मिल पाता, वह एलिस से बिछुड़ गई और भीड़ उसे अपने साथ लेकर चली गई। इस समय वह बुरी तरह से डरी हुई थी। वह शांत रहना चाहती थी, पर सहायता के लिए किसी को पुकार भी न सकी, क्योंकि लोगों की भीड़ ने उसे चारों तरफ से दबा दिया था। उसके कपड़े फट चुके थे और हैट भी कहीं गिर गया था। उसे पक्का यकीन तो नहीं था, पर उसे लगा कि किसी ने उसकी घड़ी और चेन खींच ली थी। हालाँकि वह एक मजबूत लड़की थी, पर वह डर की वजह से साँस भी नहीं ले पा रही थी। धक्का-मुक्की में किसी तरह से वह अपने पैरों पर खड़ी थी; लेकिन जैसे ही सैनिकों ने भीड़ को तितर-बितर करना शुरू किया, रीना ने अपने बचने की उम्मीद छोड़ दी और हताशा में घिरकर बेहोश हो गई। जमीन पर गिरने के बाद आगे उसे कुछ भी होश न रहा।

जब उसे दुबारा होश आया, उसने देखा कि वह घास पर पड़ी है और फटा कोट पहने एक दाढ़ीवाला आदमी उसके बगल में पालथी मारकर बैठा है और उसके चेहरे पर पानी के छींटे मार रहा है। उसने अपनी आँखें खोलीं और उस आदमी ने उसके चेहरे पर फिर से पानी के छींटे मारे। वह आदमी और कोई नहीं, बल्कि इमेलिन ही था।

"तुम कौन हो? मैं कहाँ हूँ?"

इमेलिन ने जवाब दिया, "तुम खोडिनाका के मैदान में हो और मैं एक आदमी हूँ और मैं खुद भी भीड़ में बुरी तरह से पिस गया था; पर अब हम बच गए हैं।"

रीना ने अपनी छाती पर पड़े कुछ सिक्कों की तरफ इशारा करते हुए पूछा, "यह क्या है?"

"ये सिक्के हैं, जो लोगों ने तुम्हें मरा समझकर तुम्हारे कफन के लिए फेंके हैं; मगर मुझे ऐसा लगा कि तुम जिंदा हो, इसलिए मैं तुम्हारे लिए पानी लेकर आया था।"

रीना ने अपनी तरफ एक नजर डाली और अपने फटे कपड़ों की तरफ देखा तथा अपनी नंगी छाती देखकर शरमा गई।

"अब आप बिलकुल ठीक हैं और मरेंगी भी नहीं।"

जैसे ही रीना उठकर बैठी, एक पुलिसवाला और कुछ लोग उसके पास आए। रीना ने उनसे अपने पिता का नाम व पता बताया। इमेलिन तुरंत ही उसके लिए बग्घी लाने चल दिया। रीना के चारों तरफ लोगों की भीड़ बढ़ती ही जा रही थी। जब इमेलिन बग्घी लेकर लौटा, तब वह उठी और बिना किसी की सहायता लिये ही बग्घी में घुस गई। वह अपनी उस हालत पर बेहद शर्मिंदा थी।

एक बूढ़ी स्त्री ने उससे पूछा, "तुम्हारा चचेरा भाई कहाँ है?"

रीना ने निराशा से जवाब दिया, "मुझे नहीं मालूम।"

पर घर पहुँचने पर उसे पता चला कि जैसे ही भगदड़ शुरू हुई, एलेस वहाँ से निकलने में सफल हो गया था और सुरक्षित घर पहुँच गया था।

रीना ने कहा, "उस आदमी ने मुझे बचा लिया। यदि वह नहीं होता तो न जाने मेरे साथ क्या होता!"

रीना ने इमेलिन की तरफ मुड़ते हुए पूछा, "तुम्हारा नाम क्या है?"

"मेरा! मेरे नाम से तुम्हें क्या लेना-देना?"

तभी एक औरत उसके कान में फुसफुसाकर बोली, "वह एक राजकुमारी है।"

"मेरे पिता से मिल लो, वह तुम्हारा शुक्रिया अदा करेंगे।"

अचानक इमेलिन के दिल में एक खास तरह की ताकत पैदा हुई, जिसके बल पर वह 2 लाख रूबल के लॉटरी के इनाम से भी अपनी भावनाओं को नहीं बदलता।

वह बोला, ''बेकार की बात है, घर जाओ मिस! मेरा शुक्रिया किसलिए?''

''नहीं-नहीं, मुझे ऐसा लगता है कि यह होना चाहिए।''

''गुड-बाय, मिस! पर मेरा कोट मुझे वापस कर देना, इसे मत ले जाना।'' और फिर वह अपने उजले दाँत दिखाते हुए हँस पड़ा।

रीना मन-ही-मन उन भयानक पलों को याद करती रही और उसके मन में उनकी याददाश्त हमेशा बनी रही।

□

5

आदमी को क्या अधिक जमीन की जरूरत पड़ती है?

एक बार एक शहर में रहनेवाली बड़ी बहन अपनी छोटी बहन से मिलने गाँव में आई। बड़ी बहन एक धनी व्यापारी की पत्नी थी, जबकि छोटी बहन एक देहाती मेहनतकश मजदूर की पत्नी की। वे दोनों बहनें साथ-साथ बैठकर बातें कर रही थीं और चाय भी पीती जा रही थीं। बड़ी बहन ने गर्व से अपनी शहरी जिंदगी के बारे में बताना और उसका बखान करना शुरू किया कि वह किस तरह एक आलीशान हवेली में रहती है, उसके पास कितने घोड़े हैं और वह अपने बच्चों को कितने महँगे कपड़े पहनाती है तथा खाने-पीने की कितनी बढ़िया चीजें उसके पास हैं और वह किस ढंग से घूमने या थिएटर जाती है।

छोटी बहन को बेइज्जती महसूस हुई और उसने व्यापारी की जिंदगी की कमियाँ बतानी तथा अपने किसान की बड़ाई करनी शुरू कर दी। उसने कहा, "मैं तुमसे अपनी जिंदगी नहीं बदलूँगी। यह सच है कि हम थोड़ी कठिन जिंदगी जीते हैं, पर हमें किसी तरह का डर नहीं है। तुम बहुत शानदार तरीके से रहती हो, मगर इसके लिए तुम्हें बहुत कुछ खरीद-बिक्री करनी पड़ती है, नहीं तो तुम खुद ही बिक जाओगी। एक पुरानी कहावत है, 'घाटा फायदे का बड़ा भाई है।' ऐसा भी होता है कि आज तुम धनी हो और कल तुम भिखारी हो सकती हो; मगर हमारे किसान का काम अधिक भरोसेमंद है। यह बात अलग है कि किसान का जीवन कठिन है, पर लंबा है। हम धनी नहीं हैं, पर हमारे पास काफी धन है।"

बड़ी बहन ने कहना शुरू किया, "बस, मुझे भी ऐसा ही लगता है। तुम लोग सूअर और बछड़े की तरह ही जिंदगी जीते हो। न तो तुम्हारे पास अच्छे कपड़े हैं

और न ही अच्छा समाज। तुम्हारा आदमी किस तरह से काम करता है? तुम लोग इस गोबर के ढेर में कैसे रहते हो? एक दिन तुम इसी तरह मर जाओगी और वही हाल तुम्हारे बच्चों का भी होगा।''

छोटी बहन ने जवाब दिया, ''हम बिलकुल ठीक तरह से रहते हैं और हमारा काम भी अच्छा है। हम किसी की चापलूसी नहीं करते और किसी से डरते भी नहीं हैं। मगर तुम शहर में रहनेवाले लोग हमेशा लालच के बीच रहते हो। आज तो तुम्हारा सब ठीक है, मगर कल कोई गलत आदमी आ सकता है। तुम्हें लालच का डर है। तुम्हारे आदमी को ताश, शराब या औरतों का लालच हो सकता है और ये सभी चीजें बरबाद करनेवाली हैं। क्या ऐसा नहीं है?''

जब दोनों औरतें झगड़ रही थीं, उस समय छोटी बहन का पति पाखोम तंदूर के पास खड़ा होकर उनकी बातें सुन रहा था। उसने कहा, ''यह सच है, बिलकुल सच। बचपन में हमारा भाई इस जमीन को छोड़कर चला गया और मुझसे यही गलती हुई कि मैं इससे जुड़ा रहा। इस समय मेरी यही एक परेशानी है कि मेरी जमीन बहुत कम है। यदि मेरे पास उतनी अधिक जमीन होती, जितनी मैं चाहता था, तब मुझे किसी का भी डर नहीं होता—शैतान का भी नहीं।''

वे औरतें चाय पीकर कपड़ों के बारे में बातें करती रहीं और फिर उन्होंने चाय के बरतन रखे तथा सोने चली गईं। लेकिन शैतान तंदूर के पीछे बैठा था और उसने सब-कुछ सुन लिया था। उसे इस बात की खुशी थी कि उस देहाती औरत ने अपने पति को भी अपने साथ डींग मारने में शामिल कर लिया था कि उसके पास काफी जमीन होती, तब शैतान भी उसका कुछ नहीं बिगाड़ सकता था।

शैतान ने सोचा, 'ठीक है, मुझे कुछ करना ही पड़ेगा। मैं इन लोगों को काफी जमीन दूँगा और मेरी मुलाकात इन लोगों से उसी जमीन पर होगी।'

□

उन किसानों के बगल में ही एक छोटी जमीन की मालकिन रहती थी। उसके पास 324 एकड़ जमीन थी। वह किसानों के साथ बिना उन्हें नाराज किए ही आराम से रहा करती थी। उस औरत ने नौकरी से अवकाश लेकर वापस आ चुके एक सैनिक को अपनी संपत्ति की देखभाल के लिए मैनेजर रख लिया था। वह मैनेजर सभी किसानों पर दंड के रूप में कुछ-न-कुछ शुल्क लगा देता था। पाखोम चाहे जितना भी सावधान रहता, उससे कुछ गलती हो ही जाती थी, जैसे पड़े हुए जौ का कुचला जाना या उसकी गाय बगीचे में घुस जाती या उसके मवेशी चरागाह में चरने चले जाते। उसे किसी-न-किसी चीज के लिए बार-बार दंड के रूप में

भुगतान करना ही पड़ता था।

पाखोम दंड भरता और घर पहुँचकर चिल्लाता तथा मारपीट करता था। गरमियों में पाखोम से उस जमीन पर बहुत सी गलतियाँ हुईं, फिर भी वह खुश था कि उसके मवेशी उसके ही पास थे, हालाँकि उनके लिए चारे का इंतजाम करना मुश्किल था और इसका उसे अंदाजा भी नहीं था। उन्हीं दिनों जाड़े के मौसम में एक अफवाह फैली कि उस बूढ़ी धनी औरत ने अपनी जमीन बेचने का इरादा कर लिया था और उसका मैनेजर ही उस जमीन को अच्छी कीमत देकर खरीदने वाला था।

सभी किसानों ने उस खबर को सुना और गुस्से में गुर्राने लगे। उन लोगों ने सोचा, 'अब यह जमीन उस मैनेजर की हो जाएगी और फिर यह उस बुढ़िया से भी अधिक दंड लगाएगा। हमारे लिए इस जमीन के बिना जीवित रहना मुश्किल हो जाएगा। हम सभी इसी पर निर्भर हैं।' सारे किसान उस धनी बूढ़ी औरत के पास पहुँचे और उन्होंने उस जमीन को मैनेजर को न बेचने की प्रार्थना की तथा उससे अधिक रकम देकर खुद ही खरीदने का वायदा भी किया।

वह औरत मान गई और उन किसानों ने उस जमीन को खरीदने के लिए मिल-जुलकर रकम का इंतजाम भी करने की कोशिश की। एक बार और दो बार उन लोगों ने मिलकर सभा की, पर कोई बात न बन सकी। शैतान ने उनके बीच मतभेद पैदा कर दिया। अब किसी भी समझौते पर पहुँचना उनके लिए नामुमकिन था। किसान उस जमीन को अपनी हैसियत के मुताबिक खरीदना चाहते थे और वह बूढ़ी औरत भी उनकी इस बात पर राजी थी।

पाखोम को जब पता चला कि उसके एक पड़ोसी ने 54 एकड़ जमीन खरीद ली है और उस बूढ़ी औरत ने उसे आधी रकम चुकाने के लिए साल भर की मोहलत भी दे दी है, तब पाखोम को बहुत ईर्ष्या हुई और वह सोचने लगा कि 'वे लोग सारी जमीन खरीद लेंगे। मुझे भी उनके पीछे जाना चाहिए।' उसने अपनी पत्नी से इस बारे में बात की और कहा, ''लोग जमीन खरीद रहे हैं। हमें भी 27 एकड़ जमीन खरीदनी चाहिए। इस तरह से जीवन जीना मुश्किल है, क्योंकि वह मैनेजर सबकुछ जुर्माने के रूप में भुगतान लेकर खाता जा रहा है।''

उन्होंने गंभीरतापूर्वक विचार किया कि उस जमीन को किस तरह से खरीदा जाए और इसके लिए उन्होंने 100 रूबल इकट्ठे किए तथा अपना घोड़ा और तैयार हो चुके आधे मधुमक्खियों के छत्तों को भी बेच दिया। उसने अपने लड़के को भी काम पर लगा दिया और अपनी साली से भी कुछ रकम उधार ले ली। इस तरह

उन लोगों ने उस जमीन के लिए आधी रकम भी जुटा ली। पाखोम ने अपनी सारी रकम इकट्ठा की और करीब 40 एकड़ जमीन का चयन भी कर लिया।

उस जमीन पर कुछ पेड़ भी थे। पाखोम उसे खरीदने के लिए सीधा उस धनी बूढ़ी महिला के पास पहुँचा। वहाँ उसने 40 एकड़ के लिए मोल-भाव भी किया और पेशगी की रकम भी चुका दी। वहाँ से वे शहर गए और जमीन की खरीद को एक कानूनी रूप देकर आधी रकम का भुगतान भी कर दिया तथा उनमें बकाया रकम का भुगतान दो वर्षों में कर देने का इकरारनामा भी हो गया।

अब पाखोम के पास उसकी अपनी जमीन थी, जिसमें पाखोम ने बीज भी बो दिए। एक ही साल में उसने उस धनी बूढ़ी महिला और अपने साले का कर्ज भी चुका दिया। पाखोम अब उस जमीन का मालिक बन चुका था। उसने अपनी सारी जमीन की जुताई कर डाली और उसकी बुआई भी कर दी। उसने अपनी जमीन पर भूसा काटा और मवेशियों के लिए चारे का भी इंतजाम किया। पाखोम अपने लंबे-चौड़े खेत को जोतने के लिए जाता और फसल का हिसाब-किताब भी रखता था। इतना सबकुछ हो जाने पर भी वह खुश नहीं था। वहाँ की घास उसे बरबाद होती महसूस हो रही थी और उसमें खिले फूल उसे कुछ अलग ही नजर आते थे। शुरू-शुरू में वह अपनी जमीन पर एक जमीन की तरह जाता था, पर अब वह जमीन उसे कुछ अजीब सी लगने लगी थी।

□

पाखोम की जिंदगी अब आराम से गुजर रही थी। सबकुछ ठीक-ठाक चल रहा था, पर केवल कुछ किसान-मजदूर उसके चरागाह और अनाज के लिए बिना अनुमति के घुस जाते थे। उसने उन्हें ऐसा न करने के लिए कहा, पर वे नहीं माने। अब तो कुछ चरवाहे लड़के अपनी गायों को उसके चरागाह में घुस जाने देते थे और रात के पहरेदारों से बचकर घोड़े बाजरे के खेत में भी घुस जाते थे।

पाखोम उन्हें भगा देता और माफ भी कर देता था, पर उसने कभी भी कानून का सहारा नहीं लिया। धीरे-धीरे वह इससे परेशान हो गया और उसने जिले में इसकी शिकायत करने की कोशिश की। वह जानता था कि यह सबकुछ किसान-मजदूरों की दुष्टता से नहीं, बल्कि लापरवाही से हो रहा था; पर उसने सोचा, इसकी अनदेखी करना ठीक नहीं है, नहीं तो वे लोग हमेशा इसे अपनी मवेशियों का चरागाह ही बना लेंगे। मुझे इसके लिए उन्हें सबक सिखाना ही होगा।

एक बार उसने इसकी शिकायत न्यायालय में की और फिर दुबारा भी की। उन किसानों पर दोनों ही बार जुर्माना लगा। पाखोम के पड़ोसी किसान उससे

नाराज हो गए और इस बार तो जान-बूझकर उसके खेतों में उसकी अनुमति के बिना ही घुस गए। कुछ किसान तो उसके पेड़ोंवाली जमीन में रात को गए और उनमें से कुछ ने तो उसके छायादार पेड़ उन फलों के लिए काट लिये, जिन्हें सुखाकर आटा बनाया जाता था। पाखोम अपने बगीचे में पहुँचा और वहाँ की हालत देखकर पीला पड़ गया। पेड़ों की डालियाँ कटी पड़ी थीं और कुछ ठूँठ भी खड़े थे।

"इतने पेड़ों में से दुष्टों ने सभी को काट डाला, केवल एक ही पेड़ बचा है।"

पाखोम गुस्से में भरकर बोला, "यदि मुझे पता चल जाता कि यह काम किसने किया है, तब मैं उसे तोड़कर रख देता।"

उसने बार-बार सोचा, 'यह काम कौन कर सकता था?' उसके मन में विचार आया कि सिमयान के अलावा और कोई इस काम को नहीं कर सकता है।

वह सीधा सिमयान के घर पहुँच गया। उन दोनों में झगड़ेवाली बहस हुई। पाखोम को पूरा यकीन हो गया कि यह काम सिमयान ने ही किया होगा। उसने उसकी शिकायत दर्ज करा दी और इसके लिए वे अदालत भी गए। उन्होंने इसके लिए एक-दूसरे पर मुकदमे-पर-मुकदमे भी किए। वह किसान बरी कर दिया गया, क्योंकि उसके खिलाफ कोई सबूत न मिल सका। पाखोम अभी तक नाराज था और वह न्यायाधीशों पर भी गुस्सा हो गया। उसने कहा, "तुम लोग उन चोरों की तरफदारी कर रहे हो। यदि तुम भले आदमी होते, तब उन चोरों को यूँ ही न छोड़ते।"

पाखोम ने अपने पड़ोसियों के साथ-साथ उन न्यायाधीशों से भी झगड़ा किया। उन लोगों ने उसे उसकी फसल जब्त करने की धमकी दी। पाखोम फिर से सामुदायिक केंद्र में कुछ अधिक नियंत्रण के साथ अपने फैले हुए खेतों में लगा रहा। इधर कुछ समय से एक अफवाह यह भी फैली कि लोग नई जगहों पर पलायन कर रहे हैं। पाखोम ने सोचा कि अपनी जमीन छोड़कर जाने से कुछ फायदा नहीं है और जब मेरे पड़ोसी किसान अपनी जमीन छोड़कर जाने लगेंगे, तब मैं उनकी जमीन खरीद लूँगा और थोड़ा फैलकर जीऊँगा; क्योंकि अभी मैं कुछ सिमट गया हूँ।

पाखोम एक दिन अपने घर में बैठा हुआ था कि तभी कहीं से भटकता हुआ एक किसान उसके पास आया। पाखोम ने उसे ठहरने की जगह और खाने के लिए भी कुछ दिया। बातचीत के दौरान पाखोम ने उस किसान से पूछा, "आप कहाँ से आ रहे हैं?"

किसान ने जवाब दिया कि वह वोल्गा की तरफ से आ रहा है और वहीं वह कामकर रहा था। उस किसान ने बताया कि वहाँ लोग किस तरह से रह रहे हैं। उसने कहा कि वहाँ लोगों ने एक समूह बना रखा है और हर किसी को 27 एकड़ जमीन भी दे रखी है। वह जमीन भी बहुत उपजाऊ है और फसल इतनी बेहतर है कि घोड़ों ने भी वैसी घास कभी नहीं देखी होगी। उसने बताया कि एक किसान तो बिलकुल ही गरीब था और वहाँ खाली हाथ ही पहुँचा था। अब वह छह घोड़ों और दो गायों का मालिक है।

पाखोम के दिल में उस किसान की बात समा गई और वह सोचने लगा, 'जब इन हालात से बेहतर ढंग से जीने की उम्मीद है, तब इस परिस्थिति में क्यों रहा जाए?' मैं यहाँ अपना मकान व जमीन बेच दूँगा और एक नई जगह नई शुरुआत करूँगा। यहाँ इन सँकरे व छोटे कमरों में रहना तो एक तरह से पाप है। मगर पहले मैं खुद वहाँ जाकर देखूँगा।'

पाखोम ने एक साल के लिए अपनी तैयारी कर ली और चल दिया। समारा से वोल्गा तक वह स्टीमर से गया और वहाँ से उसने करीब 265 मील तक की यात्रा पैदल ही तय की। इस तरह वह अपनी मंजिल तक पहुँच ही गया। जैसा उसने सुना था, वह जगह बिलकुल वैसी ही थी। यहाँ किसानों के रहने का स्तर काफी बेहतर था और सभी के पास 27 एकड़ के खेत भी थे तथा वे अपने समाज की स्थिति से खुश थे। यदि वहाँ किसी के पास थोड़ी भी रकम होती तो वह अच्छी-से-अच्छी जमीन अपनी इच्छानुसार उसके किए गए आवंटन के अतिरिक्त भी 3 रूबल देकर खरीद सकता था। आप यहाँ जितनी भी चाहें, जमीन खरीद सकते थे।

पाखोम ने अपनी छानबीन पूरी कर ली और वसंत के मौसम में घर वापस लौट आया। यहाँ आकर उसने अपनी हर चीज बेचने की तैयारी शुरू कर दी। उसने अपनी जमीन फायदे में बेच दी और घर बेचा, अपने मवेशी बेचे तथा सामुदायिक केंद्र से अपना नाम भी कटवा लिया। पाखोम ने वसंत के मौसम तक इंतजार किया और फिर अपने परिवार के साथ उस नई जगह के लिए चल पड़ा।

□

पाखोम अपने परिवार के साथ नई जगह आ गया और उसने अपना नाम वहाँ के बड़े गाँव में दर्ज करवा दिया। वह वहाँ लोगों से मिला और अपने सारे कागजात भी बनवा लिये। पाखोम को वहाँ के लोगों ने सहमति भी दे दी और पाँच लोगों के लिए 135 एकड़ जमीन दे दी गई, जो कि अलग-अलग जगहों पर थी और जिसमें

चरागाह अलग थे। पाखोम ने अब वहाँ अपनी व्यवस्था भी बना ली थी। उसने मवेशी रख लिये और अब उसकी जमीन भी पहले की तुलना में तीन गुना अधिक थी, साथ-साथ उसकी यह जमीन भी अधिक उपजाऊ थी। उसकी जिंदगी अब पहले से दस गुना बेहतर थी। उसके पास खेती वाली जमीन और जरूरत के हिसाब से काफी चारा भी था। वह जितने चाहता उतने अधिक मवेशी रख सकता था। शुरू-शुरू में जब वह व्यवस्थित हो रहा था, तब वह बहुत खुश था, फिर उसे वे कमरे भी छोटे लगने लगे।

पहले साल पाखोम ने गेहूँ बोए थे, जिसकी फसल बहुत ही अच्छी थी। वह गेहूँ ही बोना चाहता था, पर इस काम के लिए उसके पास जमीन थोड़ी कम थी और उसे यह खराब भी लगता था। गेहूँ घास पर या परती जमीन पर बोया गया। उन्होंने उसे साल-दो साल बोया और फिर जमीन खाली छोड़ दी, ताकि इस पर फिर से घास उग जाए। वहाँ इस तरह की जमीनवाले बहुत से लोग थे।

वहाँ पर आपस में झगड़े भी होते थे। कोई किसी से धनी था और कोई गरीब। वे सभी जमीन पर बोना चाहते थे और गरीब लोगों को व्यापारियों से मिलनेवाले कर्ज पर निर्भर रहना पड़ता था।

पाखोम भी अधिक-से-अधिक जमीन पर बुआई करना चाहता था। अगले साल वह एक व्यापारी के पास पहुँचा और उससे उसने एक जमीन किराए पर ली। उसने उसे भी बोया और अच्छी फसल पैदा की। वह जमीन गाँव से काफी दूर थी और उसे इसके लिए करीब 10 मील चलना पड़ता था। उसने देखा कि वहाँ के किसान व्यापारी कितनी बड़ी-बड़ी हवेलियों में रहते हैं और वे बहुत धनी भी हैं। पाखोम सोचता था कि यही तो जिंदगी है। यदि मैं अधिक-से-अधिक जमीन खरीद लूँ तो मैं भी एक हवेली रख सकता हूँ। अब पाखोम ने इस विषय पर गंभीरता से सोचना शुरू कर दिया कि वह इसे किस ढंग से पा सकता है?

धीरे-धीरे पाखोम को वहाँ रहते हुए तीन साल बीत गए। उसने जमीनें किराए पर लीं और गेहूँ बोए। उसके वे साल बहुत अच्छे बीते और गेहूँ की फसल भी अच्छी हुई तथा उसे अच्छा मुनाफा भी हुआ। जैसे-जैसे समय बीतता गया, पाखोम के लिए आदमियों के साथ जमीन खरीदना परेशानी का और समय की बरबादी का कारण बनता गया। जहाँ कहीं भी अच्छी जमीन होती, किसान वहाँ चले जाते और उसे आपस में बाँट लेते थे। उसे सस्ती जमीन खरीदने में हमेशा देर हो जाती थी और वह उसमें कुछ बो भी नहीं पाता था; लेकिन तीसरे साल एक व्यापारी के साथ साझे में उसने किसानों के चरागाह की वह जमीन ली, जिसे वह पहले ही जोत

चुके थे। किसानों ने इसके लिए कानून का दरवाजा खटखटाया और इस काम में पाखोम को नुकसान हो गया। उसने सोचा, यदि मैं जमीन का मालिक हो जाऊँ तो मुझे किसी की चापलूसी नहीं करनी पड़ेंगी और इसमें कुछ गलत भी नहीं है।

पाखोम ने अब यह छानबीन करनी शुरू कर दी कि वह अधिक-से-अधिक जमीन कहाँ खरीद सकता था। इस मामले में उसने एक किसान से भी मुलाकात की। वह किसान अपनी 1350 एकड़ जमीन बेचने वाला था। चूँकि वह उससे छुटकारा पाना चाहता था, इसलिए उसने उसे मोल-भाव करने के बाद बेच दिया। पाखोम ने भी उससे खूब मोल-भाव व बहस की और आखिर में वह किसान 1500 रूबल में अपनी जमीन बेचने के लिए तैयार हो गया, जिसमें आधी रकम बतौर जमानत पहले जमा करनी थी। उन लोगों में अब एक समझौता भी हो चुका था कि तभी उधर से एक फेरीवाला गुजरा, जिसने पाखोम से कुछ खाने के लिए माँगा। उन लोगों ने साथ-साथ चाय पी और फिर बातें शुरू कर दीं।

उस फेरीवाले ने पाखोम को बताया कि वह दूर बाशखीर (उराल पहाड़ियों में बसे तुर्की लोगों का एक स्थान) से आ रहा है। उसने यह भी बताया कि वहाँ उसने उन लोगों से 6,600 एकड़ जमीन खरीदी है, जिसके लिए उसे सिर्फ 1,000 रूबल ही चुकाने पड़े थे। पाखोम ने उससे सवाल पूछने शुरू कर दिए और फेरीवाले ने उसे पूरी कहानी सुनाई, "मैंने एक बूढ़े आदमी को कुछ इस तरह से संतुष्ट किया। उसे मैंने 100 रूबल के ड्रेसिंग गाउन और कालीन तथा पीने के लिए थोड़ी वाइन दी थी। इस तरह मुझे 20 कोपेक प्रति एकड़ के हिसाब से ही वह जमीन मिल गई। वह जमीन नदी के तट पर है और उसकी ढलान पर घास उगी है।

पाखोम ने उससे धीरे-धीरे जमीन के बारे में पूछना शुरू किया कि वह उसने कैसे और किससे हासिल की थी? उस व्यापारी ने बताया कि वहाँ जमीन बहुत अधिक है; मगर तुम्हें वहाँ पहुँचने में समय लगेगा और वहाँ के लोग बिलकुल ही बेवकूफ हैं। तुम उस जमीन को मुफ्त में ही पा सकते हो।

अब पाखोम ने सोचना शुरू कर दिया, 'मैं 1350 एकड़ के लिए अपने 1,000 रूबल क्यों खर्च करूँ और अपने गले में कर्ज भी लटकाए रहूँ? वहाँ मुझे 1,000 रूबल में ही कितनी अधिक जमीन मिल जाएगी।'

☐

पाखोम ने उस फेरीवाले से पूछा कि वह वहाँ कैसे पहुँचा और जैसे ही फेरीवाला वहाँ से गया, उसने वहाँ जाने का इरादा पक्का कर लिया। उसने अपना घर अपनी पत्नी के हवाले किया और अपने साथ एक आदमी लेकर चल पड़ा।

जब वे शहर पहुँचे तब उन्होंने चाय, उपहार और जैसा कि उस व्यापारी ने बताया था, शराब भी खरीदकर अपने पास रख ली। वे चलते गए और चलते-चलते उन्होंने 330 मील तक की यात्रा भी पूरी कर ली। सात दिन चलने के बाद वे बाशखीर की पहाड़ियोंवाले क्षेत्र में आ गए। वह जगह बिलकुल वैसी ही थी जैसा कि उस फेरीवाले ने बताया था। वहाँ के लोग नदी के किनारे घास के मैदान में तंबुओं से ढँकी झोंपड़ियों में रहते थे। वे खुद खेती नहीं करते थे और ब्रेड भी नहीं खाते थे। उनके मवेशी घास चरते और घोड़े झुंडों में रहा करते थे। उनकी झोंपड़ियों के पीछे घोड़ों के बच्चे बँधे थे और दो दिनों के अंतराल पर वे घोड़ियों को उनके पास ले जाते थे। वे लोग घोड़ियों से दूध निकालते और फिर उससे खमीर बनाकर शराब बनाते थे। उनकी औरतें उससे चीज भी बनाती थीं और वे लोग सिर्फ शराब व चाय पीना तथा मांस खाना और सरकंडे का पाइप बजाना ही जानते थे। वहाँ के सभी लोग सभ्य, खुशमिजाज और गरमी भर उत्सव मनाते थे। उन लोगों का रंग गहरा था और वे रूसी भाषा नहीं बोलते थे; पर वे लोग बहुत ही मिलनसार थे।

जैसे ही वहाँ के लोगों ने पाखोम को देखा, वे सभी अपनी-अपनी झोंपड़ियों से निकलकर अपने मेहमान को घेरकर खड़े हो गए। एक दुभाषिया ने उससे उसका परिचय पूछा। पाखोम ने उसे बताया कि वह वहाँ जमीन देखने के लिए आया था। बाशखीरी लोग बहुत खुश हुए और वे उसे एक सुंदर सी झोंपड़ी में ले गए, कंबल बिछाया और उसे बैठने के लिए एक गद्दा भी दिया। उन सभी ने उसके चारों तरफ बैठकर उसे चाय व शराब परोसी तथा उसके स्वागत में एक भेड़ काटी तथा उसका मांस भी खिलाया।

पाखोम ने अपनी घोड़ा गाड़ी से उनके उपहार निकाले और उनमें बाँटना भी शुरू कर दिया। पाखोम ने बाशखीरों को चाय दी। चाय पाकर वे बहुत खुश हुए और साथ-साथ कुछ बोलते रहे, जिसे समझना मुश्किल था। फिर उन्होंने दुभाषिए को बोलने के लिए कहा। दुभाषिए ने बताया, ''वे कहते हैं कि वे यह सब पाकर बहुत खुश हैं और हमारे यहाँ रिवाज है कि हम अपने मेहमान को संतुष्ट करते हैं तथा उसे उपहारों के बदले में कुछ देते हैं। अब हमें बताओ कि हमारे पास ऐसा क्या है, जो हम तुम्हें दे सकते हैं?''

पाखोम ने कहा, ''तुम्हारे पास जमीन है और मैं तुम्हारी कुछ जमीन खरीदना चाहता हूँ। मेरे देश में जमीन की बहुत कमी है। जमीन पर कुछ पैदा करना मरने के बराबर है; मगर तुम लोगों के पास बहुत अधिक और अच्छी जमीन है। मैंने इतनी अच्छी जमीन पहले कभी नहीं देखी है।''

दुभाषिया उन लोगों की बातें बताता गया और वहाँ के लोग बोलते गए। पाखोम यह तो नहीं समझ पा रहा था कि वे क्या कह रहे थे, पर इतना उसे महसूस हुआ कि वे लोग भले थे और ऊँची आवाज में हँसते हुए बोलते थे। तभी अचानक वे चुप हो गए और पाखोम की तरफ देखने लगे। दुभाषिए ने बताया, "ये लोग कह रहे हैं कि तुम्हारी दयालुता के बदले में तुम्हारी इच्छा के अनुसार वे तुम्हें जमीन दे देंगे। बस, तुम जमीन उन्हें दिखा दो और वह जमीन तुम्हारी हो जाएगी।"

वे लोग अभी बातें कर ही रहे थे कि आपस में झगड़ने लगे। दुभाषिए ने बताया, "कुछ लोग कह रहे हैं कि जमीन के लिए मुखिया से पूछ लेना चाहिए और बिना उसकी सहमति के यह काम नामुमकिन है; जबकि दूसरे लोग कह रहे हैं कि यह काम बिना मुखिया के भी हो सकता है।"

□

सभी बाशखीर अभी झगड़ ही रहे थे कि तभी वहाँ लोमड़ी के चमड़े का कनटोप लगाए एक आदमी आया। उसके वहाँ पहुँचते ही सभी लोग शांत होकर खड़े हो गए।

दुभाषिए ने कहा, "यही मुखिया हैं।"

पाखोम ने तुरंत ही अपना सबसे कीमती ड्रेसिंग गाउन निकाला और 5 पाउंड चाय के साथ मुखिया को दिया। मुखिया ने वह उपहार स्वीकार कर लिया और प्रधान की जगह बैठ गया। सभी बाशखीर उसे सारी बात बताने लगे। मुखिया ने उन सभी लोगों की बात सुनी और सहमति से अपना सिर हिलाता रहा। जब सभी लोग चुप हो गए, तब उसने पाखोम से रूसी भाषा में बोलना शुरू किया, "ठीक है, यह काम हो सकता है। जितनी जमीन तुम चाहो, ले सकते हो।"

पाखोम ने सोचा, 'मैं जितनी जमीन चाहूँगा, मुझे मिल जाएगी। पर मुझे इसे तुरंत ही सुरक्षित कर लेना होगा, नहीं तो ये लोग कहेंगे कि यह जमीन इनकी है और वे इसे वापस भी ले लेंगे।'

पाखोम ने कहा, "आपकी दयालुता के लिए मैं आपको धन्यवाद देता हूँ। मैं देख चुका हूँ कि आपके पास बहुत अधिक जमीन है और मुझे बहुत अधिक जमीन नहीं चाहिए। आप केवल मुझे इतना बता दीजिए कि मेरी जमीन कौन सी है और जैसे ही उसकी पैमाइश होगी, वह मेरे लिए सुरक्षित हो जाएगी। यह सारा काम जमीन की खरीद-फरोख्त के हिसाब से ही होना चाहिए; क्योंकि आप अच्छे लोग तो वायदा कर देंगे, पर आगे समय ऐसा आ सकता है, जब आपके बच्चे उसे वापस ले सकते हैं।"

मुखिया ने कहा, ''तुम बिलकुल ठीक कहते हो, हमें इसे सुरक्षित कर देना चाहिए।''

पाखोम ने बोलना शुरू किया, ''मैंने सुना है कि एक व्यापारी यहाँ पहले भी आपके पास आया था, जिसे भी आप लोगों ने जमीन दी थी और मोल-भाव भी किया था। मैं भी जमीन उसी ढंग से लेना चाहता हूँ।''

मुखिया सारी बात ठीक से समझ गया और बोला, ''ठीक है, वैसा ही होगा। हमारे पास एक क्लर्क है। हम शहर जाएँगे और सबकुछ हमारी मुहर के साथ होगा।''

पाखोम ने पूछा, ''जमीन की कीमत क्या होगी?''

''हमारी जमीन की सिर्फ एक ही कीमत है—एक डायन की कीमत 1,000 रूबल।''

पाखोम यह समझ नहीं सका। उसने पूछा, ''डायन की माप क्या है? इसमें कितने एकड़ होते हैं?''

मुखिया ने जवाब दिया, ''मैं यह नहीं जानता, पर हम जमीन डायन के हिसाब से ही बेचेंगे।''

''इसमें तुम एक दिन में जितनी अधिक जमीन पर चल सकोगे, वह जमीन तुम्हारी हो जाएगी और उस एक डायन की कीमत 1,000 रूबल है।''

पाखोम भौंचक्का रह गया और बोला, ''मैं जितना भी एक दिन में चलूँगा, वह जमीन मेरी हो जाएगी?''

मुखिया हँसा, ''हाँ, वह सब जमीन तुम्हारी हो जाएगी; पर इसमें एक ही शर्त है, यदि तुम जहाँ से चले थे वहाँ लौटकर एक दिन में वापस नहीं आओगे, तब तुम्हारी रकम जब्त हो जाएगी।''

पाखोम ने पूछा, ''पर कैसे? जब मैं चलूँगा तब क्या मैं निशान लगा सकता हूँ?''

''हाँ, जहाँ तुम चाहो हम वहाँ खड़े रहेंगे और वहाँ पहुँचकर एक घेरा बना देना। तुम अपने साथ एक फावड़ा भी लिये रहना तथा जहाँ तुम्हारी इच्छा हो, एक छोटा सा गड्ढा बना देना और उसमें कुछ गाड़ देना। फिर हम उन सबको मिलाकर निशान बना देंगे। तुम जितने भी चाहो, घेरे बनाते जाओ, पर इतना जरूर ध्यान रखना कि सूरज ढलने से पहले तुम वापस आ जाना। इस तरह तुम जितना बड़ा घेरा बना लोगे, वह सब तुम्हारी जमीन हो जाएगी।''

पाखोम बहुत खुश हुआ। वे सभी लोग साथ-साथ बाहर निकले। उन लोगों

ने खूब बातें कीं और शराब पी तथा मीट खाया। रात होने पर उन लोगों ने पाखोम के सोने के लिएं बिस्तर तैयार कर दिया और फिर सोने चले गए। वे इस बात के लिए भी तैयार थे कि अगले दिन सूरज उगने के साथ बंदूक की एक आवाज पर वे सब इकट्ठा हो जाएँगे।

□

पाखोम अपने बिस्तर पर लेटा हुआ था, पर उसकी आँखों में नींद नहीं थी। वह सारे समय अपनी जमीन के बारे में ही सोचता रहा—'मैं वहाँ की सारी-की-सारी जमीन नाप लूँगा। मैं एक दिन में तकरीबन 30 मील चल सकता हूँ। एक दिन एक साल के बराबर है। 30 मील के घेरे की जमीन का सौदा बुरा नहीं है। मैं उस जमीन का खराब हिस्सा बेच दूँगा या फिर उसे किसानों के पास ही रहने दूँगा। मैं अपने पास सिर्फ वही रखूँगा, जिसे मैं चाहता हूँ और मैं यहीं बस भी जाऊँगा। मैं खेत जोतने के लिए दो बैल और दो मजदूर रख लूँगा। मैं 135 एकड़ जमीन पर खेती करूँगा और बाकी अपने मवेशियों के लिए चरागाह बना दूँगा।''

पाखोम सारी रात एक भी झपकी न ले सका। सुबह होने के ठीक पहले ही उसे नींद आ गई। उसे लगा कि वह उसी झोंपड़ी में लेटा है और कोई उसे बाहर से आवाज दे रहा है। उसने सोचा कि उसे बाहर निकलकर देखना चाहिए कि माजरा क्या है। वह उठा और झोंपड़ी के बाहर निकला। वह देखता है कि वहाँ वही मुखिया बैठा हुआ है और उसने अपने हाथ घुटनों पर टिका रखे हैं तथा बुरी तरह से हँस रहा है।

पाखोम ने उससे पूछा, ''क्या बात है? तुम क्यों हँस रहे हो?'' फिर वह देखता है कि वहाँ वह मुखिया नहीं है, बल्कि वह फेरीवाला व्यापारी है, जिसने उसे इस जमीन के बारे में बताया था। फेरीवाले को वहाँ देखकर वह पूछता है कि ''तुम यहाँ कब से हो?''

फिर वह देखता है कि वह फेरीवाला भी गायब हो गया और उसकी जगह वही किसान है, जो काफी पहले वोल्गा से आ रहा था। अचानक वह किसान भी गायब हो जाता है और उसकी जगह शैतान नजर आता है, जिसके सींगें और खुर हैं। वह शैतान बैठा है और जोर-जोर से हँस रहा है। उसके सामने एक आदमी नंगे पाँव सिर्फ कमीज और पैंट पहने पड़ा हुआ है। पाखोम बहुत ध्यान से उस गिरे हुए आदमी को पहचानने की कोशिश करता है। पाखोम देखता है कि वह लेटा हुआ आदमी और कोई नहीं, बल्कि वह खुद ही है। पाखोम यह देखकर डरकर उठकर बैठ जाता है।

पाखोम अब जग जाता है और खुद से ही कहता है, मैं यह सपना देख रहा था क्या? वह अपने चारों तरफ देखता है और फिर बंद दरवाजे से बाहर झाँकता है। बाहर रोशनी थी और दिन निकलना शुरू हो चुका था।

उसने सोचा, 'लोग इकट्ठा हो रहे होंगे, अब चलना चाहिए।'

पाखोम उठा और उसने अपने आदमी को बग्घी में जगाया तथा तैयार होने के लिए कहा।

उसने कहा, "समय हो चुका है और जमीन नापने के लिए चलना चाहिए।"

सभी बाशखीर उठे और इकट्ठा हो गए। अब तक वह मुखिया भी आ गया। सभी लोगों ने वहाँ फिर शराब पी और पाखोम से उन लोगों ने चाय पीने के लिए भी कहा, पर पाखोम अब देर नहीं करना चाहता था। उसने कहा, "हमें अब चलना चाहिए। समय बीतता जा रहा है।"

□

सारे बाशखीर पूरी तरह से तैयार थे। उनमें से कुछ घोड़े पर सवार थे और कुछ लोग घोड़े से खींची जानेवाली गाड़ियों में भी थे। पाखोम अपनी घोड़ागाड़ी में अपने आदमी के साथ बैठा था और उसने अपने पास एक फावड़ा भी रख लिया था। वे लोग अब एक खुले मैदान में पहुँचे। तब तक सुबह होनी शुरू हो गई थी। वे सभी एक ऊँचे टीले पर पहुँचे तथा अपने घोड़ों और बग्घी से उतरकर एक भीड़ में तबदील हो चुके थे। मुखिया पाखोम के पास आया और उसने अपने हाथ से इशारा किया।

मुखिया ने कहा, "यहाँ से तुम जहाँ तक देख सकते हो, सारी जमीन हमारी है और तुम जितनी जमीन चाहो, उतनी ले सकते हो।"

पाखोम की आँखें चमक उठीं। वह सारा क्षेत्र बिलकुल हरा-भरा था और समतल भी था। उसमें जहाँ कहीं भी गड्ढे थे, उनमें ऊँची-ऊँची घास उगी हुई थी। मुखिया ने अपना लोमड़ीवाला कनटोप उतारा और उसे जमीन पर रखते हुए कहा, "यहाँ, यही वह जगह है, जहाँ से तुमको शुरू करना है और फिर लौटकर यहीं वापस आना है। जितना भी तुम चल लोगे, वह जमीन तुम्हारी होगी।"

पाखोम ने अपना पैसा निकालकर बटुए में रखा और काफ्तान उतारकर केवल कमीज में ही खड़ा हो गया। उसने अपनी कमर का फेंटा कसा, अपनी गरदन में एक छोटा सा थैला लटकाया और उसमें थोड़ी ब्रेड भी रख ली; कमर की बेल्ट में पानी की एक बोतल भी टाँग ली तथा जूते के फीते भी बाँध लिये। फिर अपने आदमी से उसने फावड़ा लिया और अब वह चलने के लिए बिलकुल

तैयार था। उसने बार-बार सोचा कि किधर से शुरू किया जाए, क्योंकि वहाँ हर तरफ की जमीन एक ही जैसी थी, फिर उसने तय किया कि वह सूरज के निकलनेवाली दिशा से ही शुरू करेगा। उसने अपना मुँह सूरज की तरफ किया और उसके क्षितिज पर आने का इंतजार करने लगा। वह सोच रहा था कि उसे अपना समय बरबाद नहीं करना चाहिए। यह समय ठंडा है और इस समय चलने में भी आसानी होगी।

जैसे ही सूरज क्षितिज पर चमका, उसने अपना फावड़ा कंधों पर रखा और मैदान में चलना शुरू कर दिया। पाखोम न तो धीमे चल रहा था और न ही तेज। वह करीब 3,500 कदम ही चला होगा कि तभी वह रुका और उसने एक छोटा सा गड्ढा खोदा तथा इसमें थोड़ी घास भर दी, ताकि इसका पता दूर से ही चल जाए।

वह आगे बढ़ता गया और अब उसने अपनी गति भी तेज कर दी थी। वह तेजी से आगे बढ़ता जाता और छोटे-छोटे गड्ढे बनाता जाता था। पाखोम ने पीछे मुड़कर टीले की तरफ देखा, जहाँ अभी भी लोग खड़े थे और उसकी बग्घी के पहिए धूप में चमक रहे थे। पाखोम ने अंदाज लगाया कि वह अभी 10 मील ही चला होगा। उसे अब गरमी लगने लगी। उसने अपनी कमीज उतारकर अपने कंधे पर डाल ली। अब तक गरमी काफी बढ़ चुकी थी और उसने सूरज की तरफ देखा तो उसे लगा कि अब नाश्ते का वक्त हो चुका था। पाखोम ने सोचा, 'अब तक एक चरण पूरा हो चुका है और चार चरण में दिन पूरा हो जाएगा। इस समय वापस मुड़ना काफी जल्दी होगा। केवल मुझे अपने जूते उतार लेने चाहिए।'

वह वहीं जमीन पर बैठ गया और अपने जूते उतारकर उसने अपनी बेल्ट में लटका लिये और फिर चल पड़ा। इस समय चलना आसान था और वह सोच रहा था, 'मुझे 15 मील और जाना चाहिए, फिर वहाँ से दाहिनी तरफ मुड़ जाऊँगा। यह जमीन बहुत अच्छी है, इसे छोड़ना बहुत गलत होगा।' वह जितना अधिक आगे बढ़ता जाता, जमीन बेहतर-से-बेहतर होती जाती। थोड़ा और आगे चलने के बाद उसने पीछे मुड़कर उस टीले की तरफ देखा, जहाँ लोग अब चींटियों की तरह नजर आ रहे थे और वहाँ अब केवल कुछ हलका सा चमक रहा था। पाखोम ने सोचा, 'इस दिशा में मैं अब काफी आ चुका हूँ और मुझे अब वापस मुड़ना चाहिए तथा काफी पसीना भी बह चुका है, इसलिए थोड़ा पानी भी पी लेना चाहिए।' यह सोचकर वह रुक गया और वहीं एक गड्ढा खोदा तथा उसमें घास भर दी, फिर अपना थरमस निकालकर पानी पिया। वहाँ से वह बाईं तरफ मुड़ गया और चलता गया। आगे घास काफी नीचे थे और इस समय गरमी भी बढ़ चुकी थी।

पाखोम को अब काफी थकान महसूस हो रही थी। उसने सूरज की तरफ देखा तब उसे लगा कि अब खाने का समय हो चुका है। उसने सोचा कि उसे थोड़ा आराम कर लेना चाहिए।

पाखोम वहीं जमीन पर बैठ गया। उसने ब्रेड खाई, पानी पिया; मगर वह लेटा नहीं, क्योंकि वह जानता था कि यदि वह लेटेगा, तब उसे नींद आ जाएगी। वह थोड़ी देर के लिए बैठा, फिर चल पड़ा। वह अब कुछ आसानी से चल रहा था। लगता था खाने ने अपना असर दिखाना शुरू कर दिया था, लेकिन इस समय बहुत अधिक गरमी थी और सूरज नीचे की तरफ आ रहा था; किंतु पाखोम चलता ही जा रहा था। उसने सोचा, 'एक घंटे की बरदाश्त और जिंदगी भर का आराम।' वह उसी दिशा में चला और उसने एक लंबी दूरी भी तय कर ली। वह अब बाईं तरफ मुड़ना ही चाहता था कि वहाँ की जमीन थोड़ी नम थी और इसे जाने देना बेवकूफी थी। उसने सोचा, 'आज का दिन बहुत अच्छा है।'

वह आगे बढ़ता ही गया और फिर एक गड्ढा खोदा तथा वहीं से वापस मुड़ गया। पाखोम ने मुड़कर उस टीले की तरफ देखा। गरमी की वजह से उसे कुछ धुँधला सा नजर आ रहा था और उस धुँधलेपन में वह टीले पर बहुत ही मुश्किल से देख पा रहा था। पाखोम ने सोचा, 'लगता है, मैंने काफी दूरी तय कर ली है और अब मुझे इसे कुछ कम करना चाहिए।' पाखोम ने अब तीसरी ओर चलना शुरू कर दिया और अपनी चाल भी उसने तेज कर दी थी। उसने सूरज की तरफ देखा, जो कि पहले ही पश्चिम में काफी नीचे जा चुका था और वह केवल उस दिशा में 7 मील ही चला था। अभी तो उसे अपनी शुरुआतवाली जगह पर आने के लिए कम-से-कम 45 मील चलना बाकी था। वह सोचने लगा, 'नहीं, यह जगह काफी ऊपर-नीचे है और मुझे सीध में जल्दी-जल्दी जाना चाहिए। इसमें बहुत समय नहीं लगेगा, हालाँकि मैं काफी जमीन ले चुका हूँ।' पाखोम ने जल्दी-जल्दी एक छोटा सा गड्ढा खोदा और वापस टीले की तरफ जल्दी से भागा।

□

पाखोम टीले की तरफ सीधा चला, पर यह काम अब उसके लिए काफी मुश्किल था। वह पसीने में बुरी तरह से नहा चुका था। उसके नंगे पाँव कट-फट गए थे और चलने में तकलीफ दे रहे थे। वह आराम करना चाहता था, पर यह उसके लिए नामुमकिन था, क्योंकि वह सूरज डूबने से पहले रुक नहीं सकता था। सूरज देरी नहीं करता, बल्कि धीरे-धीरे डूबता जाता है।

पाखोम ने खुद से कहा, 'कहीं मैंने गलती तो नहीं कर दी? कहीं मैंने बहुत

अधिक जमीन तो नहीं ले ली? मैं कुछ तेज क्यों नहीं चलता हूँ?' उसने टीले की तरफ देखा, टीला सूरज की रोशनी में चमक रहा था, मगर वहाँ तक की दूरी बहुत अधिक थी और सूरज अब क्षितिज से बहुत दूर नहीं था।

पाखोम अब बहुत तेजी से भाग रहा था। वह अपनी गति बढ़ाता जा रहा था, मगर दूरी कम होती नजर ही नहीं आ रही थी। उसने अपनी कमीज उतारकर फेंक दी; अपना जूता, बटुआ व थरमस सबकुछ उतारकर फेंक दिया। वह सिर्फ फावड़े का सहारा लेकर भागता चला जा रहा था। वह सोच रहा था, 'ओह! मैं कितना लालची था। मैंने अपना सबकुछ बरबाद कर दिया। मैं सूरज ढलने तक वहाँ नहीं पहुँच सकूँगा।' पाखोम की साँस उखड़ चुकी थी और यह सब उसकी आशंका की वजह से ही हुआ था। वह तेजी से दौड़ रहा था और उसकी पैंट पसीने से चिपक गई थी तथा उसका मुँह सूख रहा था। उसकी छाती लुहार की धौंकनी की तरह चल रही थी। उसके पाँवों ने करीब-करीब जवाब दे दिया था।

पाखोम के लिए अब यह सब बहुत तकलीफदेह था। उसने सोचा, 'कहीं वह इस तनाव से मर तो नहीं जाएगा?' वह गिरकर मरने से डर रहा था, पर वह रुका नहीं, दौड़ता ही रहा।

'मैं रुकूँगा नहीं, दौड़ता ही रहूँगा, नहीं तो वे लोग मुझे बेवकूफ कहेंगे।' वह दौड़ता गया और अब वह पास आता जा रहा था। उसे उन बाशखीरों के चिल्लाने और चीखने की आवाजें सुनाई पड़ रही थीं। उन चीखों में उसकी छाती का दर्द पहले की तुलना में और भी अधिक बढ़ चुका था।

पाखोम अब अपनी पूरी ताकत के साथ दौड़ रहा था और सूरज क्षितिज पर अभी भी नजर आ रहा था। फिर वह झाड़ियों के पीछे चला गया। इस समय सूरज खून की तरह लाल था और अब डूब भी रहा था। सूरज अब डूबने ही वाला था और पाखोम अपनी मंजिल से बहुत दूर भी नहीं था। पाखोम अभी भी देख रहा था कि टीले पर लोग उसका उत्साह बढ़ा रहे थे और उससे दौड़ने के लिए भी कह रहे थे। उसने देखा कि वह मुखिया जमीन पर बैठा है और उसके दोनों हाथ उसके पेट पर टिके हैं। पाखोम को उसका सपना याद आ रहा था। उसने सोचा, 'शायद ईश्वर की इच्छा नहीं थी कि मैं इस अधिक जमीन पर जीवित रह सकूँ। आह, मैंने खुद को बरबाद कर डाला। मैं इस जमीन को नहीं पा सकूँगा।'

पाखोम ने सूरज की तरफ देखा, पर सूरज धरती से नीचे जा चुका था और अब उसका अंतिम हिस्सा भी क्षितिज में गायब हो चुका था। पाखोम ने अपनी अंतिम ताकत लगा दी और अपने शरीर को आगे की तरफ ढकेला; पर उसके पैरों

ने उसे गिरने से बचा लिया। जैसे ही पाखोम उस टीले पर पहुँचा, तब तक अँधेरा हो चुका था। उसने देखा कि सूरज डूब चुका था। पाखोम गुर्राया और सोचने लगा, 'मेरी सारी मेहनत बेकार चली गई।'

बस, वह रुकने ही वाला था कि तभी उसने उन बाशखीरों के चिल्लाने की आवाजें सुनीं। उसे याद आया कि वह उन लोगों के नीचे ही था, इसलिए उसे सूरज डूबता हुआ मालूम पड़ रहा था, पर अभी सूरज ऊपर टीले पर नहीं डूबा होगा। पाखोम ने जोर की साँस भरी और टीले पर दौड़ पड़ा। टीले पर अभी भी रोशनी थी। पाखोम भागा। उसने सामने अपना बटुआ देखा। उसके बटुए के सामने वह मुखिया बैठा था और उसने उसके दोनों सिरे पकड़ रखे थे।

पाखोम को अपना वह सपना याद आ गया—आह! उसके पैरों ने जवाब दे दिया और वह गिर पड़ा। उसके हाथ उस बटुए की तरफ थे। मुखिया खुशी से चीखा, ''बहादुर आदमी! तुम्हारे पास एक अच्छी जमीन का टुकड़ा है।''

पाखोम का नौकर उसकी सहायता करने के लिए उसकी तरफ भागा, मगर पाखोम के मुँह से खून की धारा बह रही थी और उसके प्राण-पखेरू उड़ चुके थे।

उसे मरा देखकर बाशखीरों ने अपनी जीभें बाहर निकालकर अफसोस प्रकट किया।

पाखोम के आदमी ने फावड़ा लिया और उसके लिए सिर से पाँव तक की लंबाई की 7 फीट लंबी कब्र खोदी तथा पाखोम को उसमें दफना दिया।

□

6

एल्योशा : एक डब्बा

एल्योशा उनका छोटा भाई था। लोग उसे 'डब्बा' के नाम से पुकारते थे। उसकी माँ ने उसे एक बार एक पादरी के पास दूध के बरतन के साथ भेजा और वहाँ वह किसी चीज से टकराकर गिर गया तथा वह बरतन टूट गया। उसकी माँ ने उसे मारा और साथ के बच्चों ने उसे चिढ़ाना शुरू कर दिया था। तभी से उसका नाम 'डब्बा' पड़ गया था। एल्योशा एक छोटा, दुबला-पतला, पंखे की तरह कान और बड़ी नाकवाला लड़का था। एल्योशा की नाक देखकर लगता था कि पहाड़ी पर एक कुत्ता बैठा है और बच्चे यही कहकर उसे चिढ़ाते भी थे।

एल्योशा गाँव के ही एक स्कूल में पढ़ने गया था। चूँकि उसे पढ़ने का समय बहुत कम मिलता था, इसलिए वह पढ़ाई में भी बहुत अच्छा नहीं था। उसका बड़ा भाई शहर में किसी व्यापारी के यहाँ काम करता था, इसलिए उसे बहुत ही कम उम्र से ही अपने पिता के काम में हाथ बँटाना पड़ता था। जब वह छह साल का भी नहीं था, तभी से वह लड़कियों के साथ चरागाह में गाय और भेड़ें चराने जाया करता था तथा उसके कुछ ही समय बाद वह रात-दिन घोड़ों की देखभाल भी करता था। बारह साल की उम्र से ही उसने खेत जोतना और घोड़ागाड़ी चलाना शुरू कर दिया था। उसमें इन कामों की काबिलियत तो थी, पर उतनी ताकत नहीं थी। वह हमेशा खुश रहता था। जब कभी बच्चे उसका मजाक उड़ाते, तब वह या तो शांत रहता या हँस देता था। जब उसके पिता उस पर चिल्लाते, तब वह चुप रहता और ध्यान से सुनता तथा जब डाँट खत्म हो जाती, तब वह मुसकराते हुए अपना काम करने लगता था। एल्योशा जब 19 साल का था, तभी उसके भाई को सैनिक बनाकर सेना में भेज दिया गया था। इसलिए उसके पिता ने उसे उस

व्यापारी के यहाँ कुली के काम के लिए रखवा दिया था। उसे अपने भाई के पुराने जूते और पिता का पुराना कोट व टोपी दे दी गई थी। फिर उसे शहर ले जाया गया। एल्योशा अपने उन कपड़ों में बहुत खुश था; पर उसके उस रूप से व्यापारी पर कोई खास असर नहीं पड़ा।

व्यापारी ने एल्योशा की तरफ देखते हुए उसके पिता से कहा, "मैंने सोचा था कि तुम सीमान की जगह मुझे एक अच्छा आदमी दोगे, पर तुम यह किसे ले आए? इसमें अच्छा क्या है?"

"यह लड़का सारे काम कर सकता है, घोड़ों की देखभाल और घोड़ागाड़ी भी चला सकता है। यह देखने में दुबला जरूर है, पर यह बहुत ताकतवर है। सबसे बड़ी चीज है कि यह काम करना चाहता है।"

व्यापारी उसे देखता है और कहता है, "हम देखेंगे कि इसके साथ हम क्या कर सकते हैं!"

इस तरह एल्योशा उस व्यापारी के पास ही रुक गया। उस व्यापारी का परिवार बहुत बड़ा नहीं था। उसके परिवार में उसकी पत्नी, बूढ़ी माँ और कम पढ़ा-लिखा उसका शादीशुदा लड़का रहता था, जो व्यापारी के साथ उसका व्यापार सँभालता था। व्यापारी का दूसरा बेटा, जिसने हाल ही में हाई स्कूल पास किया था और कॉलेज में एडमिशन लिया था, पर उसे वहाँ से निकाल दिया गया था और अब वह घर पर ही रहता था। इन सबके अलावा व्यापारी की एक बेटी भी थी, जो अभी स्कूल में ही पढ़ती थी।

उन लोगों ने शुरू-शुरू में एल्योशा पर ध्यान नहीं दिया। वह थोड़ा रूखा तथा बेतरतीब कपड़ोंवाला था। उसमें शिष्टाचार की भी थोड़ी कमी थी, पर जल्दी ही उन लोगों को उसकी आदत पड़ गई। एल्योशा अपने भाई से अच्छा काम करता था और वह आज्ञाकारी भी बहुत था। वे लोग उससे अपने सभी काम कराते और बाहर संदेश भी भिजवाते थे; पर वह सभी काम बहुत शीघ्रता से बिना रुके कर देता था। बाहर की तरह घर पर भी उसके कंधों पर काम लदा रहता था। वह जितना अधिक काम करता उतना ही अधिक उसे काम दे दिया जाता था। उसकी मालकिन, मालकिन की बूढ़ी माँ, उसका बेटा, बेटी, क्लर्क, बावर्ची—सभी उसे काम बतलाते और एक जगह से दूसरी जगह भेजते रहते थे। "एल्योशा, यह करो! एल्योशा, वह करो!" एल्योशा, क्या तुम भूल गए? ध्यान रखना, भूलना मत! ये सारी बातें एल्योशा सुबह से लेकर रात तक सुनता रहता था। वह कभी इधर तो कभी उधर भागता रहता। वह कुछ भी नहीं भूलता था। उसके पास हर काम के

लिए वक्त था और सबसे बड़ी बात यह थी कि वह हमेशा खुश रहता था।

एल्योशा के भाई वाले पुराने जूते अब फट चुके थे और उन फटे हुए जूतों से झाँकती उसकी उँगलियों को देखकर उसका मालिक उस पर चिल्लाता था। उसने एल्योशा के लिए बाजार से नए जूतों का ऑर्डर दे दिया। एल्योशा नए जूते पहनकर बहुत खुश था, पर दिन भर दौड़ने-भागने के बाद जब उसके पैरों में दर्द होता, तब वह बहुत गुस्सा होता था। वह इस बात से भी डरा हुआ था कि जब उसके पिता को पता चलेगा कि उसके मालिक ने जूतों की कीमत उसकी मजदूरी से काट ली है, तब वह उस पर बहुत नाराज होंगे।

जाड़े के दिनों में एल्योशा दिन निकलने के पहले ही जाग जाता था। वह लकड़ी चीरता, आँगन में झाड़ू लगाता, गायों और घोड़ों को चारा देता, स्टोव जलाता, जूते साफ करता और चाय बनाता या फिर बावर्ची उसे ब्रेड काटने एवं सॉसपेन साफ करने के लिए कह देता। इन कामों के बाद उसे बहुत से दूसरे कामों के लिए शहर भेज दिया जाता, जहाँ से उसे उनकी बेटी को स्कूल से घर लाना या बूढ़ी माँ के लिए जैतून का तेल लाना पड़ता था। कभी एक तो कभी दूसरा उससे कहता रहता कि तुम्हें इतनी देर क्यों लग जाती है? वे हमेशा आवाज लगाते रहते—एल्योशा, एल्योशा! और वह हमेशा इधर से उधर भागता रहता। वह अपना नाश्ता भी भागते-भागते ही करता और खाना भी नियत समय पर मुश्किल से ही खा पाता था। वहाँ की बावर्ची उसे हमेशा देर से खाने के लिए डाँटती रहती और उसके खाने के लिए कभी कुछ तो कभी कुछ गरम भी करती रहती थी।

त्योहारों के समय वहाँ काम आम दिनों की तुलना में कुछ अधिक ही होता था; पर एल्योशा को वे दिन बहुत पसंद थे, क्योंकि उन दिनों हर कोई उसे कुछ टिप देता था। वह टिप बहुत अधिक तो नहीं होती थी, पर सब मिलाकर करीब 60 कोपेक हो जाती थी और यह रकम उसकी अपनी होती थी। एल्योशा अपनी मजदूरी पर कभी नजर नहीं रखता था। उसके पिता उस व्यापारी से उसकी मजदूरी लेने आ जाते थे और उसके जूतों के लिए उस पर नाराज भी होते थे।

जब एल्योशा ने 2 रूबल बचा लिये, तब अपने बावर्ची की राय से उसने अपने लिए लाल रंग की जैकेट खरीदी। उस जैकेट को पहनकर वह इतना खुश हुआ कि खुशी के मारे वह अपना मुँह बंद न रख सका। एल्योशा बहुत बातूनी नहीं था, पर वह अपना सिर थोड़ा झटककर बोलता था। जब भी उसे किसी काम के लिए कहा जाता या पूछा जाता तब वह बिना किसी हिचकिचाहट के हामी भर देता और उसके लिए तैयार भी हो जाता था।

एल्योशा किसी भी तरह की प्रार्थना करना नहीं जानता था और जो कुछ उसकी माँ ने उसे सिखाया था, उसे भी वह भूल चुका था; मगर वह ठीक उसी तरह सुबह और शाम अपने हाथों से क्रॉस बनाता हुआ प्रार्थना करता था। इसी ढंग से एल्योशा के करीब तीन साल बीत गए और दूसरे साल के अंत में उसके साथ एक अजीब सी घटना घटी थी। उसे एक दिन आश्चर्यजनक ढंग से पता चला कि लोगों के बीच उपयोगिता के संबंधों के अलावा भी खास तरह के संबंध होते हैं। जूते साफ करने या बाहर के काम के लिए या घोड़ों को तैयार करनेवाला आदमी होने के अलावा कोई ऐसा भी है, जो उससे कुछ भी नहीं चाहता है, बल्कि वह उसी की सेवा करना चाहता है और उसका अपना बनना चाहता है। अचानक ही एल्योशा को महसूस हुआ कि वह किसी के लिए ऐसा ही व्यक्ति है।

उसे यह सब उसकी बावर्ची उस्तिनिया से पता चला था। वह युवती थी और उसके माता-पिता नहीं थे। वह भी एल्योशा के जितनी ही मेहनती थी। एल्योशा को जिंदगी में पहली बार पता चला कि किसी को उसकी सेवाओं से नहीं, बल्कि उससे प्यार है। जब कभी उसकी माँ उसके लिए दुःखी होती थी, तब वह उसपर ध्यान नहीं देता था। उसे लगता था कि यह तो स्वाभाविक ही है कि जैसे वह खुद ही अपने लिए दुःखी हो रहा हो; लेकिन यहाँ तो उस्तिनिया थी, जो उसके लिए पूरी तरह से अजनबी थी और वह उसके लिए दुःखी होती थी। वह उसके लिए गरम खीर जैसी चीज बचाकर रखती थी और अपने हाथों को अपनी ठुड्डी पर रखकर उसका इंतजार करती थी। जब वह खाना खाता था, तब वह उसे ध्यान से देखती रहती थी। जब एल्योशा की नजर उससे मिलती तो वह हँस पड़ती और यह देखकर वह भी हँस देता था।

एल्योशा के लिए यह एक ऐसी नई चीज थी कि वह इससे डर जाता था। उसे डर लगता था कि यह उसके काम पर असर डाल सकता था; मगर जब वह अपने उन पैंटों को देखता, जिन्हें उस्तिनिया ने ही बनाए थे, तब वह अपना सिर हिलाता और मुसकरा देता था। वह अकसर अपने काम करने के दौरान या जब कभी बाहर जाता, तब उसके ही बारे में सोचता रहता कि उस्तिनिया कितनी अच्छी लड़की है।

उस्तिनिया भी अकसर उसकी सहायता करती थी। उसने एल्योशा को अपनी जिंदगी के बारे में बताया था कि कैसे उसने अपने माता-पिता को खो दिया था और किस तरह उसकी आंटी उसे लेकर चली गई थी तथा उन्होंने शहर में उसके रहने का ठिकाना खोजा था। किस तरह उस व्यापारी का लड़का उसका फायदा उठाना

चाहता था और किस तरह से उस्तिनिया ने उसे ठुकरा दिया था। उस्तिनिया एल्योशा से बातें करना चाहती थी और एल्योशा को उसकी बातें सुनना अच्छा लगता था। उसने उस किसान के बारे में भी सुना था, जो शहर में काम के लिए आया था और नौकरों की लड़कियों से शादी कर लेता था।

एक बार उसने एल्योशा से पूछा कि क्या उसके माता-पिता उसकी शादी जल्दी करना चाहते हैं? एल्योशा ने कहा कि उसे नहीं पता और वह किसी देहाती लड़की से शादी नहीं करना चाहता है।

''क्या तुम्हें किसी से प्यार है?''

''अगर तुम चाहो तो मैं तुमसे शादी करना चाहता हूँ।''

उस्तिनिया खुशी से उसकी पीठ पर अपने हाथ के तौलिए से मारते हुए बोली, ''मैं भी राजी हूँ, पर तुम अपनी जुबान तो ठीक कर लो, डब्बे।''

अगले बुधवार को एल्योशा का पिता उसकी मजदूरी लेने शहर आया। व्यापारी की पत्नी के कानों में यह खबर पड़ चुकी थी कि एल्योशा उस्तिनिया से शादी करना चाहता था। उसने इसके लिए अपनी असहमति जताई और व्यापारी से कहा, ''उस लड़की के साथ एक बच्चा हमारे किस काम का होगा?''

व्यापारी ने उस बूढ़े आदमी को एल्योशा की मजदूरी दे दी।

बूढ़े ने उससे पूछा, ''मेरा लड़का कैसा काम कर रहा है? मैंने तुमको पहले ही बताया था कि वह बहुत आज्ञाकारी है।''

''वह सब तो ठीक है, पर उसके दिमाग में कुछ फितूर चल रहा है। वह हमारी बावर्ची से शादी करना चाहता है और मैं किसी शादीशुदा नौकर को अपने यहाँ नहीं रखता हूँ। हम उन्हें अपने घर में नहीं रहने देंगे।''

बूढ़ा जोर से बोला, ''ऐसा कौन सोच सकता है? केवल कोई बेवकूफ ही ऐसा सोच सकता है! मगर आप चिंता मत करिए, मैं सबकुछ ठीक कर दूँगा।''

इतना कहकर वह सीधे किचन में पहुँचा और वहीं बैठकर अपने लड़के का इंतजार करने लगा। एल्योशा काम से कहीं बाहर गया था और भागता हुआ लौटा। उसके पिता ने उसे देखते ही कहना शुरू कर दिया, ''मैंने सोचा था कि तुममें कुछ समझदारी है; पर तुम्हारे दिमाग में क्या चल रहा है?''

''कुछ भी नहीं।''

''कुछ नहीं कैसे? वे लोग बता रहे हैं कि तुम शादी करना चाहते हो। याद रखो, शादी तुम तब करोगे, जब समय आएगा और मैं तुम्हारे लिए एक अच्छी बीवी ढूँढूँगा, न कि शहर की कोई बदचलन लड़की।''

एल्योशा का पिता बोलता ही चला गया, जबकि वह उसे चुपचाप देख रहा था। जब उसके पिता ने बोलना बंद कर दिया, तब वह सिर्फ मुसकरा दिया और बोला, ''ठीक है, मैं उससे शादी नहीं करूँगा।''

''इसी को मैं समझदारी कहूँगा।''

जैसे ही एल्योशा को खाली समय मिला, उसने उस्तिनिया से वह सबकुछ बता दिया, जो उसके पिता ने उससे कहा था।

''यह ठीक नहीं है। ऐसा नहीं हो सकता है।''

''तुमने सुना था, वह बहुत गुस्से में थे। वह इसे किसी भी कीमत पर बरदाश्त नहीं करेंगे।''

उस्तिनिया अपने एप्रन में मुँह छिपाकर रोती रही।

एल्योशा ने अपना सिर हिलाया और कहा, ''हम कर ही क्या सकते हैं? हमें जो कुछ कहा जाएगा, वही करना है।''

जब एल्योशा अपने कमरे का दरवाजा बंद करने जा रहा था, तभी उस्तिनिया ने उससे पूछा, ''तुम्हारे पिता ने जैसा तुम्हें बताया है, तुम क्या इस नासमझी को छोड़ने जा रहे हो?''

''हाँ, बिलकुल।'' एल्योशा ने मुसकराते हुए जवाब दिया और उसकी आँखों में आँसू भर गए।

उस दिन से एल्योशा अपने पिता की तरह ही अपना काम करने लगा और उसने उस्तिनिया से अपनी शादी के बारे में बात करना भी बंद कर दिया। एक दिन वहाँ के क्लर्क ने उससे छत पर पड़ी हुई बर्फ को साफ करने के लिए कहा। एल्योशा छत पर चढ़ गया और उसने सारी बर्फ साफ कर दी। जब वह ऊपर बर्फ में जमे लैंप को साफ कर रहा था कि तभी उसका पाँव फिसला और वह ऊपर से नीचे गिर पड़ा। बदकिस्मती से वह बर्फ पर नहीं गिरा, बल्कि दरवाजे पर लगे एक लोहे के टुकड़े पर गिरा। उस्तिनिया व्यापारी की लड़की के साथ उसे देखने के लिए भागती हुई वहाँ पहुँची।

''एल्योशा, क्या तुम्हें बहुत अधिक चोट लगी है?''

''ओह! नहीं।''

लेकिन उठने की कोशिश के बावजूद वह उठ नहीं सका; पर मुसकराता रहा। उसे वहाँ से उठाकर कमरे में पहुँचाया गया, जहाँ डॉक्टर ने आकर उसकी जाँच की और उससे दर्द होनेवाली जगह के बारे में पूछा।

एल्योशा ने कहा, ''मुझे सभी जगह दर्द हो रहा है, पर कोई बात नहीं। मुझे

सिर्फ इस बात का डर है कि मालिक नाराज होंगे। मगर आप फादर को जरूर बता दीजिएगा।''

एल्योशा दो दिनों तक बिस्तर पर पड़ा रहा और तीसरे दिन उन लोगों ने एक पादरी को बुलाया। उस्तिनिया ने उससे पूछा, ''क्या तुम वाकई मरने जा रहे हो?''

''हाँ, सचमुच। तुम हमेशा जिंदा नहीं रह सकतीं। जब वक्त आएगा, तब तुम्हें भी जाना ही पड़ेगा।'' अपनी आदत के अनुसार एल्योशा जल्दी-जल्दी बोला।

''थैंक्यू, उस्तिनिया। तुम बहुत अच्छी हो। कितना अच्छा हुआ कि उन्होंने हमारी शादी नहीं होने दी, वरना हमारा क्या होता? इस हाल में होना अधिक अच्छा है।''

जब पादरी आया, तब उसने अपने हाथों और अपने दिल से प्रार्थना की, जिसका मतलब था, यह कितना अच्छा है कि तुम यहाँ आज्ञाकारी थे और तुमने कभी किसी को नुकसान नहीं पहुँचाया और ऐसा ही वहाँ भी होगा।

एल्योशा बहुत धीमे से बोला कि उसे प्यास लगी है और उसे किसी चीज पर बहुत ही आश्चर्य हो रहा था। उसकी आँखों में आश्चर्यमिश्रित आनंद था। तभी उसके शरीर में एक अकड़न हुई और उसका शरीर निर्जीव हो गया।

□

7

मोमबत्ती

यह घटना उस समय की है, जब केवल मालिक ही हुआ करते थे, कई तरह के मालिक। उनमें वे लोग भी थे, जो ईश्वर को याद करते थे और सोचते थे कि एक दिन उन्हें मरना है तथा वे लोगों पर दया भी करते थे। मगर वहीं कुछ कुत्ते भी रहते थे—इस शब्द के इस्तेमाल के लिए मुझे माफ करिएगा। वहाँ उन मैनेजरों से बुरा और कुछ भी नहीं था, जो उन्हीं खेत में काम करनेवाले मजदूरों के बीच से ही उठे लोग थे। ऐसा लगता था कि वे उस मिट्टी-कीचड़ से अलग थे और वे अब राजकुमार बन चुके थे। उन्होंने लोगों की जिंदगी को बद से बदतर बना दिया था।

वहाँ के मालिकों की जागीरों के मैनेजर भी हुआ करते थे। किसान-मजदूर उन जागीरों में अपने हिस्से के लिए काम करते थे। जमीनें भी वहाँ काफी और अच्छी थीं। वहाँ पानी, चरागाह और जंगल भी थे। वहाँ की जमीनें किसान-मजदूरों और जमींदारों के लिए काफी थीं, परंतु जमींदारों ने उनमें से कुछ जमीनें अपने घरेलू कामगारों के लिए और कुछ मैनेजरों के हवाले कर रखी थीं।

वहाँ के मैनेजर ने सारे अधिकार अपने हाथों में ही ले रखे थे और खुद किसान- मजदूरों के गले पर चढ़ बैठा था। मैनेजर का भी अपना एक परिवार था, जिसमें पत्नी और दो शादीशुदा बेटियाँ भी थीं। उसने काफी पैसा बनाया था। वह बिना पाप किए ही आराम से अपना जीवन जी सकता था; पर चूँकि वह बहुत लालची थी, इसलिए वह पाप करता था।

मैनेजर ने जमींदार के खेतों में किसानों को रोजाना काम के घंटों से अधिक काम करने के लिए मजबूर कर दिया था। मैनेजर ने ईंटें बनवाने का काम शुरू किया और सभी किसानों, उनकी औरतों एवं मजदूरों को उस काम में लगा दिया

तथा ईंटें बेचने लगा।

मजदूर इसकी शिकायत करने मालिक के पास पहुँचे, पर उसका कोई फायदा नहीं हुआ। मालिक ने मजदूरों की बात पर ध्यान नहीं दिया और मैनेजर के अधिकार में कोई कमी नहीं की। मैनेजर को जब पता चला कि मजदूर उसकी शिकायत करने गए थे, तब वह और भी अधिक चिढ़ गया। मजदूरों की हालत अब पहले से भी बुरी हो चुकी थी। मजदूरों में कुछ झूठे लोग ऐसे भी थे, जो आपस में एक-दूसरे के बारे में झूठी शिकायतें करते रहते थे। इसकी वजह से उनमें एक गुस्सा था और मैनेजर का बरताव उनके प्रति और भी बुरा होता गया।

जैसे-जैसे समय बीतता गया, मैनेजर का व्यवहार इतना अधिक बुरा होता गया कि लोग उससे डरने लगे और उसके सामने पड़ने के बजाय एक जंगली जानवर के सामने जाना बेहतर समझते थे। जब वह गाँव से गुजरता था, तब लोग उसके सामने से ऐसे हट जाते थे कि जैसे कोई भेड़िया गुजर रहा हो। लोग उससे बहुत डरते थे और वह लोगों को कठोर श्रम तथा शारीरिक दंड भी देता था। सभी किसान-मजदूर उसके हाथों भयानक तकलीफें पा रहे थे। कभी-कभी जब इस तरह के बुरे आदमी कहीं बाहर रहते थे, तब वहाँ के किसान-मजदूर उससे बचने के उपाय की योजनाएँ भी बनाते थे। वे किसी निर्जन स्थान पर मिलते और उनमें से कुछ साहसी लोग कहते थे, ''क्या हम इस यातना देनेवाले आदमी से हमेशा तकलीफें पाते रहेंगे? हमें तो हर हाल में ही मरना है, इस आदमी को मार डालना पाप नहीं है।''

एक बार सभी किसान-मजदूर जंगल में इकट्ठा हुए। यह समय पवित्र सप्ताह से पहले का ही था। उस मैनेजर ने उन लोगों को जमींदार के जंगल की सफाई करने के लिए भेजा था। वे सभी लोग खाना खाने के साथ इकट्ठा हुए और बातें करने लगे। उन्होंने कहा, ''अब हम किस तरह से जीवन जी सकते हैं? वह हमें पूरी तरह से बरबाद कर देगा। वह हमें बहुत तकलीफें दे रहा है। न तो हमें और न ही हमारी औरतों को दिन में आराम है और न ही रात को। सबसे बुरा यह है कि उसे इसकी जरा भी परवाह नहीं है और गलतियाँ होने पर वह हमें कोड़े से मारता भी है। सीमान तो उसके कोड़ों की मार से मर ही गया और एनिसिम को शारीरिक दंड से प्रताड़ित किया जा रहा था। इससे और अधिक हमारे साथ क्या हो सकता है? वह आज शाम को भी यहाँ आएगा और हमें फिर परेशान करेगा। उसके यहाँ पहुँचने पर उसे घोड़े से खींचकर गिरा दो और कुल्हाड़ी से मारकर उसका अंत कर दिया जाए। हम उसे वहाँ किसी कुत्ते की तरह दफन कर देंगे, किसी को सुराग तक नहीं मिलेगा। केवल

एक ही शर्त है, हमें एक साथ रहना होगा।''

यह सबकुछ वासली मीनाफ ने कहा था, क्योंकि उसके मन में मैनेजर के खिलाफ बाकी लोगों से अधिक नाराजगी थी। मैनेजर ने उसे हर हफ्ते कोड़ों से मारा था और उसकी बीवी को भी खाना बनाने के लिए उठाकर ले गया था। उसी शाम किसान- मजदूरों से बात करने के लिए मैनेजर अपने घोड़े पर सवार होकर वहाँ पहुँचा। जैसे ही वह पहुँचा, उसने उन लोगों के कामों में कमियाँ ढूँढ़नी शुरू कर दीं। उसने लकड़ी के ढेर में एक छोटा झाड़ीदार पेड़ देखा। वह बोला, ''मैंने तुम लोगों से झाड़ीदार पेड़ काटने के लिए मना किया था। मुझे बताओ, यह किसने किया है, नहीं तो मैं तुम सबकी कोड़ों से पिटाई करूँगा।''

मैनेजर ने पूछना शुरू किया कि वह झाड़ीदार पेड़ किसके समूह में था? उन लोगों ने उसे बता दिया कि सिडार ने ही वह पेड़ काटा था। मैनेजर ने सिडार के चेहरे पर इतना मारा कि वहाँ से खून बहने लगा। इसके बाद उसने वासिली पर कोड़े बरसाए, क्योंकि उसकी लकड़ियों का ढेर छोटा था—और फिर वह वापस घर लौट गया।

शाम को सभी किसान-मजदूर फिर से इकट्ठा हुए और वासिली ने बोलना शुरू किया, ''वाह, क्या आदमी हो तुम लोग! तुम, आदमी नहीं, गौरैया हो। हम साथ रहेंगे, हम साथ रहेंगे। मगर जैसे ही मौका आया, सभी भागकर झाड़ियों में छुप गए। गौरैया बाज का मुकाबला करती है और कहती है—भागो मत, भागो मत; हम साथ खड़े रहेंगे। और बाज ने जैसे ही नीचे गोता लगाया, सभी गौरैया घास में तितर-बितर हो गईं। वह बाज जिसे चाहता था, उस गौरैया को अपने पंजों में उठाकर ले गया। गौरैया अब फिर से चीं-चीं कर चहकने लगीं कि एक गौरैया गायब है। कौन गया? ओह! बंका गया? वही उसकी जगह थी। चलो, उसे जाने दो। वह उसी लायक था। ठीक यही तुम्हारे साथ भी होगा। अगर तुम एक साथ नहीं रह सकते हो तो मत रहो। जब उसने सिडार को पकड़ा था, तब तुम लोगों को एक साथ होना चाहिए था और उस मैनेजर का अंत कर देना चाहिए था। मगर अभी भी तुम कह रहे हो—हम साथ रहेंगे, साथ रहेंगे। लेकिन जैसे ही वह नीचे की तरफ गोता लगाएगा, तुम सब झाड़ियों की तरफ उड़ जाओगे।''

इस तरह उन लोगों ने काफी बातें कीं और अंततः उस मैनेजर से छुटकारा पाने का तय कर लिया। आनेवाले गुड फ्राइडे को मैनेजर ने घोषणा कर दी कि सभी किसान- मजदूर जमींदार के खेतों में जुताई के लिए तैयार रहेंगे, ताकि ईस्टर पर उसमें जौ बोया जा सके। सभी किसान-मजदूरों को इस काम में अपनी बेइज्जती

महसूस हुई और वे सभी वासिली के घर के पिछवाड़े गुड फ्राइडे को इकट्ठा हुए और बातचीत शुरू कर दी।

"चूँकि वह परमेश्वर को भूल चुका है, इसलिए ऐसा काम करना चाहता है। हमें उसे सचमुच मार डालना चाहिए, नहीं तो हम हर हालत में बरबाद हो जाएँगे।"

पीटर माइकेफ भी उन लोगों के साथ वहाँ आया था। पीटर एक शांतिप्रिय मजदूर था और वह उन किसानों की बात से सहमत नहीं था। उसने उनकी बातें सुनी और कहा, "भाइयो, तुम लोग बहुत बड़ा पाप करने के बारे में सोच रहे हो। किसी की हत्या करना बहुत बड़ा अपराध है। किसी दूसरे व्यक्ति की आत्मा को मारना आसान है, पर तुम अपनी आत्मा को कैसे मारोगे? उसने गलत किया है, यह उसके लिए बुरा है। भाइयो, हमें इसे बरदाश्त कर लेना चाहिए।"

वासिली इन शब्दों को सुनकर बहुत गुस्सा हुआ और वह उन शब्दों को बार-बार दोहराता गया, "वह कहता है, एक आदमी को मारना पाप है! तुम्हें पता है कि इस तरह के आदमी को मारना पाप है। एक भले आदमी को मारना पाप है; पर ईश्वर ने भी इस तरह के कुत्ते को मारने का आदेश दिया है। लोगों की पीड़ा को महसूस करते हुए तुम्हें एक पागल कुत्ते को मार ही डालना चाहिए और उसे न मारना एक बड़ा पाप है। वह लोगों को क्यों बरबाद करे? हमें इससे तकलीफ होती है, पर हमें यह दूसरों के लिए करना ही चाहिए। लोग इसके लिए हमें धन्यवाद देंगे। ऐसे थूक को साफ कर ही देना चाहिए। वह हम सबको बरबाद कर रहा है। माइकेफ, तुम बेवकूफी की बात कर रहे हो। इतवार को ईस्टर पर काम पर जाने की तुलना में यह एक छोटा पाप होगा। तुम उस दिन खुद ही नहीं जाओगे।"

माइकेफ ने जवाब दिया, "मैं क्यों नहीं जाऊँगा? वे मुझे भेजेंगे और मैं खेत जोतने जरूर जाऊँगा; मगर अपने खुद के लिए नहीं। ईश्वर जानता है कि यह पाप किसका है। बस, हमें केवल उसे नहीं भूलना चाहिए। मैं सिर्फ अपनी बात नहीं कह रहा हूँ। यदि हमें बुराई के बदले बुराई करने का आदेश दिया जाता, तब इसे लागू करने के लिए ईश्वर का आदेश होता; मगर उसका आदेश ठीक इसका उलटा है। तुम बुराई करोगे, तब यह लौटकर तुम्हारे पास ही आएगी। किसी आदमी की हत्या करना बुरा है। उसका खून तुम्हारी आत्मा से चिपक जाएगा। जब तुम किसी की हत्या करते हो तब तुम्हारी अपनी आत्मा पर उसके खून के धब्बे लग जाते हैं। तुम सोचते हो, मैंने एक बुरे आदमी को मार डाला, एक कीड़े को खत्म कर दिया। मगर देखो, तुम और भी बुरे पाप की तरफ बढ़ गए। भाग्य को रास्ता दो और भाग्य तुम्हें रास्ता देगा।"

सभी किसान मजदूर आपस में सहमत नहीं थे। उनके विचार अलग-अलग थे। कुछ लोगों की राय वासिली से मेल खाती थी तो कुछ पीटर के विचारों से सहमत थे। वे किसी पाप को नहीं करना चाहते थे, बल्कि इसे बरदाश्त करने में यकीन रखते थे। इतवारवाले दिन सभी किसान छुट्टी मना रहे थे कि तभी शाम को गाँव का एक बुजुर्ग आदमी जमींदार के यहाँ से पुलिस के साथ वहाँ पहुँचा और कहने लगा, ''मैनेजर माइकल सेम्योनोविच ने आदेश दिया है कि कल सभी मजदूर जौ के खेत में जुताई के लिए तैयार हो जाएँ।''

वह बुजुर्ग सारे गाँव घूमता रहा और उसने सभी किसानों को अगले दिन नदी के किनारे ऊँची सड़क के पास खेत जोतने के लिए बुलाया। सभी किसान-मजदूर रोते रहे, पर उनमें विरोध करने का साहस नहीं था। अगली सुबह वे सभी अपने औजारों के साथ खेत पर पहुँच गए और जुताई शुरू कर दी। सुबह-सुबह चर्च में भीड़ बढ़ती जा रही थी। लोग उत्सव मना रहे थे और किसान-मजदूर खेत जोतने में लगे थे।

मैनेजर माइकल सुबह बहुत जल्दी नहीं उठा और फिर खेतों की तरफ गया। माइकल के घर के लोग अच्छे-अच्छे कपड़ों में सजे-धजे थे, जिसमें उसकी पत्नी और उसकी विधवा बेटी (जो इस त्योहार पर उत्सव मनाने वहाँ पहुँची थी) भी थी। एक मजदूर ने उनके लिए एक छोटी बग्घी तैयार की और फिर वे लोगों की भीड़ की तरफ चले गए। वहाँ से वापस आने के बाद उनकी नौकरानी ने उनके लिए चाय तैयार की और माइकल ने भी उन सबके साथ चाय पी। चाय पीने के बाद माइकल ने अपनी पाइप सुलगाई और गाँव के उसी बूढ़े आदमी को बुलाया तथा पूछा, ''क्या तुमने किसानों को खेत जोतने के लिए लगा दिया है?''

''जी हाँ।''

''क्या वे सभी काम पर जा चुके हैं?''

''हाँ, वे सभी चले गए हैं। मैंने खुद ही उनको काम पर लगाया है।''

''काम पर तो लगा दिया है, पर क्या वे जुताई कर रहे हैं? जाओ और देखो। उनसे कहो कि मैं खाना खाने के बाद उनके पास आ रहा हूँ और देखूँगा कि उन्होंने कितना काम किया है। जुताई एक हेक्टेयर से अधिक होनी चाहिए। अगर मुझे काम में कोई गलती मिली, तब मैं कुछ भी नहीं सुनूँगा।''

''ठीक है।''

वह बूढ़ा अब जाने ही वाला था कि तभी माइकल ने उसे वापस बुलाया और उससे कुछ पूछना चाहता था; पर वह समझ नहीं पा रहा था कि कैसे पूछे। उसने हिचकिचाते हुए पूछा, ''मैं यह जानना चाहता हूँ कि वे दुष्ट लोग मेरे बारे में क्या

बातें करते हैं? कौन मेरी शिकायत करता है और क्या कहता है? मैं उन दुष्टों के बारे में जानता हूँ कि वे काम नहीं करना चाहते हैं। जब तक मैं उन्हें मारूँगा नहीं, वे इधर-उधर घूमते ही रहेंगे। वे केवल खाना और छुट्टी मनाना चाहते हैं। अब तुम केवल उन लोगों की बातें सुनो और कोई भी कुछ कहे तो मुझे तुरंत आकर बता दो। मैं सबकुछ जानना चाहता हूँ। जाओ और ध्यान से देखो और मुझसे कुछ भी छुपाना मत।''

बूढ़ा मुड़ा और अपने घोड़े पर चढ़कर उन किसानों के खेत की तरफ चल पड़ा। मैनेजर की पत्नी अपने पति की उस बूढ़े के साथ हो रही बातचीत को ध्यान से सुन रही थी। वह अपने पति के पास आई और उससे इस बारे में पूछने लगी। वह औरत बहुत ही सरल व शांतिप्रिय थी। उसने अपने पति का विरोध किया और उन किसानों की तरफदारी करती रही। उसने अपने पति से कहा, ''प्रिय माइकल, परमेश्वर के त्योहारवाले इतने महान् दिन पर पाप मत करो; जीसस के नाम पर उन किसान भाइयों को छोड़ दो।''

माइकल ने अपनी पत्नी की बातों पर ध्यान नहीं दिया और उस पर हँसते हुए बोला, ''तुम्हें कोड़े का स्वाद चखे काफी समय हो चुका है, इसीलिए तुम दूसरों के मामलों में टाँग अड़ाने का साहस कर रही हो।''

''मेरे प्यारे माइकल! मैंने एक बुरा सपना देखा है। मेरी बात पर ध्यान दो और किसानों को जाने दो।''

माइकल ने जवाब दिया, ''मैं भी कुछ कहना चाहता हूँ। यदि तुम ऐसे ही अधिक बोलती रहोगी तो तुम कोड़े की मार के लिए तैयार रहो।'' माइकल ने बहुत गुस्से में अपना सुलगता हुआ पाइप अपनी पत्नी के दाँतों में छुआते हुए उसे पीछे की ओर ढकेला और खाना लाने का आदेश दिया। माइकल ने थोड़ा सा ठंडा मीट खाया और गोभी का सूप पिया, फिर भुना हुआ सूअर का मांस तथा दूध में बनी सेवईं जैसी चीज भी खाई। इसके बाद उसने थोड़ी सी शराब पी और अपनी बावर्ची को गाना गाने के लिए आवाज लगाई तथा उसका साथ देते हुए गिटार बजाने लगा।

माइकल सिम्योनोविच इस समय बहुत ही मौज में था और अपनी बावर्ची के साथ गिटार बजाने में मगन था। उसी समय वहाँ वह बूढ़ा आदमी आया और झुककर अभिवादन करने के बाद जो कुछ भी खेतों में हो रहा था, उसकी सूचना देने लगा।

''क्या वे लोग खेत जोत रहे हैं? क्या उन लोगों ने अपना काम खत्म कर लिया?''

"उन लोगों ने आधे से अधिक खेत जोत लिये हैं।"

"क्या कुछ भी काम बचा नहीं है?"

"मुझे तो नहीं दिखा; पर उन्होंने जुताई अच्छी तरह से की है। वे सभी डरे हुए हैं।"

"ठीक है। अब तो जमीन ठीक हो गई है न?"

"हाँ, अब खेत तैयार हैं और उनमें अफीम के पौधों के बीज डाले जा सकते हैं।"

मैनेजर थोड़ी देर चुप रहने के बाद बोला, "वे लोग मेरे बारे में क्या कहते हैं? क्या वे मुझे गाली देते हैं?"

बूढ़ा कुछ हकलाने लगा, पर माइकल ने उसे सच बोलने के लिए कहा, "तुम मुझे सच बताओ। तुम अपने शब्द नहीं, बल्कि किसी और के शब्द बोल रहे हो। यदि तुम मुझे सच-सच बताओगे, तब मैं तुमको इनाम दूँगा और अगर तुम मुझे धोखा दोगे तो ध्यान रखना, मैं तुम्हें बहुत मारूँगा। कर्तुशा! इसे एक गिलास वोदका दो, ताकि इसमें साहस पैदा हो।"

बावर्ची आई और उसने उसे एक गिलास ब्रांडी दी। उस बूढ़े ने बावर्ची का शुक्रिया अदा करते हुए वह ब्रांडी ले ली और उसे पीने के बाद अपने होंठ पोंछते हुए सोचने लगा, 'वे लोग इसकी प्रशंसा नहीं करते हैं, इसमें मेरी क्या गलती है?' साहस बटोरते हुए उसने कहा, "माइकल, वे लोग तुम्हारी निंदा करते हैं।"

"ठीक है! मगर वे कहते क्या हैं? मुझे बताओ।"

"वे कहते हैं कि तुम्हें ईश्वर में विश्वास नहीं है।"

मैनेजर गुस्से से फुफकारते हुए बोला, "ऐसा कौन कहता है?"

"वे सभी कहते हैं। वे कहते हैं कि तुमने खुद को शैतान के हाथों बेच दिया है।"

मैनेजर हँसता है।

"बहुत अच्छा! अब यह बताओ कि यह बात किसने कही। क्या वसका ने ऐसा कहा है?"

बूढ़ा अपने लोगों का नाम नहीं बताना चाहता था, पर उसका वासिली से काफी पहले झगड़ा हुआ था। वह बोला, "वासली ने ऐसा कई बार कहा है।"

"अच्छा, वह क्या कहता है? बताओ।"

"मगर उसकी बात बहुत ही भयानक है। वह कहता है, तुम एक भयानक मौत से बच नहीं सकते हो।"

"ओ बहादुर आदमी! वह मुझे नहीं मार सकता। उसके हाथ मुझ तक नहीं पहुँच सकेंगे। ठीक है, मुझे तिश्खा के बारे में बताओ। मुझे लगता है, वह कुत्ता भी कुछ ऐसा ही कहता होगा।"

"हाँ, वे सभी इसी तरह की गलत बात करते हैं।"

"ठीक है, मगर वे कहते क्या हैं?"

"हाँ, वे बहुत बुरी बात कहते हैं।"

"क्या बुरा कहते हैं? डरो मत, बताओ।"

"वे कहते हैं कि तुम्हारा पेट फट जाएगा और तुम्हारी अँतड़ियाँ बाहर निकल जाएँगी।"

माइकल बहुत ही तेज हँसा और बोला, "मैं देखूँगा कि कौन ऐसा कहता है!"

"कोई भी अच्छा नहीं कहता है; सभी बुराई करते हैं और सभी डरे हुए भी हैं।"

"ठीक है, पर पेट्रश्का माइकेफ क्या कहता है? मुझे लगता है, वह पेटू भी कुछ ऐसा ही कहता होगा।"

"नहीं माइकल, पेयोट्रा तुम्हारी कोई शिकायत नहीं करता है।"

"तब वह क्या कहता है?"

"सभी किसानों में केवल वही एक ऐसा है, जो कुछ भी नहीं कहता है। वह एक चालाक किसान है। माइकल, मुझे उस पर आश्चर्य होता है।"

"पर, क्यों?"

"उसके काम पर सभी किसानों को भी उसी पर आश्चर्य होता है।"

"पर, उसने ऐसा किया क्या है?"

"हाँ, यह बहुत अजीब बात है। मैंने उसके पास जाने की कोशिश की थी। वह खेतों की जुताई कर रहा था। मैं उसके पास पहुँचा। मैंने उसे कुछ गाते हुए सुना था। वह अपने साथ कुछ चमकती हुई चीज लेकर जा रहा था और खेतों के जुताई के समय उसने उसे अपने हैंडिल के बीच में रखा था। वह कुछ जलती हुई सी चीज थी।"

"अच्छा!"

"वह बिलकुल एक छोटी सी जलती हुई लकड़ी की तरह की चीज थी। मैं और पास पहुँचा, तब मैंने देखा कि वह एक मोमबत्ती थी, जिसकी कीमत 5 कोपेक ही होगी और वह क्रॉसबार पर ही जल रही थी। यहाँ तक कि हवा भी उसे

बुझा नहीं पा रही थी। उसकी साफ कमीज ऊपर-नीचे हो रही थी और खेत जोतने के साथ-साथ वह इतवार का गीत भी गा रहा था। उसकी आस्तीनें मुड़ीं और वह हिला भी, पर वह मोमबत्ती बुझी नहीं। उसने मुझे देखकर अपना सिर हिलाया और जुताई करता गया, पर सारे समय वह मोमबत्ती जलती रही।''

''फिर उसने क्या कहा?''

''उसने कुछ भी नहीं कहा, सिर्फ मेरी तरफ देखा और क्रॉस बनाया, फिर गाना शुरू कर दिया।''

''मगर, तुमने उससे क्या कहा?''

''मैंने कुछ नहीं कहा; लेकिन वहाँ सभी किसान-मजदूर इकट्ठा हो गए और उसका मजाक बनाने लगे। उन लोगों ने कहा, पाप के समय तुम प्रार्थना करने के बावजूद बच नहीं सकोगे, क्योंकि तुम इतवार को भी खेत जोत रहे हो।''

''उसने क्या कहा?''

''उसने केवल इतना ही कहा, 'धरती पर शांति और लोगों में भाईचारा बना रहे। और फिर उसने घोड़े के साथ अपने हल से खेत जोतना शुरू कर दिया। वह धीमी आवाज में गाता रहा; लेकिन वह मोमबत्ती जलती रही, बुझी नहीं।''

मैनेजर ने अब खिल्ली उड़ाना बंद करके अपना गिटार नीचे रख दिया तथा सिर झुकाए हुए गहरी सोच में डूब गया। वह वहीं चुपचाप बैठा रहा। उसने बावर्ची और उस बूढ़े को आवाज लगाई तथा सोने के लिए अपने बिस्तर पर लेटकर गहरी साँस खींची और कराहने लगा। उसे महसूस हो रहा था कि उसके ऊपर एक बैलगाड़ी का बोझा पड़ गया था। मैनेजर की पत्नी उसके पास पहुँची और उससे बातें करने लगी, पर उसने कोई जवाब नहीं दिया। मैनेजर ने केवल इतना कहा, ''उसने मुझे जीत लिया है। अब मेरी बारी है।''

मैनेजर की पत्नी बोली, ''हाँ, जाओ और उन्हें जाने दो। शायद तुम्हें कोई नुकसान न हो। तुमने जो भी किया, इससे फर्क नहीं पड़ता है। डरो मत, अब डरने के लिए बचा ही क्या है!''

मैनेजर ने कहा, ''मैं बरबाद हो गया हूँ। उसने मुझपर विजय पा ली है।'' मैनेजर बार-बार इन्हीं शब्दों को दोहराता जा रहा था, ''वह मुझे जीत चुका है।''

उसकी पत्नी जोर से चीखी, ''जाओ और किसानों को छोड़ दो, सब ठीक हो जाएगा। जल्दी जाओ, मैं घोड़ा तैयार कर रही हूँ।''

पत्नी ने घोड़ा तैयार कर दिया और अपने पति से कहा कि वह खेतों में जाए और किसान-मजदूरों को छोड़ दे।

माइकल अपने घोड़े पर चढ़ गया और खेतों की तरफ चल दिया। पड़ोस की औरत ने वहाँ का वह बड़ा सा फाटक खोल दिया और मैनेजर गाँव की तरफ चल पड़ा। उसने सारे गाँव का चक्कर लगाया और वह घोड़ोंवाले दूसरे फाटक पर पहुँचा। वह फाटक बंद था और मैनेजर ने उसे घोड़े की पीठ पर बैठकर ही उसे खोलने की कोशिश की, पर वह उसे खोल नहीं पा रहा था। उसने जोर से आवाज लगाई कि कोई आकर उस फाटक को खोल दे, पर कोई नहीं आया। अपने घोड़े से उतरकर मैनेजर ने खुद ही वह फाटक खोला और फिर घोड़े पर चढ़ने की कोशिश की। उसने अपना पाँव रकाब पर रखा ही था कि तभी एक सूअर को देखकर घोड़ा बिदककर उछल पड़ा और मैनेजर भारी होने की वजह से उछलकर घोड़े पर चढ़ नहीं सका और पेट के बल बाड़े से टकराया। वहाँ बाड़ पर एक नुकीला बाँस लगा था और वह बाँस बाहर की तरफ निकला हुआ था। मैनेजर पेट के बल सीधा उस बाँस पर गिरा। बाँस ने उसके पेट को फाड़ दिया और वह जमीन पर गिर पड़ा। सभी किसान खेतों से काम खत्म करके जल्दी-जल्दी घर वापस लौट रहे थे कि तभी उन्होंने देखा कि फाटक के पास मैनेजर पीठ के बल गिरा पड़ा है। उसके हाथ फैले हैं और आँखें स्थिर हैं। उसकी अँतड़ियाँ जमीन पर बिखरी हैं और खून का एक तालाब-सा बना हुआ था। ऐसा लग रहा था कि धरती ने भी उसे नहीं पिया था।

सभी किसान मजदूर यह देख डरकर भाग खड़े हुए। केवल पीटर ही अपने घोड़े से उतरा और मैनेजर के पास पहुँचकर देखता है कि वह मर चुका था। पीटर ने उसकी आँखें बंद कर दीं और घोड़ागाड़ी तैयार करने के बाद मैनेजर के लड़के की सहायता उस शव को बक्से में रखने में की, फिर उसे लेकर जमींदार की हवेली तक भी गया।

जमींदार ने सबकुछ समझ लिया और किसानों का कर भी माफ कर दिया। किसानों ने भी यह समझ लिया कि ईश्वर की शक्ति बुराई से नहीं, बल्कि भलाई से काम करती है।

□

8

खाली ढोल

इमेलियन अपने मालिक के लिए काम करता था। एक दिन वह उसके किसी काम से खेतों से होकर गुजर रहा था कि तभी उसके सामने एक मेढक कूदा। वह मेढक उसके पैर के नीचे आने ही वाला था कि इमेलियन उसे फाँद गया। इमेलियन को लगा कि कोई उसे पीछे से पुकार रहा है। उसने मुड़कर देखा तो वहाँ एक खूबसूरत लड़की खड़ी थी और उसने कहा, ''इमेलियन, तुम मुझसे शादी क्यों नहीं कर लेते हो?''

''ओ सुंदर लड़की! मैं तुमसे शादी कैसे कर सकता हूँ? मेरे पास जो कुछ भी है, वह सब मेरे पास यहीं है और मुझे कोई अपने साथ रखेगा भी नहीं।''

वह युवती बोली, ''मुझे अपनी पत्नी बना लो।''

इमेलियन को भी वह लड़की अच्छी लगी। उसने कहा, ''मैं तुमसे खुशी से शादी कर लूँगा; मगर हम रहेंगे कहाँ?''

युवती ने कहा, ''हम इस बारे में सोच लेंगे और यदि हम काम अधिक करेंगे और सोएँगे कम तो हम कहीं भी कपड़े व भोजन का इंतजाम कर लेंगे।''

वह बोला, ''ठीक है, हम शादी कर लेते हैं; पर हम जाएँगे कहाँ?''

''चलो, शहर चलते हैं।''

इमेलियन उस लड़की के साथ शहर चला गया। उसी शहर में उन लोगों ने शादी कर ली और साथ-साथ रहने लगे।

एक दिन वहाँ का राजा शहर के बाहर कहीं जा रहा था। ज़ैसे ही राजा इमेलियन के घर के सामने से गुजरा, वह युवती राजा को देखने अपने घर से बाहर निकली। राजा ने उसे देखा और उसपर मोहित हो गया—ऐसी खूबसूरती कहाँ पैदा हो गई?

राजा ने अपनी बग्घी रुकवा दी और इमेलियन की पत्नी को बुलाया तथा पूछा, "तुम कौन हो?"

वह बोली, "मैं एक किसान इमेलियन की पत्नी हूँ।"

राजा ने कहा, "तुम इतनी खूबसूरत हो, तुमने एक किसान के साथ क्यों शादी की? तुम्हें तो एक रानी होना चाहिए।"

युवती ने जवाब दिया, "आपके इन शब्दों के लिए शुक्रिया, पर मैं किसान के साथ ही संतुष्ट हूँ।"

राजा ने उस युवती से बातें कीं और चला गया। राजा लौटकर वापस अपने महल में आ गया, मगर वह इमेलियन की पत्नी को न भूल सका। राजा सारी रात सो न सका और सारे समय यह सोचता रहा कि वह इमेलियन की पत्नी को किस तरह से भगाकर ले आए; किंतु वह यह न सोच सका कि इस काम को किस तरह से अंजाम दिया जाए। उसने अपने नौकरों को बुलाया और उन्हें इस मामले पर सोचने का आदेश दिया।

राजा के नौकरों ने राजा से कहा, "इमेलियन को अपने महल में अपना काम करने के लिए बुला लीजिए। हम उसे काम कराते-कराते मार डालेंगे और उसकी पत्नी विधवा हो जाएगी। तब आप उसे अपने महल में ला सकते हैं।"

राजा ने यही किया और इमेलियन को अपने महल की देखभाल करने के लिए नियुक्त किया तथा उसे और उसकी पत्नी को महल में ही रहने का आदेश दिया। राजा के संदेशवाहक इमेलियन के पास पहुँचे और उसे राजा का संदेश दे दिया।

इमेलियन की पत्नी ने कहा, "वहाँ जरूर जाओ, पर दिन में काम करो और रात को मेरे पास लौट आओ।"

इमेलियन गया और जैसे ही राजा के महल में पहुँचा, वहाँ के नौकर ने उससे पूछा, "तुम अपनी पत्नी के बिना अकेले ही क्यों आए हो?"

"मैं उसे क्यों लेकर आता? उसके पास अपना खुद का घर है।"

उन लोगों ने इमेलियन को दो आदमियों के बराबर का काम दिया। इमेलियन ने वह काम अपने हाथ में लिया और सोचने लगा कि वह इसे कभी खत्म नहीं कर पाएगा। मगर उसने देखा कि वह सारा काम समय से पहले ही खत्म कर चुका था। जब महल के नौकर ने देखा कि इमेलियन ने सारा काम खत्म कर दिया, तब नौकर ने अगले दिन उसे चार आदमियों के बराबर का काम दे दिया।

इमेलियन जब घर पहुँचा, तब उसने देखा कि उसके घर पर सभी चीजें

साफ-सुथरी और करीने से रखी हैं। तंदूर में आग है और हर चीज गरम व ठंडी भी की जा चुकी है। उसकी पत्नी बेंच पर बैठी है और कुछ सिलते हुए अपने पति का इंतजार कर रही थी। उसने अपने पति के लिए खाना तैयार किया तथा उसे भोजन देकर उसके काम के बारे में पूछना शुरू कर दिया।

इमेलियन बोला, ''हालात बहुत खराब हैं। वे लोग मुझे मेरी शक्ति से अधिक काम दे रहे हैं। वे मुझसे इतना अधिक काम कराकर मार डालेंगे।''

वह बोली, ''काम के बारे में मत सोचो। न तो आगे देखो और न ही पीछे देखो कि तुम कितना काम कर चुके हो या कितना काम बच गया है। बस, काम करते चलो। हर काम उचित समय पर पूरा हो जाएगा।''

इमेलियन सोने चला गया और सुबह वह फिर काम पर गया। वहाँ उसने काम करना शुरू किया और एक बार भी मुड़कर पीछे नहीं देखा। शाम तक उसका सारा काम खत्म हो गया और वह घर पर सोने आ गया; जबकि अभी तक अँधेरा भी नहीं हुआ था। वे लोग उसका काम बढ़ाते गए, पर उसने समय पर काम खत्म कर दिया और घर पर सोने के लिए चला गया।

इस तरह से एक हफ्ता बीत गया। जब राजा के नौकरों ने देखा कि वे कठोर परिश्रम से इमेलियन का कुछ बिगाड़ नहीं पा रहे हैं, तब उन्होंने उसे मक्कारी भरे काम सौंपने शुरू कर दिए; मगर वे उन कामों से भी उसका कुछ न बिगाड़ सके। इससे कोई फर्क नहीं पड़ता था कि उन्होंने उसे बढ़ई का काम दिया या मिस्त्री का या छप्पर छाने का, वह सारे काम समय पर निपटा देता और फिर अपनी पत्नी के पास सोने चला जाता।

राजा ने अपने नौकरों को बुलाया और उनसे कहा, ''क्या मैं तुम लोगों को कुछ न करने के लिए वेतन दे रहा हूँ? दो हफ्ते बीत चुके हैं और मुझे तुम्हारा कोई काम नजर नहीं आ रहा है। तुम लोग इमेलियन को काम कराकर मार डालने गए थे और मैं खिड़की से देखता हूँ कि वह गाना गाता हुआ घर चला जाता है। क्या तुम लोग मेरा मजाक बना रहे हो?''

राजा के नौकरों ने खुद को निर्दोष साबित करना शुरू किया—''हमने उसे थकाने के लिए अपनी पूरी ताकत लगा दी। सबसे पहले हमने उससे शारीरिक श्रम कराया, पर हम उसे हरा न सके। हम उसे चाहे जो भी काम देते थे, वह उसे कर देता, जैसे कि साफ झाड़ू लगाकर भी नहीं थकता था। हमने यह सोचकर कि उसे इन कामों की जानकारी नहीं होगी, चालाकीवाले काम देने शुरू किए, पर हम उसे जीत न सके। न जाने कैसे उसे सारे काम पहले से ही आते थे। उसमें या उसकी

पत्नी में कोई जादुई ताकत है। हम खुद ही उससे थक चुके हैं। हम अब उसे ऐसा काम देना चाहते हैं, जिसे पूरा करने में वह असमर्थ हो। हमने तय किया है कि हम उसे एक ही दिन में चर्च बनाने के लिए कहेंगे।''

''इमेलियन को बुलाओ और उसे महल के सामने एक दिन में ही चर्च बनाने के लिए कहो। और यदि वह चर्च नहीं बना पाता है, तब आज्ञा न मानने के अपराध में हम उसका सिर कलम करवा देंगे।''

राजा ने इमेलियन को बुलाया और आदेश दिया, ''मेरे लिए महल के सामने एक चर्च बना दो और यह कल शाम तक तैयार हो जाना चाहिए। यदि तुम चर्च बना देते हो तब मैं तुम्हें इनाम दूँगा और यदि तुम नहीं बना पाते हो, तब तुम्हें मृत्युदंड दिया जाएगा।''

जैसे ही इमेलियन ने राजा के उन शब्दों को सुना, वह तुरंत वापस मुड़ा और घर चला गया। उसने सोचा, 'अब मेरा अंत आ चुका है।' वह अपनी पत्नी के पास पहुँचा और बोला, ''तुम तुरंत तैयार हो जाओ और जल्दी-से-जल्दी कहीं भी भाग जाओ, नहीं तो तुम्हें अपने जीवन से हाथ धोना पड़ेगा।''

उसकी पत्नी ने पूछा, ''तुम इतना डरे हुए क्यों हो और भागना क्यों चाहते हो?''

''मैं डरने से कैसे बच सकता हूँ? राजा ने मुझे एक ही दिन में चर्च बनाने का आदेश दिया है। यदि मैं उसे नहीं बना पाऊँगा, तब वह मेरा सिर कलम करवा देगा। अब यहाँ से भागने के अलावा और कोई रास्ता नहीं है।''

उसकी पत्नी उसकी बातों से सहमत नहीं थी। वह बोली, ''राजा के पास बहुत से सैनिक हैं और वह तुम्हें कहीं भी पकड़ लेगा। तुम उससे बचकर नहीं भाग सकते हो। जब तक तुम्हारे पास ताकत है, तुम्हें उसकी आज्ञा माननी ही होगी।''

''मगर जब मुझमें शक्ति नहीं है, तब मैं उसकी आज्ञा किस तरह से मान सकता हूँ?''

''कोई बात नहीं! खुद को परेशान मत करो, खाना खाओ और सो जाओ। सुबह जल्दी उठना और सबकुछ ठीक हो जाएगा।''

इमेलियन सोने चला गया। सुबह उसकी पत्नी ने उसे उठाया और कहा, ''जाओ और चर्च को जितनी जल्दी पूरा कर सकते हो, पूरा कर दो। तुम अपने साथ यह छेनी और हथौड़ी भी रख लो। तुम देखोगे कि वहाँ केवल एक ही दिन का काम बचा था।''

इमेलियन जब शहर पहुँचा तो उसने देखा कि वहाँ वाकई ठीक चौराहे के बीच एक चर्च खड़ा है, उस चर्च में थोड़ा सा ही काम बचा था। इमेलियन ने जहाँ कहीं भी काम बचा था, उसे भी शाम तक पूरा कर दिया। राजा सुबह उठा और उसने महल के बाहर झाँका तो देखा कि वहाँ एक चर्च तैयार खड़ा था और इमेलियन अपने हाथों में छेनी-हथौड़ी लेकर उसके आगे-पीछे टहल रहा था। राजा चर्च को देखकर खुश नहीं हुआ, बल्कि वह क्षुब्ध था कि उसके पास अब इमेलियन को मार डालने की कोई वजह नहीं थी और वह उसकी पत्नी को उससे नहीं छीन सकता था।

राजा ने अपने नौकरों को फिर बुलाया और कहा, ''इमेलियन ने इस काम को भी कर दिया और मेरे पास उसे मारने की कोई वजह नहीं है। यह काम भी उसके लिए बड़ा नहीं था। तुम लोगों को और भी चालाकी भरा काम ढूँढ़ना होगा। जल्दी सोचो, नहीं तो मैं उससे पहले तुम लोगों को ही मार डालूँगा।''

राजा के नौकरों ने सोचा कि इमेलियन से महल के चारों तरफ एक नदी बनाने के लिए कहा जाए, जिसमें जहाज भी चल सकें। राजा ने इमेलियन को बुलाया और इस नए काम को करने का आदेश दिया।

''यदि तुम एक ही रात में चर्च बना सकते हो, तब तुम यह काम भी कर सकते हो और यह सब कल तक तैयार हो जाना चाहिए। अगर यह तैयार नहीं हुआ तो मैं तुम्हारा सिर धड़ से अलग कर दूँगा।''

इमेलियन पहले से भी अधिक दु:खी हुआ और उदास मन से अपनी पत्नी के पास आया। उसकी पत्नी ने पूछा, ''तुम इतना उदास क्यों हो? क्या राजा ने तुम्हें कुछ नया काम करने के लिए आदेश दिया है?''

इमेलियन ने उससे कहा, ''हमें भाग जाना चाहिए।''

लेकिन उसकी पत्नी ने जवाब दिया, ''हम राजा के सैनिकों से बचकर नहीं भाग सकते हैं। वे तुम्हें कहीं भी पकड़ लेंगे। तुम्हें उनकी आज्ञा माननी ही होगी।''

''पर मैं यह काम कैसे कर सकता हूँ?''

''मेरे प्यारे पति, चिंता मत करो! खाना खाओ और सो जाओ। सुबह जल्दी-से-जल्दी उठ जाना, सब ठीक हो जाएगा।''

इमेलियन सोने चला गया और फिर उसकी पत्नी ने उसे सुबह जगाकर कहा, ''महल में जाओ, वहाँ सबकुछ तैयार है। महल के सामने बंदरगाह पर एक छोटा सा टीला बचा हुआ है, इसलिए फावड़ा लेकर जाना और उसे समतल बना देना।''

इमेलियन शहर पहुँचा और उसने देखा कि महल के चारों तरफ एक नदी

तैयार हो चुकी थी तथा उसमें जहाज भी तैर रहे थे। इमेलियन महल के सामने बंदरगाह पर पहुँचा और उसने देखा कि वहाँ की जमीन पर एक छोटा सा टीला था, जिसे उसने अपने फावड़े से समतल बना दिया।

राजा सुबह उठा और उसने देखा कि जहाँ कुछ भी नहीं था, वहाँ एक नदी बह रही थी और उसमें जहाज भी तैर रहे थे तथा इमेलियन अपने फावड़े से एक ढूहे को समतल कर रहा था। राजा डर गया, पर वह नदी और जहाजों को देखकर खुश नहीं हुआ, बल्कि इमेलियन की हत्या न कर पाने की वजह से नाराज था। उसने सोचा, 'ऐसा कोई भी काम नहीं है, जिसे यह नहीं कर सकता है। मैं क्या करूँ?' राजा ने अपने नौकरों को बुलाया और उनसे विचार-विमर्श किया और कहा, "ऐसे काम के बारे में सोचो, जो इमेलियन के सामर्थ्य के बाहर हो।"

राजा के दरबारियों ने बार-बार सोचा और फिर राजा के पास उसे बताने पहुँचे, "इमेलियन को बुलाना चाहिए और उससे कहना चाहिए कि जहाँ मालूम नहीं, वहीं जाओ और जो मालूम नहीं, वही लाओ। इस बार वह बच नहीं पाएगा, क्योंकि वह जहाँ कहीं भी जाएगा, आप कहेंगे कि यह वह जगह नहीं थी, जहाँ जाना था और वह जो कुछ भी लाएगा, आप कहेंगे कि वह सही चीज नहीं लाया। इस तरह आप उसे मृत्युदंड देकर उसकी पत्नी को महल में ले आएँगे।"

राजा बहुत खुश हुआ। उसने कहा, "तुम लोगों का यह विचार बहुत ही चालाकी भरा है।" राजा ने इमेलियन को बुलाया और कहा, "जहाँ मालूम नहीं वहीं जाओ और जो मालूम नहीं वही लाओ। यदि तुम वह नहीं लाते हो, तब मैं तुम्हारा सिर काट लूँगा।"

इमेलियन अपनी पत्नी के पास आया और उसे वह सबकुछ सुना दिया, जो राजा ने उससे कहा था।

उसकी पत्नी ने थोड़ी देर तक सोचा और फिर बोली, "ठीक है! उन लोगों ने राजा को चालाकी भरे सुझाव दिए हैं और अब हमें इसे अच्छी तरह करना चाहिए।" उसकी पत्नी ने थोड़ी देर तक सोचने के बाद अपने पति से कहा, "तुम्हें मेरी दादी के पास जाना होगा और इसके लिए तुम्हें एक लंबी यात्रा करनी पड़ेगी। मेरी दादी एक पुरानी किसान हैं और एक सैनिक माता हैं। तुम्हें उनका विश्वास जीतना होगा। यदि तुम्हें वहाँ कुछ मिलता है, तब तुम उसे लेकर सीधे महल चले आना, क्योंकि मैं तुम्हें वहीं मिलूँगी। अब मैं उनके हाथों से बच नहीं सकती। वे मुझे बलपूर्वक अपने साथ ले जाएँगे, पर मुझे बहुत देर तक रोक नहीं पाएँगे। यदि तुम मेरी दादी के बताए रास्ते पर चलोगे, तब तुम मुझे जल्दी ही स्वतंत्र करा लोगे।"

इमेलियन की पत्नी ने उसे तैयार किया और उसे एक बटुआ व स्वेटर बुनने की सलाई देकर कहा, ''ये चीजें दादी को दे देना, ताकि इनसे उन्हें पता चल जाएगा कि तुम मेरे पति हो।'' उसकी पत्नी ने उसे रास्ता बताया और इमेलियन उसपर चल दिया।

जब वह शहर के बाहर आया, तब उसने कुछ सैनिकों को देखा, जो अपने साथियों को कुछ सिखा रहे थे। वह वहाँ थोड़ी देर के लिए खड़ा हो गया और उन लोगों को देखने लगा। जब सैनिकों ने अपना अभ्यास खत्म कर लिया और सुस्ताने के लिए बैठ गए, तब इमेलियन उनके पास पहुँचा और बोला, ''भाइयो, क्या तुम मुझे बता सकते हो कि वहाँ कैसे जाएँ, जहाँ का पता नहीं मालूम और जिसके बारे में पता नहीं, उसे कैसे लाएँ?''

जैसे ही सैनिकों ने यह सुना, वे भौंचक्के रह गए। उन्होंने पूछा, ''तुम्हें यह ढूँढ़ने किसने भेजा है?''

वह बोला, ''राजा ने भेजा है।''

सैनिकों ने जवाब दिया, हम जब से सैनिक बनाए गए हैं, हम वहीं जा रहे हैं, जहाँ का हमें पता नहीं है और हम वहाँ नहीं पहुँच पा रहे हैं तथा हम वही पाना चाह रहे हैं, जिसका हमें पता नहीं और वह हमें मिल भी नहीं रहा है। हम इस मामले में तुम्हारी कोई सहायता नहीं कर सकते हैं।''

इमेलियन थोड़ी देर तक उन सैनिकों के पास बैठा और फिर चल दिया। वह चलता गया, चलता गया और फिर एक जंगल में जा पहुँचा। जंगल में एक झोंपड़ी थी। झोंपड़ी में एक बुढ़िया थी, जो कि सैनिक माता थी और चरखा कात रही थी। वह बुढ़िया रोती जा रही थी और अपनी उँगलियों को अपने थूक से नहीं, बल्कि अपने आँसुओं से नम कर रही थी।

जब उस बूढ़ी औरत ने इमेलियन को देखा तब उससे पूछा, ''तुम यहाँ क्यों आए हो?''

इमेलियन ने उसे वह सलाई दी और कहा कि उसकी पत्नी ने उसे भेजा है। यह सुनते ही उस बूढ़ी औरत की आवाज में एक मधुरता आ गई और उसने उससे सवाल पूछने शुरू कर दिए। इमेलियन ने भी उसे अपनी जिंदगी के बारे में बताना शुरू कर दिया कि किस तरह उसकी शादी उस लड़की के साथ हुई थी; किस तरह वह शहर में रहने के लिए आया; कैसे वह महल का रखवाला बना; किस तरह उसने महल में काम किया; किस तरह वहाँ चर्च एवं जहाजों के साथ नदी बनी और अब किस तरह से राजा ने उसे, जिसका पता नहीं था, वहाँ जाने और वही

लाने का भी आदेश दिया था।

उस बूढ़ी औरत ने रोना बंद कर दिया और मन-ही-मन बुदबुदाने लगी कि ''समय आ चुका है।'' उसने कहा, ''ठीक है! बैठ जाओ मेरे बेटे, और कुछ खा लो।''

इमेलियन को खिलाने और चाय पिलाने के बाद उस बूढ़ी महिला ने उससे कहा, ''यह धागे का एक गोला अपने पास रख लो और अपने सामने इसे लुढ़काते जाना। जहाँ कहीं भी यह लुढ़के, इसके पीछे-पीछे चलते जाना। यह बहुत दूर समुद्र तक जाएगा और समुद्र के किनारे तुम्हें एक बहुत बड़ा शहर नजर आएगा। उस शहर में जाना और वहाँ रात गुजारने के लिए उनके बाहरी घर में रहने की अनुमति माँगना और फिर तुम्हें जिस जगह की जरूरत है, उसे ढूँढ़ना।''

''दादी, मैं इसे कैसे पहचानूँगा?''

''जब तुम देखना कि जो लोग अपने माता-पिता से भी अधिक किसी की बात मानते हैं, तब तुम्हें वह मिल जाएगा। उसे तुम ले लेना और राजा के पास ले जाना। जब तुम उसे राजा के पास ले जाओगे, तब वह तुमसे कहेगा कि तुम सही चीज लेकर नहीं आए हो, तब तुम कहना, 'यदि यह वह चीज नहीं है, तब मुझे इसे तोड़ देना चाहिए।' और फिर उस पर चोट मारकर नदी के पास ले जाना और उसे टुकड़ों में तोड़कर नदी में फेंक देना। इस तरह तुम्हें तुम्हारी पत्नी वापस मिल जाएगी और तुम मेरे आँसू भी पोंछ दोगे।''

इमेलियन ने उस बूढ़ी औरत का अभिवादन किया और उस गेंद को अपने सामने लुढ़काने के बाद उसके पीछे-पीछे चल दिया। वह उस गेंद को लुढ़काता गया और वह इमेलियन को लेकर समुद्र के किनारे पहुँच गई। समुद्र के किनारे एक सुंदर सा शहर बसा था। उस शहर के किनारे एक बड़ा सा घर था। इमेलियन ने उस घर में रहनेवालों से वहाँ रात गुजारने की अनुमति माँगी और उन्होंने उसे वहाँ ठहरने की अनुमति दे दी। रात को वह सोने चला गया और सुबह जब वह जल्दी उठा, तब उसने देखा कि एक पिता अपने बेटे को जगा रहा था और उसे कुछ लकड़ियाँ काटने के लिए कह रहा था।

लड़का अपने पिता की बात न मानकर कह रहा था, ''अभी बहुत जल्दी है और मेरे पास इस काम के लिए काफी समय है।''

इमेलियन ने उस लड़के की माँ को तंदूर के पास से कहते सुना, ''जाओ मेरे बेटे, जाओ! तुम्हारे पिता की हड्डियों में दर्द हो रहा है। वह अकेले नहीं जा सकते हैं। अब काफी देर भी हो चुकी है।''

लड़के ने अपने होंठ बिचकाए और फिर सो गया। जैसे ही वह सोया कि तभी बाहर सड़क पर गरजने और नगाड़े जैसी आवाज आई। उसे सुनकर वह लड़का कूदकर उठा और तुरंत तैयार होकर बाहर सड़क की तरफ भागा। इमेलियन भी उछला और यह देखने उसके पीछे भागा कि वह कौन सी चीज थी, जिस पर उस लड़के ने अपने माँ-बाप से भी अधिक ध्यान दिया था। इमेलियन ने देखा कि बाहर सड़क पर एक आदमी अपने पेट पर गोल सी चीज लटकाकर घूम रहा है और उस चीज पर छड़ी से बार-बार चोट कर रहा है। उस गोल सी चीज पर बार-बार प्रहार होने से एक गरजदार आवाज निकल रही थी और उसी आवाज को सुनकर उस लड़के ने उसकी तरफ ध्यान दिया था। इमेलियन उस गोल सी चीज को देखने उस आदमी के पीछे गया। उसने देखा कि उस गोल सी चीज के दोनों तरफ चमड़ा मढ़ा हुआ था।

उसने लोगों से पूछा, ''इसे क्या कहते हैं?''

लोगों ने उसे बताया, ''इसे ढोल कहते हैं।''

''क्या यह अंदर से पोला है?''

उनका जवाब था, ''हाँ।''

इमेलियन उस ढोल को देखकर बहुत आश्चर्यचकित हुआ और वह उस व्यक्ति से उसे माँगने लगा। उस आदमी ने वह ढोल उसे देने से इनकार कर दिया।

इमेलियन ने अब उससे उसे माँगना बंद कर दिया और चुपचाप उसके पीछे-पीछे चल दिया। वह सारे दिन उस आदमी के पीछे-पीछे चलता रहा और जैसे ही वह सोने गया, इमेलियन उस ढोल को लेकर भाग गया। वह भागते-भागते अपने शहर तक पहुँच गया। मगर वहाँ उसकी पत्नी नहीं थी। उसे राजा उठाकर अपने महल में ले गया था। इमेलियन महल में पहुँचा और वहाँ पहुँचकर अपने आने की घोषणा कर दी। उसने कहा, ''वह आदमी आ चुका है, जो वहाँ गया था जिसका पता नहीं था और वह उसे ला भी चुका है।''

राजा को जब यह पता चला, तब उसने इमेलियन को अगले दिन आने के लिए कहा। इमेलियन ने एक बार फिर घोषणा की, ''मैं आज आया हूँ और राजा ने जो आदेश दिया था, वह भी लाया हूँ। राजा को मेरे पास आने दो, नहीं तो मैं वापस चला जाऊँगा।''

राजा महल से बाहर निकला और पूछा, ''तुम कहाँ थे?''

उसने बताया, ''वहाँ।''

राजा ने कहा, ''यह वह जगह नहीं है और तुम क्या लाए हो?''

इमेलियन उसे वह दिखाना चाहता था, पर राजा ने उसे नहीं देखा।

राजा बोला, ''यह वह चीज नहीं है।''

इमेलियन ने कहा, ''यदि यह वह चीज नहीं है, तब मुझे इसे तोड़ देना चाहिए। शैतान इसे अपने साथ ले जाएगा।''

इमेलियन महल से बाहर निकला और अपना ढोल बजा दिया। जैसे ही ढोल बजा, राजा की सारी सेना इमेलियन के चारों तरफ इकट्ठा हो गई और उन्होंने राजा की आज्ञा न मानकर इमेलियन का आदेश माना। जब राजा ने यह देखा, तब इमेलियन की पत्नी को बुलाकर उसे वापस देने का आदेश दिया।

राजा ने इमेलियन से उस ढोल को माँगा। इमेलियन ने जवाब दिया, ''मैं इसे नहीं दे सकता हूँ। मुझे इसे टुकड़ों में तोड़कर नदी में बहाने का आदेश मिला है।''

इमेलियन ढोल को साथ लेकर नदी के तट पर पहुँचा। सारे सैनिक उसके पीछे-पीछे चल रहे थे। नदी के तट पर इमेलियन ने उस ढोल को टुकड़ों में तोड़ डाला और नदी में बहा दिया। इसके बाद सभी सैनिक भाग गए और इमेलियन अपनी पत्नी के साथ घर वापस आ गया।

इस घटना के बाद राजा ने लोगों को परेशान करना बंद कर दिया था और आनंद के साथ रहते हुए जो अच्छा था, उसे रखता और जो बुरा था, उसे जाने देता।

□

9

एक पागल के संस्मरण

आज सुबह सरकारी परामर्श कक्ष में मेरी एक चिकित्सकीय जाँच हुई थी। इस बारे में डॉक्टरों की राय में काफी भिन्नता थी। उन्होंने इस पर काफी बहस की और अंत में इस फैसले पर पहुँचे कि मैं पागल नहीं था, मगर यह इसलिए हुआ कि मैंने अपनी जाँच के दौरान खुद को उन्हें न सौंपने की पुरजोर कोशिश की थी। मुझे डर था कि वे मुझे पागलखाने भेज देंगे, जहाँ मैं अपने हाथों में ले चुके उस पागलपन के काम को जारी नहीं रख सकूँगा। उन लोगों ने मुझ पर उन्माद का दौरा पड़ने या इसी तरह की चीज के बारे में बताया था, पर एक ठीक-ठाक दिमागी हालत नहीं बताई थी। डॉक्टर ने मुझे एक खास तरह का इलाज बताया और मुझे यकीन भी दिलाया था कि उसके निर्देशों का पालन करने पर मेरी तकलीफ दूर हो जाएगी। जरा सोचिए कि मेरी सारी मानसिक पीड़ा पूरी तरह गायब हो जाएगी। ओह! ऐसा कुछ भी नहीं है और मुझे इन परेशानियों से कभी छुटकारा नहीं मिलेगा। मेरी यह पीड़ा बहुत अधिक है।

मैं अब यह विस्तार से बताने जा रहा हूँ कि मेरी यह जाँच कैसे हुई और मैं किस तरह से पागल हुआ और किस तरह से बाहरी दुनिया को मेरे पागलपन के बारे में बताया गया था। 35 साल की उम्र तक मैं दुनिया के बाकी लोगों की तरह ही अपनी जिंदगी जीता रहा और किसी ने भी मुझमें किसी विचित्रता पर ध्यान नहीं दिया था, केवल मेरे शुरुआती बचपन में यानी जब मैं 10 साल से भी कम का था, तब कभी-कभी आज ही की तरह मुझ पर पागलपन का दौरा पड़ा था और तब मैं कभी-कभी इस बारे में सजग रहता था, जैसा कि अब मैं हमेशा ही रहता हूँ।

जब मैं पाँच या छह साल का छोटा सा बच्चा था, तब एक शाम मुझे अपने

बिस्तर पर जाने की बात याद है। यूप्रासिया नाम की नर्स, जो कि लंबी, दुबली-पतली व दुहरी ठुड्डीवाली एक महिला थी और उसने भूरे रंग की यूनीफॉर्म पहन रखी थी, उसने मेरे कपड़े उतारे और मुझे गोद में उठाकर बिस्तर पर रखने जा रही थी।

मैंने कहा, ''मैं खुद ही बिस्तर पर चला जाऊँगा'' और अपने बिस्तर पर लगी जाली को ठीक करने लगा। उसने कहा, ''लेट जाओ, फेडिंका।'' अपने सिर से मेरे भाई के बिस्तर की तरफ इशारा करते हुए कहा, ''देखो, मंतिका चुपचाप लेटा हुआ है।''

मैं कूदकर अपने बिस्तर पर चढ़ गया; मगर मैंने अभी भी नर्स का हाथ अपने हाथों से पकड़ रखा था। फिर मैंने उसे जाने दिया और कंबल के भीतर अपने पैरों को फैलाया और खुद को लपेट लिया। मुझे काफी अच्छा और गरम महसूस हो रहा था। मैं चुपचाप बिस्तर पर पड़ा था कि तभी मैंने सोचना शुरू कर दिया, ''मैं नर्स को प्यार करता हूँ और नर्स मुझे व मंतिका को भी प्यार करती है। मंतिका भी मुझे और नर्स को चाहता है। नर्स तारा को प्यार करती है और मैं भी तारा को प्यार करता हूँ तथा मंतिका भी उसे प्यार करता है। मेरी माँ मुझे और नर्स दोनों को प्यार करती है और नर्स मुझे, मेरी माँ और पापा सभी को प्यार करती है। हर कोई हर किसी से प्यार करता है और सभी खुश हैं।''

अचानक तभी घर की देखभाल करनेवाली नौकरानी भागती हुई अंदर आई और उसने गुस्से में चीखते हुए चीनी के डिब्बे के बारे में पूछा, जो शायद उसे मिल नहीं रहा था। नर्स ने मना कर दिया और कहा कि उसने नहीं लिया था। यह सब बहुत ही अजीब ढंग से हुआ और मैं बहुत ही डर गया था। डर की सिहरन भी मुझमें दौड़ गई और मैंने खुद को कंबल में छिपा लिया। पर मुझे कंबल के भीतर अँधेरा अच्छा नहीं लग रहा था। मुझे एक लड़के की याद आ गई, जिसकी पिटाई मेरी मौजूदगी में ही छड़ी से हो रही थी और फोका जब उस लड़के को पीट रहा था, तब उसका क्रूर चेहरा तथा चीखने की आवाज भी मेरे सामने थी। वह बार-बार कहता और मारता जा रहा था, ''अब तुम यह काम दुबारा नहीं करोगे।''

लड़के ने कहा, ''मैं नहीं करूँगा।''

पर फोका ने उसको मारना बंद नहीं किया और बार-बार दोहराता जा रहा था, ''तुम यह काम नहीं करोगे, नहीं करोगे।''

यह सब पहली बार था, जब मुझ पर पागलपन का दौरा पड़ा था। मैंने फूट-फूट कर रोना शुरू कर दिया था और वे लोग मुझे काफी देर तक चुप कराते रहे।

उस दिन के आँसू और हताशा मेरी आज की परेशानी के प्रथम चिह्न थे। मुझे अच्छी तरह से याद है, जब दुबारा पागलपन मुझ पर सवार हुआ था। उस समय मेरी आंटी मुझे जीसस के बारे में बता रही थीं। उन्होंने जीसस की कहानी सुनाई और फिर कमरा छोड़कर जाने के लिए उठी ही थीं कि हमने पीछे से पकड़ लिया और कहा, "जीसस के बारे में हमें और भी बताओ।"

उन्होंने जवाब दिया, "मुझे जाना है।"

मंतिका ने जोर देते हुए कहा, "नहीं प्लीज हमें और सुनाओ।" और वह जो कुछ सुना चुकी थी, उसने उसे फिर से दोहरा दिया। उसने बताया कि किस तरह से उन लोगों ने उसे सलीब पर चढ़ाया, मारा और शहीद कर दिया और जीसस प्रार्थना ही करते रहे। उन्होंने उन लोगों को दोषी नहीं ठहराया।

"आंटी, उन लोगों ने उसे क्यों सताया?"

"वे दुष्ट थे।"

"पर क्या वह परमेश्वर नहीं था?"

"अब शांत रहो। इस समय नौ बज चुके हैं। क्या तुम्हें घड़ी की टिक-टिक नहीं सुनाई दे रही है?"

"उन लोगों ने उसे क्यों मारा था? क्या उसने उन्हें माफ कर दिया? तब उसे उन लोगों ने क्यों चोट पहुँचाई थी? क्या इससे उसे तकलीफ हुई थी? आंटी, क्या उस चीज ने उन्हें पीड़ा पहुँचाई थी?"

मैं कहती हूँ, "चुप रहो! मैं डाइनिंग रूम में चाय पीने जा रही हूँ।"

"पर शायद ऐसा कभी हुआ नहीं था, शायद उसे उन लोगों ने कभी मारा भी नहीं था।"

"मैं अब जा रही हूँ।"

"नहीं आंटी, मत जाओ।" और फिर मेरा पागलपन मुझ पर हावी हो गया। मैं रोता रहा, रोता रहा और फिर मैंने अपना सिर दीवार से टकराना शुरू कर दिया था।

इस तरह के पागलपन के दौरे मेरे बचपन में मुझ पर आया करते थे, लेकिन जब मैं 14 साल का हुआ, तब मुझमें सेक्स की भावना पैदा होने लगी थी और मुझमें ऐब भी आने शुरू हो चुके थे। शायद तभी मेरा पागलपन भी खत्म होने लगा था और मैं भी दूसरे लड़कों की तरह बन चुका था। हनमें से जिन लोगों का पालन-पोषण बेहतर ढंग से होता है और विपुल मात्रा में खाने-पीने को मिलता है, पर शारीरिक श्रम न करने की वजह से वे कमजोर और नष्ट हो जाते हैं तथा उनके

चारों तरफ हर तरह के प्रलोभन भी बिखरे रहते हैं और उसी तरह के अन्य साथियों की कुसंगति उनमें कामुक प्रवृत्तियों को उत्तेजित कर देती हैं। मैंने भी अपने हमउम्र साथियों के साथ कुछ ऐबों को सीख लिया और उनमें पड़ भी गया था। जैसे-जैसे समय बीतता गया, नए ऐबों ने पहलेवाले ऐबों की जगह ले ली थी। मैंने अब औरतों के संपर्क में आना भी शुरू कर दिया था और 35 साल की उम्र तक मैं हर तरह की मौज की तलाश और उनका मजा भी लेता था। मेरी दिमागी हालत उन दिनों बिलकुल ठीक थी। मुझमें किसी भी ढंग के पागलपन के लक्षण नहीं थे। मेरे जीवन के वे 20 सामान्य वर्ष मेरी स्मृति पर बिना कोई खास असर डाले ही गुजर गए; पर अब अति विरक्ति के साथ दिमाग पर बहुत जोर देने पर ही मैं उस समय के विचारों पर खुद को केंद्रित कर पाता हूँ।

अपनी उम्र के अन्य बच्चों के साथ, जो दिमागी रूप से ठीक थे, मैं स्कूल पढ़ने गया और फिर विश्वविद्यालय से मैंने कानून की पढ़ाई भी पूरी की। इसके बाद मैंने कुछ समय के लिए सरकारी नौकरी भी की और शादी करके देहात में बस गया। यदि हमारे द्वारा बच्चों का इसी तरह का पालन-पोषण उन्हें शिक्षित बनाना कहलाता है तो मैंने उन्हें शिक्षित भी बनाया। मैंने अपनी जमीन की देखभाल भी की और शांतिपूर्वक न्यायाधीश के पद को भी सँभाला।

शादी के 10 साल बाद मेरे बचपन में मुझ पर पड़नेवाला पागलपन का वह दौरा मुझपर फिर से पड़ा। मेरी पत्नी और मैंने अपने सरकारी बांड से तथा अपनी पत्नी की खानदानी संपत्ति से कुछ धन जमा कर रखा था और हमने निश्चय किया था कि इस रकम से हम कोई दूसरी जमीन भी खरीदेंगे। मैं वाकई अपना भविष्य सँवारना चाहता था और कोई दूसरा व्यक्ति उसे जिस ढंग से करता, उससे बेहतर ढंग से और चालाकी से करने के लिए मैंने उन बिकनेवाली जमीनों के बारे में पता भी किया। मैं इस जानकारी के लिए अखबारों में विज्ञापनों पर भी नजर रखता था। मैं ऐसी जमीन खरीदना चाहता था, जिसमें इतनी लकड़ियाँ पैदा हों, जिससे मेरी जमीन की खरीद की लागत निकल जाए और वह जमीन मुझे बिलकुल मुफ्त में मिल जाए। मैं किसी ऐसे बेवकूफ की तलाश में था, जिसे व्यापार की बिलकुल भी समझ न हो और फिर एक ऐसा दिन आ ही गया, जब वह मुझे मिल गया। पेंसा (सेंट्रल रूस का एक शहर) के पास एक जगह थी, जिसके इर्द-गिर्द काफी बड़ा जंगल था। मुझे जिस तरह की सूचना मिली थी, उसके अनुसार उस जमीन का मालिक बिलकुल ही बेवकूफ था और यही मैं चाहता भी था कि उस पूरी जमीन की कीमत में वह जंगल भी मुझे मिल जाए। मैंने अपना सारा सामान तैयार किया

और फिर उस ज़मीन को देखने जल्दी ही चल पड़ा।

सबसे पहले हमें ट्रेन से जाना पड़ा। मैंने अपने साथ एक नौकर भी रख लिया था और फिर हम घोड़ोंवाली बग्घी से गए। वह यात्रा बहुत ही सुखद थी और मेरा नौकर, जो कि बहुत ही शांत स्वभाववाला नवयुवक था, उसने भी उस यात्रा का मेरे जितना ही आनंद लिया। हम नए लोगों और नई जगहों का मजा ले रहे थे और हमें अब बस 200 मील ही चलना था। हमने स्टेशनों पर घोड़ों को बदलने के अलावा अब रुकने का इरादा छोड़ दिया था। रात हो चुकी थी, पर हमने अपनी यात्रा जारी रखी थी। मुझे नींद के झोंके आ रहे थे, पर तभी मैं जाग गया और एक अनजाने डर ने मुझे जकड़ लिया। जैसा कि अकसर ही इस तरह के हालात में होता है कि मैं बहुत ही अधिक उत्तेजना में था और पूरी तरह से जाग भी चुका था, ऐसा मालूम हो रहा था कि मेरी नींद हमेशा-हमेशा के लिए गायब हो चुकी थी। मैंने अचकचाकर खुद ही से पूछा, 'मैं यह यात्रा क्यों कर रहा हूँ? मैं जा कहाँ रहा हूँ? ऐसा नहीं था कि मैं उस जमीन को मोल-भाव करके खरीदने के विचार को नापसंद करता था, मगर इस समय इतनी दूर तक की यात्रा मुझे समझदारी नहीं लग रही थी और ऐसा महसूस हो रहा था कि मैं अपने घर से बहुत दूर वहाँ सिर्फ मरने के लिए जा रहा था। मैं बुरी तरह से डरा हुआ था।

मेरा नौकर सरगिस भी अब जाग चुका था और मैंने उससे बातें करनी शुरू कर दीं। मैंने उससे चारों तरफ के दृश्य पर बातें कीं और उसने भी यात्रा के आनंद और घर पर लोगों की बहुत सी बातें बताईं। मुझे बहुत आश्चर्य हो रहा था कि वह इतनी प्रसन्नतापूर्वक बातें भी कर सकता था। उसे यहाँ का सबकुछ बहुत अच्छा लग रहा था, जबकि मैं इन सभी चीजों से चिढ़ा हुआ था। हालाँकि उससे बातें करने के बाद मुझे काफी हलका महसूस हो रहा था। अपनी बेचैनी और अपने भीतर छिपे हुए भय के अलावा मुझे अब काफी थकान भी महसूस हो रही थी और अब मैं अपनी यात्रा रोक कर कहीं बीच में आराम करना चाहता था। ऐसा लग रहा था कि जैसे ही मैं अपने कमरे में घुसूँगा और चाय पिऊँगा, मेरी बेचैनी तुरंत ही खत्म हो जाएगी; लेकिन इन सबसे अधिक जिस चीज की मुझे जरूरत थी वह थी नींद।

हम उस समय सेंट्रल रूस के एक शहर अरजमास पहुँचने वाले थे। मैंने पूछा, "क्या तुम्हें नहीं लगता कि हमें कहीं रुक कर आराम करना चाहिए?"

"क्यों नहीं! यह एक अच्छा खयाल है।"

मैंने कोचवान से पूछा, "हम शहर से कितनी दूर हैं?"

"तकरीबन 7 मील।"

कोचवान काफी शांत और गंभीर आदमी था। वह बहुत ही धीमे और आराम से चल रहा था। हम बढ़ते जा रहे थे, पर मैं शांत था और कहीं रुककर आराम करने की उम्मीद में बेहतर महसूस कर रहा था। हम अँधेरे में चलते जा रहे थे, चलते जा रहे थे। ऐसा लग रहा था कि 7 मील कभी खत्म ही नहीं होंगे। आखिरकार, हम शहर पहुँच ही गए। इतनी सुबह अभी गहरी नींद का ही समय था। शुरू-शुरू में छोटे-छोटे घर नजर आए। अँधेरे को चीरते हुए जब हम उनके पास से गुजरे, तब हमारी बग्घी की घंटियों तथा घोड़ों की टापों की आवाज ने काफी शोर पैदा कर दिया था। कुछ जगहों पर घर काफी बड़े और सफेद रंग से पुते थे; मगर मुझे उन्हें देखने में अरुचि नहीं थी। मैं कहीं रुकना, आराम करना और चाय पीना चाहता था।

हम अब एक खंभेवाले घर के सामने रुक गए। उस घर का रंग सफेद था, पर यह काफी एकाकी और उदास-सा लग रहा था। मैं थोड़ा डरा हुआ भी था और धीरे से बग्घी से बाहर निकला। सरगिस हमारे उन सामानों को निकालने में लगा हुआ था, जिनकी हमें वहाँ जरूरत थी और फिर वह दरवाजे की सीढ़ियों की तरफ बढ़ा। उसकी तेज चाल ने मेरी थकान बढ़ा दी थी। मैं भी आगे बढ़ा और एक छोटे से गलियारे में पहुँच गया। वहाँ एक आदमी ने हमारा स्वागत किया। उसके गाल पर एक बड़ा सा कटे का निशान था, जिसे देखकर मैं थोड़ा डर गया। वह हमें लेकर एक कमरे में गया, जो कि एक बहुत ही साधारण सा कमरा था। मेरी बेचैनी बढ़ती ही जा रही थी।

मैंने पूछा, "क्या हमें आराम करने के लिए एक कमरा मिल सकता है?"

"जी हाँ, मेरे पास आपके लिए एक बहुत सुंदर बेडरूम है। कमरा बिलकुल तैयार है और उसमें अभी ही सफेदी हुई है।"

वास्तविकता यह थी कि वह छोटा सा कमरा चौकोर होने के बावजूद मुझे अच्छी तरह से याद है, क्योंकि वह बहुत ही तकलीफदेह था। उस कमरे में एक खिड़की थी, जिस पर लाल रंग का परदा पड़ा था और एक टेबल तथा एक सोफा था। सरगिस ने पानी गरम किया और चाय बनाई। मैंने सोफे पर तकिया रख दिया और लेट गया। मैं सो नहीं रहा था और मुझे सुनाई पड़ रहा था कि सरगिस अपने काम में लगा हुआ था तथा मुझसे चाय पीने के लिए पूछ रहा था। मैं सोफे से उठने में थोड़ा घबरा रहा था कि कहीं मेरी नींद न गायब हो जाए और उस कमरे में सिर्फ बैठे रहना काफी तकलीफदेह था। मैं उठा नहीं और सो गया। जब मैं उठा तो मैंने

देखा कि कमरे में कोई नहीं था और चारों तरफ गहरा अँधेरा था। मैंने महसूस किया कि मुझे उसी पहलेवाली संवेदनशीलता ने जकड़ रखा था कि 'मैं यहाँ क्यों हूँ? मैं कहाँ जा रहा हूँ? मैं अभी हूँ और हमेशा के लिए रहूँगा।' न तो पेंसा और न ही किसी दूसरी जागीर ने मुझे कुछ दिया या कुछ मुझसे ले ही लिया था। मैं अपने आप में ही टूटा हुआ था। मैं सो जाना और सबकुछ भूल जाना चाहता था; पर मैं ऐसा नहीं कर सका। मैं अपने आपसे छुटकारा नहीं पा सका।

मैं बाहर गलियारे में निकल गया। सरगिस वहीं एक पतली सी बेंच पर सो रहा था और उसका एक हाथ बेंच से नीचे लटक रहा था। वह बहुत ही गहरी नींद में था और जिस आदमी के गाल पर कटे का निशान था, वह भी वहीं सो रहा था। मैंने सोचा था कि मुझे जो चीज परेशान कर रही थी मैं उससे, कमरे से बाहर निकलते ही निजात पा लूँगा। किंतु उसने मेरा पीछा नहीं छोड़ा और मेरी हर चीज को दुःखी व उदास बना दिया था। डर का जो एहसास मुझमें समाया हुआ था, वह कम होने की बजाय और भी बढ़ गया था।

मैंने अपने आपसे कहा, 'क्या बेवकूफी है। मैं इतना दुःखी और डरा हुआ क्यों हूँ?'

तभी मैंने मौत की आवाज सुनी, 'तुम मुझसे डरे हुए हो! मैं यहाँ हूँ।'

मैं वाकई हिल गया कि यह तो मौत ही थी। मौत जरूर आएगी, पर इसे नहीं आना चाहिए। हालाँकि सचमुच मौत के आ जाने पर मुझे जो नहीं महसूस होता, वह मैं उस समय महसूस कर रहा था। इसका मतलब यह सिर्फ एक डर था, मगर इस समय यह मौत से भी अधिक बढ़ गया था। मैं वाकई मौत की आहट महसूस कर रहा था और देख भी रहा था। साथ ही मुझे ऐसा भी लग रहा था कि मौत का वजूद नहीं होना चाहिए। मेरा संपूर्ण अस्तित्व जीने के अधिकार की आवश्यकता और साथ-ही-साथ मरने की अपरिहार्यता के प्रति भी सजग था। मेरे ये आंतरिक द्वंद्व मुझे बहुत ही तकलीफ दे रहे थे। मैं इस भय को दूर करना चाहता था।

मैंने पीतल के स्टैंड में एक अधजली मोमबत्ती देखी और उसे जला दिया। मोमबत्ती की लाल लपट धीरे-धीरे नीचे की तरफ बढ़ती जा रही थी और चूँकि मोमबत्ती छोटी थी, इसलिए उसकी लपट भी बहुत लंबी नहीं थी। ठीक यही चीज मेरे साथ भी बार-बार दोहराई जाती महसूस हो रही थी—कुछ भी रह नहीं जाएगा, जीवन भी नहीं, मौत ही सबकुछ है। मगर मौत का अस्तित्व नहीं होना चाहिए। मैंने अपने विचारों को उन विचारों की तरफ ले जाने की कोशिश की, जिनकी तरफ मेरी रुचि पहले थी, जैसे—उस जागीर के बारे में, जिसे मैं खरीदने वाला था

और अपनी पत्नी के बारे में भी मैंने सोचना शुरू कर दिया। इन विचारों से मुझे कोई आराम नहीं मिला। मेरी जिंदगी मुझसे छीनी जा रही थी, इस बात के डर भरे एहसास ने ही मेरे दूसरे विचारों को मुझ तक आने से रोक दिया था। मैंने तय किया कि मुझे सो जाना चाहिए। बिस्तर पर लेटने के तुरंत बाद ही मैं डर के मारे उछलकर उठकर बैठ गया। एक तरह की बीमारी मुझ पर हावी हो चुकी थी। यह किसी शारीरिक बीमारी की तरह की चीज नहीं थी, बल्कि यह एक आध्यात्मिक बीमारी थी। इसका संबंध शरीर से नहीं, बल्कि आत्मा से था। एक भयानक डर, जो कि बिलकुल मौत की तरह का हो और जिसका संबंध मेरे अतीत की यादों के साथ जुड़ा हो और इसमें एक ऐसे भय का रूप ले लिया हो, जैसे कि मेरा जीवन मुझे छोड़कर जा रहा है। जीवन और मृत्यु आपस में गुँथे हुए-से चलते हैं। कोई अनजानी ताकत मेरी आत्मा को टुकड़ों-टुकड़ों में विभाजित कर देना चाहती थी, पर कर नहीं सकी। एक बार मैं फिर बाहर गलियारे में सो रहे उन दोनों आदमियों को देखने गया और एक बार फिर मैंने सोने की कोशिश की थी; लेकिन मेरा वह डर ठीक वैसा-का-वैसा ही बना हुआ था। कोई ऐसी चीज भीतर-ही-भीतर मुझे काट रही थी, पर वह खुद खत्म नहीं हो पा रही थी। यह एक पीड़ादायक अनुभूति थी। एक खास तरह की घृणा ने मुझे करुणा भरी अनुभूति से दूर कर रखा था। मेरी अपने खुद के और उस चीज के खिलाफ, जिसने मुझे बनाया तथा एक उबाऊ और हमेशा बनी रहनेवाली घिन बनी हुई थी। मुझे किसने बनाया था? क्या ईश्वर ने बनाया था? हम कहते हैं, ईश्वर ने 'क्या होगा, यदि मैं प्रार्थना की कोशिश करता हूँ?' मैंने अचानक सोचा, मैंने पिछले 20 सालों से प्रार्थना नहीं की है और मेरी कोई धार्मिक भावना भी नहीं है, हालाँकि परंपरा के लिहाज से मैंने व्रत भी रखे हैं और हर साल चर्च के धार्मिक उत्सवों में भी भाग लिया है। मैंने अब प्रार्थना करना शुरू कर दिया, "हे परमेश्वर! मुझे माफ कर दो। हे परमपिता और माता!…" मैंने नई प्रार्थनाओं की रचना शुरू कर दी थी और खुद पर क्रॉस बनाते हुए एवं जमीन पर झुकते हुए मैंने अपने चारों तरफ देखा, क्योंकि मेरे भक्तिभाव के व्यवहार में शायद भय मौजूद था। ये प्रार्थनाएँ शायद मेरे पहलेवाले भय के विचारों को किसी दूसरी तरफ ले जा रही थीं, मगर जिसने पैदा किया था, उसके द्वारा देखा जाना उससे बड़ा डर था। मैं दोबारा बिस्तर पर लेट गया, लेकिन जैसे ही मैंने अपनी आँखें बंद कीं, ठीक उन्हीं डरवाले विचारों की वजह से मैं फिर से उठकर बैठ गया। मैं अब उन्हें और अधिक बरदाश्त नहीं कर पा रहा था। मैंने होटल के नौकर को बुलाया और सरगिस को उसकी नींद से जगा दिया।

मैंने उसे घोड़े और बग्घी तैयार करने के लिए कहा और हमने जल्दी ही चलना शुरू कर दिया। खुली हवा और इस यात्रा में मैं अब स्वयं को बेहतर महसूस कर रहा था। मुझे लग रहा था कि मेरी आत्मा में कुछ नयापन-सा आया है और मैंने अब तक का जो जीवन जिया है, उसमें उसने जहर घोल दिया है।

हम शाम तक अपनी मंजिल तक पहुँच चुके थे। सारे दिन मैं अपनी हताशा से लड़ता रहा और अंत में मैंने इसपर विजय हासिल कर ली थी, मगर मेरे मन के भीतर कहीं गहरे में एक डर समाया हुआ था। ऐसा लग रहा था कि मेरे साथ कुछ दुर्भाग्य घटित हुआ था, हालाँकि मैं उसे थोड़ी देर के लिए भूल जाता था, पर वह मेरे मन में कहीं भीतर तक जमा हुआ था और मैं पूरी तरह से उसके वश में था।

उस जागीर के बूढ़े मैनेजर ने हमारे साथ मित्रवत् व्यवहार किया, हालाँकि इसमें बहुत खुशी नहीं थी। उसे इस बात का दुःख था कि यह जागीर बेची जा रही थी। मोटे-मोटे गद्दे पर फर्नीचरवाले साफ-सुथरे छोटे-छोटे कमरे, चमकदार चायवाली टेबल, सुंदर बड़े कप और चाय के साथ दिया गया शहद—यह सब देखने में बहुत ही अच्छा लग रहा था। मैंने बिना किसी रुचि के उस जागीर के बारे में पूछना शुरू कर दिया था, जैसे कि मैं काफी पहले पढ़े पाठ को दोहरा रहा था और जिसे मैं अब करीब-करीब भूल भी चुका हूँ। यह सबकुछ मेरे लिए बहुत ही अरुचिकर था, पर उस रात मैं बिना किसी पीड़ादायक अनुभूति के ही सोने चला गया था। मैंने सोचा, ऐसा शायद सोने जाने के पहले मेरे द्वारा की गई उस प्रार्थना की वजह से ही हुआ था।

उस घटना के बाद मैं अपनी रोजमर्रा की जिंदगी में वापस आ गया, लेकिन उस भय की मुझमें दुबारा आने की आशंका लगातार बनी रही। मैं बिना किसी आराम के ही अपनी रोजाना की जिंदगी जीता रहा, यहाँ तक कि मैंने अपने विचारों को भी तरजीह नहीं दी। यह सबकुछ वैसे ही चलता रहा जैसे कि एक स्कूल जानेवाला बच्चा अपने पाठ को बिना अपने दिल में उतारे सिर्फ आदत के वशीभूत होकर याद करता रहता है और अरजमान में मुझे जिस हताशा व भय की अनुभूति हुई थी, उससे बचने का केवल यही एक रास्ता था।

मैं अपनी यात्रा समाप्त करके वापस अपने घर आ चुका था और धन कम होने की वजह से मैंने वह जागीर भी नहीं खरीदी थी। सिवाय मेरी प्रार्थना और चर्च जाने के मेरा जीवन घर पर पहले की ही तरह था। लेकिन अब, जब मैं उन दिनों को याद करता हूँ, तब देखता हूँ कि मैंने अपने जीवन को पहले की ही तरह बन जाने की कल्पना की है। वास्तविकता यह थी कि मैंने जो कुछ भी पहले शुरू

किया था, उसे अब भी जारी रखा था और बिना किसी परिवर्तन के मैं उसे उसी गति से भगाए जा रहा था। यहाँ तक कि उन चीजों में भी, जिन्हें मैंने अपने हाथ में लिया था, मेरी रुचि खत्म हो चुकी थी, मैं हर चीज में थक चुका था और अब धार्मिक भी होता जा रहा था। मेरी पत्नी ने इसपर ध्यान भी दिया था और वह अकसर मुझ पर नाराज भी होती थी। जब तक मैं घर पर था, मुझ पर अवसाद का कोई भी नया दौरा नहीं पड़ा; लेकिन एक दिन मुझे अचानक मास्को जाना पड़ा, जहाँ मेरा एक पुराना मुकदमा था। रास्ते में ट्रेन में मेरी खारकोव (यूक्रेन का एक शहर) के एक जमींदार के साथ बातचीत शुरू हो गई। हम जागीरों के प्रबंधन, बैंकों के कार्य, मास्को के होटलों और थिएटर के बारे में बातें करते रहे। हम दोनों ने मैसनिजकिया स्ट्रीट के मास्को कोर्ट में ही रुकने का और शाम को थिएटर में 'फास्ट' देखने का तय किया।

जब हम वहाँ पहुँचे, तब मुझे एक छोटा कमरा दिखाया गया। मेरे नथनों में अभी भी वहाँ के गलियारे की महक घुस रही थी। वहाँ का कुली मेरा सामान ले आया और नौकरानी ने वहीं मोमबत्ती जला दी। मोमबत्ती लपलपाने के बजाय तेज चमकदार ढंग से जल रही थी। मेरे ठीक बगलवाले कमरे में मुझे सुनाई दिया कि कोई खाँस रहा था। शायद वह कोई बूढ़ा आदमी होगा। वह नौकरानी बाहर चली गई और कुली ने मुझसे पूछा कि क्या मैं उसे अपना बैग खुलवाना चाहता था? इस बीच मोमबत्ती की लपट तेज हो गई और उसकी रोशनी नीले वॉल पेपर पर, पीली पट्टियों के रूप में बँटवारे की दीवार पर, छोटे से सोफे पर, खिड़की पर और दीवार पर लटकते शीशे पर भी पड़ रही थी। मैंने देखा कि वह छोटा सा कमरा किसकी तरह था कि तभी मुझे अरजमास वाली रात का डर याद आ गया।

मैंने सोचा, 'हे ईश्वर! क्या मुझे यहाँ रात भर रुकना पड़ेगा? मैं कैसे रुक सकूँगा?' मैंने कुली से कहा, "क्या तुम मेरा बैग खोल दोगे?" मैं उस कुली को थोड़ी देर तक कमरे में ही रोकना चाहता था। मैं बुदबुदाया, "अब मुझे जल्दी से तैयार होकर थिएटर चले जाना चाहिए।"

जैसे ही कुली ने मेरा बैग खोला, मैंने उससे कहा, "कमरा नं. 8 में जो सज्जन ठहरे हैं, उनसे कह दो कि मैं तैयार हो रहा हूँ और वे मेरा इंतजार कर लें।"

कुली चला गया और मैं जल्दी-जल्दी तैयार होने लगा। मैं उस दीवार की तरफ देखने में डर रहा था। मैंने खुद से कहा, 'यह क्या बेवकूफी है? मैं एक बच्चे की तरह क्यों डर रहा हूँ?' मैं भूतों से भी नहीं डरता हूँ; मगर मैं जिससे डरता था, वह भूतों से डरना नहीं था। 'पर यह है क्या? बिलकुल कुछ नहीं। मैं केवल खुद

से डरा हुआ हूँ⋯ बकवास!'

मैंने अपनी ठंडी व खुरदरी कमीज पहनी। उसमें चमकदार बटन लगाए और ईवनिंग सूट व नए जूते पहनकर खारकोव के जमींदार को बुलाने पहुँच गया। वह पहले से ही तैयार था। हम थिएटर के लिए चल पड़े और रास्ते में थोड़ी देर के लिए रुके, जहाँ उसे अपने बाल घुँघराले कराने थे और मैं एक फ्रांसीसी हेयर ड्रेसर के पास अपने बाल कटवाने गया। वहीं मैंने एक फ्रांसीसी महिला से बातें कीं तथा एक जोड़ा दस्ताना भी खरीदा। सबकुछ ठीक-ठाक चल रहा था। मैं होटल के उस कमरे और उस दीवार के बारे में पूरी तरह से भूल चुका था। मैंने 'फाउस्ट' नाटक का पूरा आनंद उठाया और जब वह खत्म हो गया, तब मेरे साथी ने कहा कि हमें कुछ खा लेना चाहिए। इस समय खाना मेरी आदत के खिलाफ था, पर तभी मुझे अपने कमरे की वह दीवार याद आ गई और मैंने उसकी बात मान ली।

हम घर वापस एक बजे के बाद ही लौटे थे। मैं दो गिलास वाइन पी चुका था, जो कि मेरे लिए कुछ अजीब सा था, फिर भी मैं आराम महसूस कर रहा था। जब हम अपने होटल के गलियारे में घुसे, वहाँ एक छोटा सा लैंप जल रहा था। जैसे ही उस होटल की खास महक मुझे लगी, मेरी रीढ़ की हड्डी में डर के मारे एक सिहरन दौड़ गई; पर वहाँ कुछ भी नहीं किया जा सकता था। मैंने अपने नए दोस्त से हाथ मिलाया और अपने कमरे में घुस गया।

आज की रात बहुत ही भयावह थी। यह अरजमास की उस रात से भी बुरी थी। यह रात सुबह होने तक वैसी ही रही और बगलवाले कमरे में वह बूढ़ा बार-बार खाँसता रहा और मैं कभी बिस्तर पर तो कभी सोफे पर कई बार उठता, बैठता और सोता रहा। मैंने सारी रात बहुत ही तकलीफ से काटी। एक बार फिर मेरा शरीर और मेरी आत्मा मेरे भीतर अलग-अलग दो हिस्सों में बँटी जा रही थी। उन्हीं पुराने विचारों ने मुझे फिर से घेर लिया था—'मैं जी रहा हूँ, मैं अब तक जी चुका हूँ, मुझे जीने का अधिकार है; मगर मेरे चारों तरफ मौत और विनाश है, तब क्यों जिया जाए? मर क्यों न जाया जाए? नहीं, मैं ऐसा नहीं कर सकता हूँ। मैं डरता हूँ। मौत जब भी आएगी, तब तक इसका इंतजार करना बेकार है क्या? नहीं, वह तो और भी बुरा है; और मैं उससे भी डरा हुआ हूँ। तब मुझे जीना चाहिए, पर किसलिए? क्या मर जाने के लिए? मैं इस चक्र से बाहर नहीं निकल पा रहा हूँ।' मैंने एक किताब उठाई और पढ़ना शुरू कर दिया। कुछ पलों के लिए इसने मुझे मेरे विचारों को भूलने में सहायता की, पर फिर वही सवाल और वही पुराने डर दुबारा वापस आ गए। मैं बिस्तर पर लेट गया और मैंने अपनी आँखें बंद कर लीं।

इससे मेरा डर और भी अधिक बढ़ गया। ये चीजें जैसी हैं, इन्हें ईश्वर ने ही बनाया है। पर क्यों? वे कहते हैं, ''पूछो मत, प्रार्थना करो।'' ठीक है, मैंने प्रार्थना भी की; मैं अब भी ठीक वैसे ही प्रार्थना कर रहा था जैसे मैंने अरजमास में की थी। उस समय मैंने एक बच्चे की तरह प्रार्थना की थी। अब मेरी प्रार्थनाओं का एक खास मतलब है—''यदि तुम्हारा अस्तित्व है, तब तुम मुझे अपने अस्तित्व के बारे में बताओ। मुझे किसलिए बनाया गया है? मैं क्या हूँ?'' मैं जिन्हें जानता था, उन प्रार्थनाओं को बार-बार दोहरा रहा था और जमीन पर झुकता था। मैंने नई प्रार्थनाएँ भी बनाईं और हर बार मैं कह रहा था, 'अपना अस्तित्व मुझे बताओ।' मैं अब शांत हो गया और जवाब का इंतजार करने लगा, पर कोई जवाब नहीं आया। ऐसा मालूम पड़ा, वहाँ जवाब देने के लिए कोई नहीं था। मैं बिलकुल अकेला था और मैं ही अपने सवालों के जवाब उसकी तरफ से दे रहा था, जैसे कि वह तो जवाब देगा नहीं। ''मुझे किसलिए बनाया गया है?'' मैंने जवाब दिया, ''भविष्य के जीवन में जीने के लिए।''

''तब इतनी अनिश्चितता और पीड़ा क्यों है? मुझे भविष्य के जीवन में यकीन नहीं है। जब मैंने पूछा था, तब मुझे विश्वास था, पर मेरी पूरी आत्मा के साथ मुझे विश्वास नहीं है। अब मैं विश्वास कर भी नहीं सकता हूँ। यदि तुम्हारा अस्तित्व नहीं था, तुम मुझे या सभी लोगों को बता सकते थे; मगर तुम्हारा वजूद नहीं है और पीड़ा के अतिरिक्त कुछ भी सत्य नहीं है।'' लेकिन मैं यह स्वीकार नहीं कर सकता हूँ। मैंने इसकी खिलाफत की थी। मैंने उससे उसका अस्तित्व बताने के लिए कहा था। मैंने वह सब किया, जो प्रत्येक व्यक्ति करता है; पर उसने मुझे खुद के बारे में नहीं बताया।

''माँगो और वह तुम्हें दिया जाएगा।'' मैंने याद किया और व्याकुलता से कहना शुरू किया और ऐसा करने में मुझे कोई आराम नहीं मिला, बल्कि सिर्फ हताशा की समाप्ति ही थी। शायद मेरी तरफ से उससे गंभीर निवेदन नहीं था, बल्कि केवल उसको नकारना ही था। तुम उससे एक कदम पीछे हटते हो और वह तुमसे एक मील दूर हो जाता है। मुझे उसमें यकीन नहीं था, मगर फिर भी मैं उसमें प्रवेश कर रहा हूँ। लेकिन उसने मुझे अपने बारे में नहीं बताया। मैं अपना हिसाब-किताब उसके साथ मिला रहा था और उसे दोषी ठहरा रहा था। मुझे वाकई उस पर विश्वास नहीं था।

अगले दिन मैंने दिन भर में अपना सारा काम पूरा कर लेने की कोशिश की थी, ताकि मुझे होटल के उस कमरे में अगली रात न गुजारनी पड़े। हालाँकि मैंने अपना

पूरा काम अभी खत्म नहीं किया था, फिर भी उस रात मैंने वह होटल छोड़ दिया।

मास्को की वह रात मेरे जीवन में एक बहुत बड़ा परिवर्तन लाई थी और वह परिवर्तन अरजमास वाली रात से ही हो रहा था। अब मैं अपने कामकाजी मामलों में कम ध्यान दे रहा था और अपने चारों तरफ की दुनिया के प्रति अधिक उदासीन हो गया था। मेरा स्वास्थ्य भी गिर रहा था। मेरी पत्नी ने मुझसे डॉक्टर से मिलने के लिए कहा था। उसके खयाल से मेरा लगातार ईश्वर और धर्म के बारे में बात करना एक बीमार स्वास्थ्य का परिचायक था, जबकि मैं जानता था कि मैं सिर्फ ईश्वर और धर्म के अनसुलझे प्रश्नों की वजह से ही बीमार था।

मेरी यह कोशिश जारी थी कि मेरे ये सवाल मेरे दिमाग पर हावी न हो जाएँ और मैं अपनी उन पुरानी अपरिवर्तित स्थितियों के बीच रहते हुए उन निरंतर कार्यों से अपने समय को भरे हुए था। इतवार और त्योहारवाले दिनों में मैं चर्च गया; मैंने व्रत भी रखा, जैसा कि मैंने अपनी पेन्सा की यात्रा से पहले रखा था और मैंने प्रार्थना भी की थी। मुझे प्रार्थनाओं में कोई विश्वास नहीं था, पर किसी तरह से मैंने अपना माँग पत्र फाड़कर फेंकने के बजाय अपने पास ही रख लिया था और मैं उसके भुगतान के लिए हमेशा उसे पेश भी करता था, हालाँकि मुझे उसके भुगतान के न होने के बारे में पता था। मैंने उसे सिर्फ एक संभावना के लिए ही दिया था। मैंने अपनी व्यस्तता जागीर के प्रबंधन में नहीं लगा रखी थी, बल्कि मैं इन सभी कामों से ऊब चुका था, क्योंकि इसमें एक संघर्ष था; मगर मैं अखबारों, पत्रिकाओं, उपन्यासों को पढ़ता था और छोटे-छोटे दाँववाले ताश के खेल भी खेलता था। शिकार खेलना भी मेरी आदत में शामिल था और इसका शौक भी मेरी पूरी जिंदगी भर मेरे साथ रहा। एक बार जाड़े में मेरा एक पड़ोसी अपने कुत्ते के साथ भेड़ियों का शिकार करने के लिए मेरे पास आया। हमने अपनी मुलाकात वाली जगह पहुँचकर बर्फ पर चलनेवाले जूते पहने और शिकार के लिए तेजी से आगे बढ़े। इस शिकार पर हमें असफलता ही मिली, क्योंकि भेड़िए लकड़ी के ढेर के बीच से बच निकलने में कामयाब हो गए थे। काफी दूर से ही जब मुझे इस बात का अंदाज लग गया था, तब मैंने खरगोश के लिए जंगल का नया रास्ता पकड़ लिया था। इस रास्ते पर मैं काफी आगे तक बढ़ गया। मैंने खरगोश का पीछा किया, पर मेरे गोली चलाने के पहले ही वह गायब हो चुका था। मैं वापस आने के लिए मुड़ गया और अब मुझे बड़े-बड़े पेड़ोंवाले जंगल के बीच से होकर गुजरना था। वहाँ की बर्फ काफी मोटी थी और मेरे जूते उसमें धँसने लगे थे तथा पेड़ों की टहनियाँ मुझे फँसा ले रही थीं। जंगल घना से घना होता जा रहा था। मुझे आश्चर्य हो रहा था कि मैं

कहाँ आ गया था, क्योंकि बर्फ की वजह से मैं अपने पहचाने रास्ते से भटक गया था। अब मैं अपने घर वापस आकर उस शिकार पार्टी के पास कैसे पहुँच सकूँगा? मुझे कहीं से रास्ता नहीं सूझ रहा था। मैं बिलकुल थककर पसीने में नहा चुका था। यदि मैं रुकता, तब शायद ठंड से जमकर मर ही जाता और यदि मैं चलता हूँ, तब इसके लिए मेरी ताकत जवाब दे चुकी है। मैं जोर से चिल्लाया, पर मेरे चारों तरफ एक भयानक शांति थी और मेरी आवाज का कोई जवाब नहीं आया। मैं बिलकुल विपरीत दिशा की तरफ मुड़ा, जो कि फिर से गलत ही था और मैंने अपने चारों तरफ नजर दौड़ाई। चारों तरफ सिर्फ जंगल-ही-जंगल नजर आ रहा था। मुझे पूर्व और पश्चिम कुछ भी पता नहीं चल रहा था। मैं फिर वापस मुड़ा, मगर मैं मुश्किल से कुछ ही कदम चल सका था। मैं बहुत डरा हुआ था और वहीं रुक गया। अरजमास और मास्को में जिस डर का मुझे अनुभव हुआ था, उससे भी सौ गुने बड़े डर ने मुझे इस समय जकड़ रखा था। मेरा दिल धड़क रहा था और मेरे हाथ-पाँव काँप रहे थे। क्या मैं यहाँ मरने वाला हूँ?

मैं मरना नहीं चाहता था। मौत क्यों आए? मौत क्या है? मैं फिर से पूछने और ईश्वर की तरफ मुड़ने ही वाला था कि मैंने अचानक महसूस किया कि मुझे ऐसा नहीं करना चाहिए और मैं करूँगा भी नहीं। मुझे उसे पुकारने का कोई अधिकार नहीं है। उसने कहा था कि यह सब जरूरी था और यह सारी गलती सिर्फ मेरी थी। मैंने उससे क्षमा की याचना शुरू कर दी, क्योंकि मैं खुद से चिढ़ा हुआ था। हालाँकि, वह डर अब बहुत देर तक मुझ पर हावी नहीं था। मैं एक पल के लिए रुक गया। मैंने अपना साहस बटोरा और उस दिशा की तरफ बढ़ा, जो कि मुझे ठीक लग रही थी और अब मैं वाकई उस जंगल के बाहर निकल चुका था। जिस जगह मैं अपना रास्ता भटक गया था, वहाँ से बहुत दूर नहीं था। जैसे ही मैं मुख्य सड़क पर पहुँचा, मैंने देखा कि मेरे हाथ व पैर काँप रहे थे तथा मेरा दिल जोर से धड़क रहा था, मगर मेरी आत्मा खुशी से भरी हुई थी। मुझे जल्दी ही अपनी शिकार पार्टी मिल गई और हम सभी साथ-साथ घर वापस लौट आए। मैं बहुत खुश नहीं था, पर मैं जानता था कि मेरे अंदर एक खुशी थी, जिसका पता मुझे बाद में लगा और वह खुशी वास्तविक थी। मैं सीधा अपने पढ़ने के कमरे में चला गया, क्योंकि मैं अकेलापन और प्रार्थना करना तथा अपने पापों को याद करते हुए क्षमा माँगना चाहता था। वे पाप बहुत अधिक नहीं थे, पर वे जितने भी थे, मुझे उनसे घृणा थी।

मैंने अब धर्मग्रंथों को पढ़ना शुरू कर दिया। 'ओल्ड टेस्टामेंट' मुझे समझ में

नहीं आ रहा था, पर वह बहुत ही मोहक था और नए वाले में एक विनम्रता थी। संतों की जीवनी पढ़ना मुझे बहुत ही अच्छा लगता था। वे मुझे दिलासा दिलाती थीं और उनके उदाहरणों का अनुसरण मेरे लिए अधिक संभव लगता था। इस समय तक मेरी अपने प्रबंधकीय एवं पारिवारिक मामलों में रुचि काफी कम हो चुकी थी। इन चीजों से मुझे विरक्ति हो चुकी थी। मेरी नजर में यह सब गलत था। मैं यह महसूस नहीं कर पा रहा था कि यह सब गलत क्यों था; मगर मुझे लगता था कि वे चीजें, जिन्हें मेरे जीवन ने अपने में समाहित कर रखा था, वे मेरे लिए अब मूल्यहीन थीं।

इसका पता मुझे दुबारा तब लगा, जब मैं एक जागीर खरीदने गया, जो कि मेरे पड़ोस में ही बहुत लाभदायक शर्तों पर ही बिकने वाली थी। मैं उसे देखने भी गया। हर चीज बहुत ही संतोषजनक थी और सबसे बड़ी बात यह थी कि उस जागीर के किसानों के पास अपनी सब्जी के बगीचों के अलावा और कोई जमीन नहीं थी। मैं तुरंत ही समझ लिया था कि जमीन के मालिक के चरागाह को इस्तेमाल करने के बदले वे उसके लिए फसल पैदा करेंगे और इस संदर्भ में मुझे जो भी सूचना दी गई थी, उससे यह सिद्ध होता था कि मैं बिलकुल सही था। मैंने देखा कि यह सब कितना जरूरी था और मैं खुश भी बहुत था। यह सबकुछ मेरी सोचने की पुरानी आदत के अनुसार ही हुआ था; किंतु घर वापस लौटते समय मेरी मुलाकात एक बूढ़ी महिला से हुई, जिसने मुझसे अपना रास्ता पूछा था। मैंने उसके साथ बातें शुरू कर दीं और बातचीत के दौरान ही उसने मुझे अपनी गरीबी के बारे में बताया। घर वापस लौटकर मैंने अपनी पत्नी को उस जागीर के फायदे के बारे में बताया कि तभी मुझे अपने आप पर शर्म और चिढ़ महसूस हुई। मैंने कहा कि मैं उस जागीर को नहीं खरीदूँगा, क्योंकि उसका लाभ किसानों की तकलीफों पर आधारित है। मैं उस पल कह रहे अपने उस सच पर भौंचक्का था। किसानों की सच्चाई यह थी कि वे भी हमारी ही तरह रहना चाहते थे और जैसा 'बाइबिल' भी यही कहती है कि परम पिता की संतानें, हमारे भाई सभी हमारे बराबर हैं। लेकिन तभी अचानक मेरे भीतर जो बहुत दिनों से मुझे सता रहा था, वह कमजोर पड़ने लगा और खत्म भी होने लगा तथा इसके बदले कुछ नया जन्म लेने लगा।

मेरी पत्नी मुझसे नाराज हो गई और मुझे गालियाँ देने लगी, मगर मैं खुश था। यह मेरे पागलपन की पहली निशानी थी और मेरा पूरा पागलपन एक महीने में पूरी तरह से अपने आप ही नजर आने लगा था।

मैंने चर्च जाना शुरू कर दिया था। मैं लोगों की बातें बहुत ध्यानपूर्वक और

विश्वास भरे हृदय के साथ सुनता था। तभी मुझे प्रसाद दिया गया और इसके बाद तो हर आदमी आगे बढ़कर अगल-बगल से एक-दूसरे को धकेलता हुआ क्रॉस को चूमने लगता था। जैसे ही मैं चर्च छोड़कर चलने लगता, सीढ़ियों पर भिखारी खड़े रहते थे। मुझे ऐसा लगता कि ऐसा नहीं होना चाहिए था, पर वास्तव में ऐसा था भी नहीं; मगर यदि ऐसा नहीं है तो मौत नहीं है और सिर्फ डर है और तब मेरे भीतर कोई चीज मुझे टुकड़ों-टुकड़ों में बाँटती नहीं है। अब चाहे जो भी परेशानी आए, मैं किसी भी चीज से डरता नहीं हूँ।

उसी समय सत्य की तेज रोशनी मेरे अंदर जल उठती है और अब, जो कि मैं हूँ, वही बन जाता हूँ। यदि यह सारा डर मेरे सामने उपस्थित नहीं होता है, तब यह वाकई मेरे भीतर नहीं हो सकता था। मैंने उसी जगह अपना सारा पैसा पोर्च में खड़े भिखारियों में बाँट दिया और अपनी बग्घी में आने के बजाय पैदल ही किसानों के साथ बातें करता चला आया।

□

10

आग की अनदेखी से आग नहीं बुझती

पीटर उसके पास आया और बोला, ‘‘परमेश्वर, मैं अपने भाई के अपने खिलाफ किए गए अपराधों को कब तक माफ करूँगा? क्या सात बार माफ करूँ?’’

जीसस ने उससे कहा, ‘‘मैंने तुम्हें केवल सात बार के लिए नहीं कहा है, बल्कि सात का सत्तर गुना बार माफ करने के लिए कहा है।’’

इसीलिए ‘स्वर्ग के राजा’ का संबंध उस खास राजा से है, जो कि अपने दासों के कर्मों का लेखा-जोखा देखता है। जब वह इसे देखने लगा, तब एक व्यक्ति उसके सामने लाया गया, जिस पर 20 किलोग्राम चाँदी का कर्ज था।

जब उसके पास कर्ज चुकाने को कुछ भी न था, तब उसके स्वामी ने कहा, ‘‘यह और इसकी पत्नी, इसके बाल-बच्चे और जो कुछ इसके पास है, सब बेच दिया जाए और कर्ज चुका दिया जाए।’’

इसपर उस दास ने जमीन पर गिरकर उससे प्रार्थना की और कहा, ‘‘हे मालिक! थोड़ा धीरज रखिए, मैं सारा कर्ज चुका दूँगा।’’

तब उस दास के मालिक ने तरस खाकर उसे छोड़ दिया और उसका कर्ज भी माफ कर दिया। परंतु जब वह वहाँ से बाहर निकला, तब उसका एक साथी दास उससे मिला, जो कि उसके 100 पेंस का ही कर्जदार था। उसने उसके गले से उसे पकड़ा और कहा, ‘‘मेरा कर्ज चुका दो।’’

इसपर उसका साथी दास उसके पैरों पर गिरकर गिड़गिड़ाने लगा और बोला, ‘‘धीरज रखो, मैं सारा कर्ज चुका दूँगा।’’ पर वह न माना और उसने अपने

साथी दास को जेल में डाल दिया और कहा कि जब तक वह पूरा कर्ज न चुका दे, वह वहीं रहे।

जब उसके दूसरे साथियों ने यह देखा, तब वे बहुत दुःखी हुए और अपने मालिक से पूरा हाल कह सुनाया। तब उसके मालिक ने उसको बुलाकर उससे कहा, ''हे दुष्ट दास! तूने जब मुझसे विनती की तो मैंने तेरा पूरा कर्ज माफ कर दिया था। इसलिए जैसे मैंने तुझ पर दया की थी, वैसे ही क्या तुझे भी अपने साथी दास पर दया नहीं करनी चाहिए थी? इसके बाद उसके मालिक ने गुस्से में आकर उसे दंड देने वालों के हाथों में सौंप दिया कि जब तक वह सारा कर्ज न चुका दे, तब तक उनके हाथों में ही रहे।

इस प्रकार यदि तुममें से हर एक अपने भाई को मन से माफ नहीं करेगा, तब परम पिता, जो कि स्वर्ग में है, वह तुम्हारे साथ भी वैसा ही करेगा।

—मत्ति, XVIII 21.35

ईवान खेरबकोफ एक किसान था और वह एक गाँव में रहता था। उसका जीवन आराम से गुजर रहा था। उसका स्वास्थ्य अच्छा था और वह अपने गाँव का सबसे बेहतर काम करनेवाला आदमी था। ईवान के तीन लड़के थे। एक की शादी हो चुकी थी और दूसरे की होने वाली थी और तीसरा तो अभी बच्चा ही था। उसने हाल ही में घोड़ों को सँभालना और खेती करना शुरू ही किया था। ईवान की बूढ़ी पत्नी एक चतुर औरत थी और वह अपना घर बहुत ही अच्छे ढंग से सँभालती थी। उसकी बहू बहुत शांतिप्रिय और मेहनती थी। ईवान अपने पूरे परिवार के साथ ही रहता था। उसके घर में केवल एक ही व्यक्ति था, जो कुछ नहीं करता था। वह था उसका पिता, जो कि पिछले छह सालों से दमे का मरीज था और बिस्तर पर ही पड़ा रहता था। ईवान के पास हर चीज बहुतायत में थी। उसके पास तीन घोड़े और एक घोड़े का बच्चा, एक गाय व एक बछड़ा तथा पंद्रह भेड़ें थीं। वहाँ की औरतें अपने पतियों के कपड़े खुद ही सिलती थीं और खेतों में भी काम करती थीं तथा कृषि मजदूर बिलकुल किसानों की तरह ही काम करते थे। पुराने अनाज नए अनाज के आने तक सँभालकर रखे जाते थे। वे अपने सारे करों का भुगतान करते थे और अपनी जरूरतें अपनी जौ की पैदावार से ही पूरी कर लेते थे। ईवान के सभी बच्चे उसके साथ ही रहते थे।

ईवान के पड़ोस में ही गैब्रिलो नाम का एक व्यक्ति रहता था और थोड़ा

लँगड़ा कर चलता था। उसके पिता का नाम गोर्डी इवानाफ था। ईवान और गैब्रिलो के बीच एक पुराना झगड़ा था। जब तक गोर्डी जिंदा था और ईवान का पिता एक मैनेजर था, तब तक वे खेत मजदूर अनुकरणीय पड़ोसी की तरह रहते थे। यदि उनकी औरतों को किसी टब की जरूरत होती या किसानों को अनाज के लिए कपड़ा या नए पहिए की जरूरत पड़ती, तब वे उसे एक खेत से दूसरे खेत में भेज देते थे। वे आपस में एक-दूसरे की एक अच्छे पड़ोसी की तरह सहायता करते थे।

यदि खलिहान में कभी बछड़ा घुस जाता, तब वे उसे बाहर भगा देते और केवल इतना ही कहते थे, ''देखो, इसे दुबारा इधर मत आने देना। हमने अपना अनाज अभी यहाँ से हटाया नहीं है।'' लेकिन चीजों को छुपाना, उन्हें तालों में रखना या आपस में झगड़ना— इस तरह की चीजें कभी नहीं होती थीं।

जब तक वे बुजुर्ग जीवित थे, उनका जीवन इसी तरह चलता रहा; पर जब से नई पीढ़ी ने बागडोर अपने हाथों में सँभाली थी, एक नए तरह का जीवन शुरू हो चुका था। सारी परेशानी एक छोटी सी चीज से उठ खड़ी हुई थी। ईवान की बहू की एक छोटी सी मुरगी ने अंडे दिए थे। वह औरत ईस्टर के लिए अंडे इकट्ठे कर रही थी। हर दिन वह अंडों के लिए शेड में जाकर मुरगी के बक्से के पीछे खड़ी हो जाती थी। पर ऐसा लगता था, मुरगियाँ बच्चों से डरकर पड़ोसी के आँगन में उड़कर पहुँच जाती थीं और वहीं अंडे भी दे देती थीं। उस युवा औरत ने मुरगियों के कुड़कुड़ाने की आवाज सुनी और सोचा, मेरे पास अभी समय नहीं है और मुझे छुट्टियों से पहले किसान की झोंपड़ी की सफाई भी करनी है। मैं जाऊँगी और यह काम बाद में कर दूँगी। शाम को वह शेड में गई और मुरगियों के बक्से के पास पहुँची; पर वहाँ एक भी अंडा नहीं था। औरत ने अपनी सास और बहनोई दोनों से पूछा कि क्या उन्होंने जौ तो नहीं लिया था?

उन लोगों ने जवाब दिया, ''नहीं, हमने नहीं रखा है।''

मगर उसके छोटे बहनोई तारास्का ने कहा, ''तुम्हारा छोटा चूजा पड़ोसी के आँगन में है और तुम्हारी मुरगी वहीं अंडे देकर उड़कर इधर चली आई है।''

उस औरत ने अपने चूज़े को देखा। वह दड़बे के पास मुरगी के बगल में बैठा था। उसकी आँखें अधमुँदी थीं और वह सोने जा रहा था। औरत ने मुरगी से पूछा कि वह अंडे कहाँ दे रही थी? मुरगी इसका क्या जवाब दे पाती। वह औरत सीधे अपने पड़ोसी के यहाँ पहुँची।

दरवाजे पर एक बूढ़ी औरत मिली और बोली, ''क्या चाहती हो तुम?''

उसने कहा, ''दादी, मेरा छोटा चूजा तुम्हारे आँगन में आ गया है। कहीं ऐसा

न हो, मेरी मुरगी ने यहाँ अंडे दे दिए हों।''

''हमने यहाँ अंडे नहीं देखे हैं। हमारी अपनी ही मुरगियाँ यहाँ काफी समय से अंडे दे रही हैं। हम अपने अंडे ही इकट्ठा करते रहते हैं। हमें दूसरों के अंडे लेने की जरूरत नहीं है। मेरी बच्ची, हम अपरिचितों के आँगन में अंडे इकट्ठा करने नहीं जाते हैं।''

इसमें उस औरत को बेइज्जती महसूस हुई और उसने वह सब कहा, जो उसे नहीं कहना चाहिए था। उसके पड़ोसी ने भी उसी तरह से जवाब दिया और अब औरतों ने भी एक-दूसरे को भला-बुरा कहना शुरू कर दिया। ईवानाफ की पत्नी भी वहीं आ गई और उसने भी बोलना शुरू कर दिया। उधर गैब्रिलो की पत्नी भी दौड़कर कमरे से बाहर चली आई और अपने पड़ोसी को ही दोष देने लगी। उसे वह सब कहने लगी, जो हुआ था और साथ में वह भी जोड़ दिया, जो कि कभी हुआ ही नहीं था। इस तरह उनमें एक न थमनेवाला झगड़ा शुरू हो गया।

सभी एक साथ चिल्लाते और एक ही बार में दो-दो शब्दों को बोलने की कोशिश करते थे। उनके सभी शब्द बुरे होते थे, जैसे—''तुम चोर हो, तुम वेश्या हो, तुम अपने ससुर को भूखा रखती हो, तुम जंगली हो, तुम लोग भिखारी हो, तुमने मेरे तेल निकालने वाले पाइप में छेद कर दिया है और मेरी बालटी चुराई है। मुझे वह बालटी वापस चाहिए।'' उन दोनों ने वह बालटी अपने हाथों में पकड़ ली और उसका पानी फेंक दिया। वे आपस में लड़ने लगीं और एक-दूसरे के कपड़े फाड़ दिए।

इसी बीच गैब्रिलो भी खेतों से लौटा और उसने भी अपनी औरत की तरफदारी शुरू कर दी। तभी ईवान और उसका लड़का दोनों भागकर वहाँ पहुँचे और गैब्रिलो पर पिल पड़े। ईवान काफी तगड़ा था और उसने सभी को अलग-अलग दिशाओं में ढकेल दिया। ईवान के हाथों में गैब्रिलो की दाढ़ी के बाल नुचकर आ गए थे। वहाँ एक भीड़ इकट्ठा हो चुकी थी और उन लोगों को अलग करना मुश्किल था।

यह इस झगड़े की शुरुआत थी। गैब्रिलो ने अपनी नुची हुई दाढ़ी के बाल कागज में लपेटे और जिला कचहरी में दावा करने चल दिया। वह बोला, ''मैंने इन्हें इसलिए नहीं उगाया था कि वह सुअर का बच्चा बंका इन्हें उखाड़ ले।''

उधर उसकी पत्नी अपने पड़ोसियों से कहती फिर रही थी कि वे अब ईवान को बरबाद कर देंगे और साइबेरिया भेज देंगे। इसी तरह उनके बीच यह झगड़ा चलता रहा।

इस झगड़े के पहले दिन से ही वह बुजुर्ग, जो कि बिस्तर पर ही लेटा रहता था, उसने उन लोगों को शांत करने की कोशिश की थी; पर उन जवान लोगों ने उसकी बात नहीं सुनी। उसने उन लोगों से कहा, ''बच्चो! तुम बेवकूफी का काम कर रहे हो और तुम्हारी बेवकूफी से ही यह झगड़ा शुरू भी हुआ है। जरा सोचो, इस सारी परेशानी का कारण सिर्फ एक अंडा है। मान लो, वह छोटा सा अंडा बच्चों ने ही उठा लिया हो, तब भी उन्हें ले लेने दो। एक अंडा कोई बहुत कीमती नहीं होता है। ईश्वर ने हमें बहुत कुछ दिया है। मान लो, उस औरत ने एक बुरा शब्द कह दिया था, तब तुम्हें उसे सही कर देना चाहिए था और तुम्हें उसे कुछ बेहतर चीजें कहना सिखाना चाहिए था। मगर तुम सभी ने लड़ाई की, इसमें हम सब अपराधी हैं। अब जाओ और इस झगड़े को खत्म कर दो, सब-कुछ भुला दो। लेकिन यदि तुम दुष्टतापूर्ण व्यवहार करोगे तब तुम्हारी स्थिति बुरी से और बुरी होती चली जाएगी।''

ईवान भी अदालत पहुँचा, जहाँ उसका मुकदमा मजिस्ट्रेट के सामने पेश हुआ। चूँकि अब वे कानूनी लड़ाई लड़ रहे थे और उधर गैब्रिलो की बग्घी का एक धुरा गायब था, जिसके लिए गैब्रिलो की पत्नी ने ईवान के लड़के को ही उसे चुराने का दोषी ठहराया था। उसने कहा, ''हमने उसे जाते हुए अपनी खिड़की से देखा था।''

उसकी दादी बोली, ''तेलपेगा जाते समय वह पब में रुका था और उस धुरे को पब के मालिक को बेचने की कोशिश कर रहा था।''

इसके बाद एक दूसरा मुकदमा दायर हुआ और उन लोगों के घर हर दिन एक नया झगड़ा होता था। उनके छोटे-छोटे बच्चे अपने बड़ों को झगड़े के लिए और भी प्रेरित करते थे और वे खुद भी झगड़ते रहते थे। जब उनकी औरतें नदी पर मिलती थीं, तब वे अपनी जबान पर काबू नहीं रखती थीं और सभी एक-दूसरे को भली बातें नहीं कहती थीं।

शुरू-शुरू में खेत मजदूर एक-दूसरे पर आरोप ही लगाते थे, पर कुछ समय बीतने पर वे वाकई इधर-उधर पड़ी रहनेवाली चीजें चुरा लेते थे। उनकी औरतों और बच्चों ने भी अब यही सबकुछ सीख लिया था। उनका जीवन धीरे-धीरे बद से बदतर होता जा रहा था।

ईवान खेरबकोफ और उस लँगड़े गैब्रिलो ने जिला कचहरी में एक-दूसरे पर इतने मुकदमे दायर कर दिए कि सभी जज उनसे परेशान हो गए। गैब्रिलो चाहता था कि ईवान पर जुर्माना लगाया जाए और उसे जेल में डाल दिया जाए।

ठीक यही चीज ईवान भी गैब्रिलो के लिए चाहता था। वे एक-दूसरे का जितना भी नुकसान करते जाते थे, उनका गुस्सा एक-दूसरे पर बढ़ता ही जाता था। जब कुत्ते आपस में लड़ते हैं तब वे एक-दूसरे को जितना अधिक काटते हैं, वे उतना ही अधिक उसके लिए पागल होते जाते हैं। जब कोई व्यक्ति किसी कुत्ते को इसके लिए उत्तेजित करता रहता है, तब वह सोचता है कि सिर्फ दूसरा कुत्ता ही काट रहा है और वह गुस्से से पागल होता जाता है। ठीक यही स्थिति उन खेत मजदूरों के साथ भी होती जा रही थी। वे इस उम्मीद में एक-दूसरे पर मुकदमे करते जा रहे थे कि वे आपस में एक-दूसरे पर जुर्माना लगवा देंगे या उन्हें जेल भिजवा देंगे। इस तरह उनके दिलों में एक-दूसरे के लिए घृणा बढ़ती ही जा रही थी। उनका यह मामला छह सालों तक खिंचता चला गया; लेकिन वह बूढ़ा आदमी लगातार अपनी बात कहता रहा और उन लोगों को समझाने की कोशिश करता रहा—"बच्चो, यह तुम क्या कर रहे हो? यह सब छोड़ दो। अपने काम की अनदेखी मत करो और अपने मन में कटुता मत लाओ। यही तुम्हारे लिए बेहतर होगा। तुम जितना भी क्रोधित होगे, यह उतना ही बुरा होता जाएगा।"

उन लोगों ने उस बूढ़े आदमी की बातों पर बिलकुल भी ध्यान नहीं दिया। सातवें साल एक शादी के समारोह में ईवान की बहू ने लोगों के सामने गैब्रिलो की बेइज्जती कर दी। उसने कहा कि गैब्रिलो ने उसका घोड़ा चुराया था। गैब्रिलो नशे में था। वह अपने गुस्से पर काबू न रख सका और उसने उस औरत की पिटाई कर दी। गैब्रिलो ने उसे इतने जोर से मारा कि वह औरत तगड़ी होने के बावजूद एक हफ्ते तक बिस्तर पर पड़ी रही।

ईवान इस घटना पर बहुत खुश हुआ और वह वारंट लाने के लिए मजिस्ट्रेट के पास जा पहुँचा।

उसने सोचा, अब मैं अपने पड़ोसी से अपना हिसाब पूरा कर सकूँगा, अब यह जेल या साइबेरिया जाने से नहीं बच सकेगा।

पर इस बार भी ईवान अपना मुकदमा हार गया। मजिस्ट्रेट ने उसकी अरजी स्वीकार नहीं की और जब उस औरत की जाँच की गई, तब उसके शरीर पर चोट का कोई निशान भी नहीं था। ईवान अपने मुकदमे को लेकर बड़े जज के पास जिला अदालत पहुँचा और फिर वहाँ से उस रूसी समूह के पास गया, जो कि कानूनी परामर्श देते थे। उसने उनके सचिव के साथ दो-तीन गैलन शराब पी और इस तरह गैब्रिलो को कोड़ों की मार की सजा दिलवाने में कामयाब हो गया। सचिव ने सजा सुनाई—"अदालत तय करती है कि किसान गैब्रिलो को अदालत

के सामने बीस कोड़े लगाए जाएँ।''

ईवान ने भी इस सजा को सुना और गैब्रिलो पर इसका असर जानने के लिए उसकी तरफ देखा। गैब्रिलो ने उसे सुना और उसका चेहरा सफेद पड़ गया। वह वापस मुड़ा और अपराधियोंवाले कमरे की तरफ बढ़ गया। ईवान भी उसके पीछे गया और वहाँ उसने गैब्रिलो को कहते सुना, ''ठीक है, वह मेरी पीठ पर कोड़े मारेगा और मुझे उसकी जलन होगी, मगर ईवान के साथ इससे भी अधिक बुरा हो सकता है।''

ईवान ने जैसे ही इन शब्दों को सुना, वह तुरंत ही जजों की तरफ मुड़ा और बोला, ''श्रीमान, सुनिए। यह मेरे घर को जलाने की धमकी दे रहा है। इसने यह सब इन गवाहों की मौजूदगी में ही कहा है।''

गैब्रिलो फिर से बुलाया गया।

''क्या यह सच है कि तुमने ऐसा कहा है?''

''मैंने कुछ भी नहीं कहा है। चूँकि आपके पास अधिकार है, इसलिए आप मुझे कोड़े मारिए। ऐसा लगता है कि सही होने पर भी केवल मुझे ही तकलीफ सहनी है और उस आदमी को हर तरह का काम करने की इजाजत है।''

गैब्रिलो और भी बहुत कुछ कहना चाहता था, पर उसके होंठ और गाल काँप रहे थे। उसने अपना चेहरा दीवार की तरफ घुमा लिया था। हालाँकि जज भी गैब्रिलो की तरफ देखकर डर रहे थे। तभी एक बुजुर्ग जज ने कहा, ''इधर देखो भाइयो! बेहतर होगा कि तुम लोग फिर से दोस्त बन जाओ। गैब्रिलो, क्या तुमने उस औरत को मारकर सही काम किया था? यह तुम्हारा सौभाग्य ही था कि ईश्वर ने उसे बचा लिया, वरना तुम तो अपराध कर ही चुके थे। क्या यह सही था? ईवान से माफी माँग लो और वह तुम्हें माफ कर देगा। तब हम अपनी सजा भी बदल देंगे।''

जब उनके सचिव ने यह सुना तब वह बोला, ''ऐसा बिलकुल भी नहीं हो सकता, क्योंकि धारा 117 के अनुसार, अब कोई भी शांतिप्रद समझौता नहीं हो सकता है। जज ने सजा दे दी है और अब उसका पालन भी होना चाहिए।''

जज ने सचिव की बात पर ध्यान नहीं दिया और कहा, ''तुम्हारी जुबान में बहुत कुछ कहने के लिए खुजली होती रहती है। यहाँ केवल एक ही धारा है, मगर ईश्वर को याद रखो, उसने तुम्हें झगड़े निपटाने का आदेश दिया है।'' जज ने उन किसानों को दुबारा समझाने की कोशिश की, मगर उसकी कोशिश बेकार चली गई।

गैब्रिलो ने उसकी बात पर ध्यान नहीं दिया और बोला, ''मेरी उम्र करीब 50 साल हो चुकी है। मेरा एक शादीशुदा लड़का है और मैंने अपनी पूरी जिंदगी कभी मार नहीं खाई है; मगर इस सूअर के बच्चे की वजह से मैं कोड़ों से मारा गया और फिर भी मुझे उससे माफी माँगने के लिए कहा जा रहा है। ठीक है, अब वह मुझे देखेगा।''

गैब्रिलो की आवाज काँप रही थी और अब वह कुछ बोल नहीं पा रहा था। वह वापस मुड़ा और चल दिया। उसके घर से अदालत 10 कि.मी. दूर थी और जब ईवान घर पहुँचा, तब तक देर हो चुकी थी। औरतें मवेशियों को लाने पहले ही जा चुकी थीं। उसने अपना घोड़ा खोला और चीजें किनारे रखकर सीधा घर में घुस गया। घर में कोई नहीं था। बच्चे अभी तक खेतों से नहीं लौटे थे और सभी औरतें मवेशियों के पीछे गई थीं।

ईवान बेंच पर बैठ गया और चुपचाप कुछ सोचने लगा। उसे याद आ रहा था कि किस तरह से गैब्रिलो को सजा सुनाई गई थी और किस तरह से उसका चेहरा पीला पड़ गया था और उसने अपना चेहरा दीवार की तरफ कर लिया था तथा उसका मन कितना दु:खी था। ईवान ने कल्पना में खुद को उसकी जगह खड़ा किया और सोचने लगा कि उसी को कोड़ों की सजा मिलने वाली थी।

उसे गैब्रिलो पर दया आई ही थी कि तभी उसके बूढ़े पिता ने कमरे के भीतर से ही खाँसना शुरू कर दिया और इधर-उधर करवट बदलता हुआ पैर पटकने लगा, फिर बिस्तर से नीचे गिर पड़ा। वह बूढ़ा घिसटता हुआ आया और बेंच पर बैठ गया, पर उसके लिए बेंच पर बैठे रहना मुश्किल हो रहा था। उसकी खाँसी रुक नहीं रही थी। जैसे ही खाँसी का दौरा रुका, उसने अपनी कुहनी मेज पर टिकाई और कहा, ''क्या गैब्रिलो को सजा मिल गई?''

ईवान ने जवाब दिया, ''हाँ, बीस कोड़ों की सजा।''

उस बूढ़े ने अपना सिर हिलाया और कहा, ''ईवान, तुम गलत कर रहे हो। उसके साथ नहीं, बल्कि अपने साथ गलत कर रहे हो। मान लो, उन्होंने उसकी पीठ पर चाबुक मारे तो इसमें अच्छा क्या हुआ?''

ईवान ने कहा, ''अब गैब्रिलो दुबारा यह काम नहीं करेगा?''

बूढ़े ने पूछा, ''वह क्या काम दुबारा नहीं करेगा? क्या उसने तुमसे भी कुछ अधिक बुरा किया है?''

ईवान बोला, ''क्या तुम जानना चाहते हो कि उसने मेरे साथ क्या किया है? उसने उस औरत को लगभग मार ही डाला था और अब वह हमारे घर को

जलाने की धमकी दे रहा है। मैं उसे उस काम के लिए क्यों माफ करूँ?''

बूढ़े ने गहरी साँस भरी और कहा, ''यह सारी दुनिया तुम्हारे सामने है। यहाँ आओ और जाओ। चूँकि मैं कुछ सालों से बिस्तर पर पड़ा हूँ, इसलिए तुम सोचते हो कि तुम सबकुछ देख रहे हो और मैं कुछ नहीं देख सकता हूँ। मेरे बेटे, तुम कुछ भी नहीं देख पा रहे हो, क्योंकि गुस्से ने तुमको अंधा कर दिया है। दूसरों की गलतियाँ तुम्हारे सामने हैं, पर तुम्हारी अपनी गलतियाँ तुम्हारे पीछे हैं। तुम कहते हो कि उसने गलत किया है; पर यदि गलत करनेवाला वही एक आदमी होता तब इस दुनिया में कोई बुराई नहीं होती। क्या किसी एक आदमी की वजह से लोगों में बुराई पैदा होती है? झगड़े के लिए दो का होना जरूरी है। तुम उसके अपराध देख सकते हो, पर तुम अपने अपराध नहीं देख पाते हो। यदि केवल उसी ने गलत किया होता तब कोई झगड़ा नहीं होता। किसने उसकी दाढ़ी नोची थी? किसने उसका गट्ठर गिराया था? कौन उसे अदालतों में ले गया था? फिर भी तुम हर चीज के लिए उसे ही द्रोष दे रहे हो। तुम्हारा अपना जीवन बुरा है और यही गलत है। मैं इस तरह से नहीं रहता था, मेरे भाई! और मैंने भी तुमको यह सब नहीं सिखाया है। क्या इसी तरह से उस आदमी का पिता और मैं रहा करते थे। हम कैसे रहते थे? हम अच्छे पड़ोसियों की तरह रहते थे। यदि उसके पास आटा नहीं होता था, तब उसकी औरत मेरे पास आती और कहती थी, 'अंकल फ्राल, हमारा आटा खत्म हो गया है।' और मैं कहता, 'जाओ और तुम्हें जितनी भी जरूरत है वहाँ भंडार से ले लो।' जब उसके पास घोड़ों की रखवाली के लिए कोई नहीं होता था तब वह कहता, 'जाओ वन्या! उसके घोड़ों का खयाल रखना।' जब भी मुझे किसी चीज की कमी होती, तब मैं अंकल गोर्डी से कहता था कि मुझे फलाँ चीज चाहिए और वे कहते थे कि ले लो। हमारे बीच ऐसा ही चलता था। तुम लोगों के बीच भी ऐसा ही व्यवहार था, पर अब क्या हुआ? अभी एक सैनिक पेल्वना की लड़ाई के बारे में बता रहा था और तुम्हारी लड़ाई तो पेल्वना से भी बदतर है। क्या यही जिंदगी है? यह तो पाप है। तुम एक किसान हो। तुम एक घर के मालिक हो। तुम्हें इसका जवाब देना ही पड़ेगा। तुम अपनी औरतों और बच्चों को क्या सिखा रहे हो? तुम उन्हें कुत्तों की तरह लड़ना सिखा रहे हो। उस दिन वह गंदी नाकवाला बदमाश तारास्का अपनी आंटी एरीना को गाली दे रहा था और उसकी माँ उसका मजा ले रही थी। क्या यह सही है? तुम्हें इसका जवाब देना ही पड़ेगा। जरा अपनी आत्मा के बारे में सोचो। क्या सबकुछ ऐसे ही चलना चाहिए? तुम मुझे एक बात कहो, मैं तुम्हें दो बातें वापस करूँ तुम मुझे

एक तमाचा मारो, मैं तुम्हें दो तमाचे वापस मारूँ। नहीं भाई; जीसस इस धरती पर घूमते रहे और उन्होंने इन बातों के लिए हमें बेवकूफी नहीं सिखाई थी। यदि तुम्हें कोई एक बात कहता है तब तुम शांत रहो; उसकी अपनी अंतरात्मा ही उसे दोषी ठहराएगी। जीसस ने भी हमें यही सिखाया है। यदि कोई तुम्हारे एक गाल पर मारे, तब तुम उसकी तरफ अपना दूसरा गाल कर दो—'यदि मैं इसी लायक हूँ तो मुझे यहाँ मारो।'

उस आदमी की अंतरात्मा उसे ही कचोटेगी। वह अपने हथियार डाल देगा और तुम जो कहोगे, वह उसे सुनेगा। ईवान, तुम कुछ कहते क्यों नहीं? क्या मैं तुम्हें सच्चाई नहीं बता रहा हूँ?''

ईवान चुप था और सुन रहा था। उस बूढ़े को फिर से खाँसी का दौरा आया और बलगम निकलने के बाद उसने दुबारा कहा, ''क्या तुम्हें लगता है कि जीसस ने हमें जो कुछ सिखाया वह गलत है? वह हमारे भले के लिए था। अपने भौतिक जीवन के बारे में सोचो, क्या यह काम अच्छा था या बुरा? क्योंकि इससे तुम लोगों के बीच एक लड़ाई शुरू हो चुकी थी। जरा गिनती करो कि तुम इन मुकदमों में, इन यात्राओं में और इसके लिए खाने में कितना खर्च कर चुके हो। तुम्हारे अपने बच्चे एक युवा ईगल की तरह बढ़ रहे हैं। तुम्हें जिंदगी जीना, खुश रहना और आगे बढ़ना चाहिए; मगर यहाँ जो कुछ भी तुम्हारे पास है, उसे भी तुम खो रहे हो। पर यह सब क्यों? इसका कोई मतलब नहीं है। इन सबकी वजह तुम्हारा घमंड है। तुम्हें अपने बच्चों के साथ रहना, खेतों में काम करना और अपनी स्थिति ठीक करनी चाहिए; लेकिन शैतान ने तुम्हें वहाँ से हटाकर या तो जजों या नैतिकता-विहीन वकीलों के पास पहुँचा दिया है। अब तुम देर से उठते हो और ठीक समय पर बुआई भी नहीं करते हो, इसीलिए धरती माँ तुम्हें अपने फल भी नहीं देती है। इस साल जई क्यों नहीं पैदा हुई? तुमने उसे कब बोया था? जब तुम शहर से आए तो तुम्हें क्या मिला? तुम गले तक फँस चुके हो, बेवकूफ आदमी। अपने काम पर ध्यान दो, अपने लड़कों के साथ खेतों में और घर पर काम करो और यदि कोई तुम्हारा अपमान करे, तब उसे ईश्वर के नाम पर क्षमा कर दो। इससे तुम बहुत ही अच्छी स्थिति में रहोगे और तुम्हारा मन भी अच्छा रहेगा।''

ईवान ने कुछ भी नहीं कहा।

''इधर देखो, वन्या! मुझे सुनो। मैं एक बुजुर्ग आदमी हूँ। जाओ, घोड़ा तैयार करो और दुबारा अदालत जाकर अपने सारे मुकदमे वापस ले लो और सुबह गैब्रिलो के पास जाकर ईश्वर के नाम पर उससे क्षमा माँग लो। उसे अपने घर

आमंत्रित करो। कल छुट्टी का दिन है (शायद क्रिसमस की शाम है)। चाय बनाओ, उसके साथ पियो और अपने सारे पाप खत्म कर दो, ताकि वे दुबारा न आ सकें। यही काम तुम अपने घर की औरतों और बच्चों से भी करने के लिए कहना।''

ईवान ने एक गहरी साँस भरी और सोचने लगा, 'यह बुजुर्ग आदमी सही कह रहा है।' उसके दिल की कठोरता कम होने लगी, पर वह समझ नहीं पा रहा था कि शुरू कैसे करे और अब यह झगड़ा खत्म किस ढंग से करे।

उस बूढ़े आदमी ने जैसे ईवान के मन के विचार पढ़ लिये थे और उसने दुबारा कहा, ''आगे बढ़ो वन्या, इसे टालो मत। जैसे ही आग लगे, उसे तुरंत बुझा दो; क्योंकि जब वह तेजी से जलने लगेगी, तब उसे बुझाना मुश्किल होगा।''

बुजुर्ग ने अभी कुछ कहना शुरू ही किया था और अपनी बात खत्म भी नहीं कर पाया था कि तभी उनकी औरतें घर में घुसीं और उनकी बातें कौओं के काँव-काँव की तरह लगने लगी। उन लोगों तक यह खबर पहुँच चुकी थी कि गैब्रिलो को किस तरह से कोड़ों की सजा मिली थी और कैसे उसने उन लोगों के घर को जलाने की धमकी दी थी। उन लोगों ने सभी बातें सुन ली थीं और उसमें अपनी तरफ से भी मिलाकर वे गैब्रिलो की औरतों के साथ चरागाह में झगड़ा भी कर चुकी थीं। वे बताने लगीं कि किस ढंग से गैब्रिलो की बहू ने उन लोगों पर दावा करने की बात कही थी। ऐसा लगता था कि इस दावे में सिपाही गैब्रिलो का ही पक्ष लेंगे। वे इस मुकदमे को पूरी तरह से पलट देंगे और वह स्कूल मास्टर एक ऐसी अरजी लिखेगा कि जार खुद ही ईवान के खिलाफ हो जाएगा। उस अरजी में सभी चीजों यानी उस धुरे के बारे में, बगीचे और खेत के बारे में तथा यह भी लिखा होगा कि आधे से अधिक खेत उन्हें दिए जा चुके हैं। जैसे ही ईवान ने उनकी बातें सुनीं, उसके दिल में फिर से कठोरता आ गई और गैब्रिलो से झगड़ा खत्म करने की बात उसके मन से गायब हो गई।

एक किसान के पास बहुत से काम होते हैं, इसलिए उसने उन औरतों की बातों पर बहुत ध्यान नहीं दिया। वह झोंपड़ी से निकलकर सीधा खलिहान में पहुँच गया। अपना काम खत्म करके जब वह वहाँ से लौटा, तब तक सूरज ढल चुका था और उसके बेटे भी खेतों से काम करके वापस आ चुके थे। वे मक्का बोने की तैयारी कर रहे थे। ईवान उनसे मिला और उनसे उनके काम के बारे में पूछा और उनके औजार रखने में उनकी सहायता की तथा घोड़े के फटे हुए पट्टे को किनारे रख दिया। ईवान हल को शेड में रखने जा रहा था; पर उस समय तक

काफी अँधेरा हो चुका था, इसलिए उसे अगले दिन के लिए वहीं रख दिया और मवेशियों को चारा खिलाने लगा। उसने फाटक खोलकर तारास्का को उसके घोड़ों को रात भर के लिए चरागाह में ले जाने दिया और फिर से फाटक पर डंडा लगा दिया। ईवान ने खुद से कहा, 'अब खाना और बिस्तर।' उसने जमीन से वह फटा हुआ पट्टा उठाया और झोंपड़ी के भीतर चल दिया।

इस समय तक वह गैब्रिलो के बारे में और उसके पिता ने जो कुछ भी बताया था वह सब भूल चुका था। अभी उसने अपने दरवाजे की कुंडी बंद की नहीं थी कि उसे बाहर अपने पड़ोसी के फुसफुसाने की आवाज सुनाई पड़ी। वह बाड़े के पीछे अपनी कर्कश आवाज में कह रहा था, ''जिस शैतान ने गैब्रिलो को इस हाल में पहुँचाया है, उसे मार डालना चाहिए।''

जैसे ही ईवान ने इन शब्दों को सुना, उसके पड़ोसी के खिलाफ उसका पुराना गुस्सा उसमें फिर से उमड़ पड़ा। जब गैब्रिलो चिल्ला रहा था, तब वह वहीं खड़ा हो गया और चुपचाप सुनने लगा। जैसे ही गैब्रिलो चुप हुआ, ईवान अपनी झोंपड़ी में चला गया। उसकी झोंपड़ी में रोशनीं जल रही थी। एक औरत कोने में बैठी चरखा कात रही थी और बूढ़ी औरत खाना तैयार कर रही थी। उसका बड़ा लड़का पुराने कपड़ों से रस्सी बट रहा था और छोटा लड़का मेज के पास एक छोटी सी किताब पढ़ रहा था। तारास्का रात को बाहर जा रहा था। यदि वहाँ उनका वह बुरा पड़ोसी नहीं होता, तब वहाँ सबकुछ सुखद और आरामदायक था।

ईवान गुस्से में घर में घुसा और उसने बिल्ली को बेंच के नीचे ढकेल दिया। वह औरतों पर चीखा कि वहाँ बरतन सही जगह पर नहीं रखे थे। ईवान गुस्से में भरा हुआ था। वह वहीं बैठ गया। उसकी त्यौरियाँ चढ़ी हुई थीं और वह घोड़े के पट्टे को मरोड़ रहा था। उसके कानों में गैब्रिलो के कहे वे शब्द गूँज रहे थे। गैब्रिलो ने उसे अदालत में भी धमकी दी थी और इस समय वह अपनी कर्कश आवाज में किसी से कह रहा था, 'उसे मार ही डालना चाहिए।'

उस बूढ़ी औरत ने तारास्का को खाना दिया और उसने खाना खाकर अपनी चादर उठाई, काफ्तान पहना, बेल्ट कसी तथा थोड़ी सी ब्रेड अपने पास रखकर घोड़े की तरफ बढ़ा। उसका बड़ा भाई उसे बाहर तक छोड़ने आने वाला ही था कि ईवान उठा और आगे चल दिया।

उस समय सड़क पर धुँधलका था और अँधेरा होना शुरू हो चुका था। आसमान बादलों से घिरा था और हवा तेज चल रही थी। ईवान आगे बढ़ा और उसने अपने लड़के को घोड़े पर चढ़ने में सहायता की। वह वहाँ कुछ देर रुककर

अपने लड़के को घोड़े पर जाता देखता रहा और जब उसने लड़के को अभिवादन किया, तब तक दूर से आती उसकी आवाज भी कम हो चुकी थी। ईवान अपने फाटक पर काफी देर तक खड़ा रहा। उसके दिमाग से गैब्रिलो के बोले वे शब्द निकल नहीं पा रहे थे कि 'तुम्हारे साथ कुछ बुरा हो सकता है।'

ईवान ने सोचा, "गैब्रिलो उस पर दया नहीं करेगा। इस समय सबकुछ सूखा है और हवा भी तेज चल रही है। वह पीछे से आकर आग लगा सकता है और हमारे साथ सारा कुछ जल जाएगा। वह दुष्ट हमें जला भी देगा और पकड़ा भी नहीं जाएगा। यदि मैं उसे पकड़ लूँ, तब वह आसानी से बच नहीं सकेगा।" यह सोचकर ईवान सामने के रास्ते से घर के पीछे नहीं गया, बल्कि सड़क पर सीधा गया और फाटक के पीछे कोने में छिपकर बैठ गया।

नहीं, मुझे बरामदे के पीछे से जाना चाहिए। क्या पता वह इस समय कहाँ हो? ईवान फाटक के बगल से पीछे की तरफ रेंगकर बढ़ गया। जैसे ही वह कोने की तरफ मुड़ा और उसने बाड़ की ओर देखा, तभी उसे लगा कि वहाँ कोने में कुछ हलचल-सी हुई। किसी ने अपना सिर बाहर निकाला और फिर छिप गया।

ईवान चुपचाप साँस रोककर खड़ा हो गया। वह सुनता रहा और अपनी नजरें उसी तरफ स्थिर कर रखी थीं। सबकुछ शांत था। हवा तेज चल रही थी और भूसे के ढेर से टकराकर उससे सीटी की आवाज निकल रही थी। उस समय बिलकुल ही अंधा कर देनेवाला अँधेरा था। थोड़ी देर में ही उसकी आँखें उस अँधेरे की अभ्यस्त हो गईं और अब वह पूरा कोना तथा झुकी हुई फूस की छत भी देख सकता था। वह वहीं चुपचाप खड़ा रहा, पर उसे वहाँ कुछ भी नहीं दिखा। ईवान ने सोचा, 'मुझे धोखा हुआ होगा। फिर भी मैं एक चक्कर लगा ही लूँ।' और वह चुपचाप शेड के किनारे-किनारे चलने लगा। ईवान बहुत ही धीमे, बिना किसी आवाज के ही चल रहा था। उसे अपने ही जूतों की आवाज नहीं सुनाई पड़ रही थी। जैसे ही वह कोने में पहुँचा, उसने देखा कि वहाँ कोने में रोशनी जैसी कोई चीज चमकी और फिर गायब हो गई। ईवान के दिल में एक धक्का-सा लगा और वह चुपचाप खड़ा हो गया। वह अभी रुका ही था कि उसी दिशा में एक तेज रोशनी चमकी और टोपी पहने एक आदमी पालथी मारकर जमीन पर बैठा था। वह अपने हाथ में पकड़े भूसे के गुच्छे में आग लगा रहा था।

ईवान का दिल चिड़िया की तरह फड़फड़ा उठा। उसने अपने आपको सँभाला और लंबे-लंबे कदम बढ़ाता उसकी तरफ बढ़ा। साथ ही उसने इस बात का भी खयाल रखा कि आवाज न हो। उसने मन-ही-मन कहा, 'मैंने उसे पकड़

लिया है। मैंने उसे रँगे हाथ पकड़ा है।' जैसे ही ईवान दो कदम आगे बढ़ा था कि तभी एक बहुत ही तेज रोशनी चमकी। यह रोशनी उसके बिलकुल ही दूसरी तरफ थी। यह कोई छोटी-मोटी रोशनी नहीं थी, बल्कि उसकी पूरी फूस की छत पर आग लग चुकी थी और अब आग उसके घर की तरफ बढ़ रही थी। उसी तेज रोशनी में गैब्रिलो भी खड़ा था।

जिस तरह से एक बाज गौरैया पर झपटता है, ईवान बिलकुल वैसे ही उस लँगड़े गैब्रिलो की ओर झपटा और बड़बड़ाया, ''मैं उसकी जान ले लूँगा। इस बार वह मुझसे बच नहीं सकेगा।'' पर शायद उस लँगड़े ने उसके कदमों की आवाज सुन ली थी और अपने लँगड़ेपन के बावजूद वह एक खरगोश की तरह अपने शेड की तरफ भागा।

ईवान चीखा, ''तुम बच नहीं सकते!'' और वह उसके पीछे भागा।

जैसे ही ईवान उसे कॉलर से पकड़ने वाला था, गैब्रिलो उसके हाथ से बच निकला। मगर ईवान ने उसके कोट का पुछल्ला पकड़ लिया था। कोट फट गया और ईवान पीछे की तरफ गिर पड़ा। ईवान फिर उठा और चीखा, ''पकड़ो, पकड़ो!'' और फिर उठकर उसके पीछे लपका। जब तक वह अपने पैरों पर खड़ा हो पाता, गैब्रिलो अपने बरामदे तक पहुँच चुका था; मगर तब तक ईवान ने उसे पकड़ लिया। इतने में ईवान को लगा कि उसकी कनपटी पर कोई बड़ा सा पत्थर आ टकराया; लेकिन यह तो गैब्रिलो था, जिसने अपने हाथों में ओक का एक ठूँठ पकड़ रखा था और जैसे ही ईवान उसके नजदीक पहुँचा, उसने अपनी पूरी ताकत के साथ ईवान के सिर पर उसे दे मारा। ईवान को तारे नजर आने लगे और उसकी आँखों के आगे अँधेरा छा गया। वह लड़खड़ाया और गिरकर बेहोश हो गया।

जब तक उसे होश आया तब तक गैब्रिलो जा चुका था। इस समय चारों तरफ दिन की तरह प्रकाश था। उसके आँगन की तरफ किसी मशीन के चलने और चटकने की आवाज आ रही थी। ईवान ने मुड़कर देखा, उसके घर के पीछे वाला शेड जलकर खाक हो चुका था और आग की लपटें दाहिनेवाले शेड की तरफ से होते हुए उसके घर की तरफ बढ़ रही थीं।

ईवान जोर से चीखा, ''हे ईश्वर! यह क्या हुआ?'' अपने हाथों को ऊपर की तरफ उठाता और अपनी जाँघों पर मारता हुआ वह फिर चीखा, ''उस ढालू छत को नीचे गिरा दो और उससे बाहर निकलो।'' वह बार-बार दोहराता जा रहा था, ''यह क्या हुआ?''

वह चीखना चाहता था, पर लगता था, उसका गला रुँध गया था। उसकी

आवाज उसके गले में फँस गई थी। वह भागना चाहता था, पर उसके पैरों ने आगे बढ़ने से इनकार कर दिया था। वह मुश्किल से एक या दो कदम ही चल सका और लड़खड़ा गया। उसने फिर से चलने की कोशिश की, जोर की एक साँस भरी और आगे बढ़ा। जब वह शेड की तरफ बढ़ रहा था, तभी उसकी झोंपड़ी के कोने में तथा फाटक में भी आग लग चुकी थी। आग की लपटों ने पूरी झोंपड़ी को अपनी चपेट में ले लिया था और उसमें घुसने का रास्ता भी बंद कर दिया था। अब वहाँ एक अच्छी-खासी भीड़ जमा हो चुकी थी; पर उस समय कुछ भी नहीं हो सकता था। पड़ोसी अपने-अपने मवेशियों को अपने दालान से बाहर ले जा रहे थे।

ईवान के घर जलने के साथ ही गैब्रिलो के घर को भी आग ने अपनी चपेट में ले लिया और तेज हवा सड़क के दूसरी तरफ भी आग को ले गई। इस तरह करीब आधा गाँव जलकर बरबाद हो गया। ईवान के घर से बहुत ही मुश्किल से उसके बूढ़े पिता को बचाकर निकाला जा सका था और उस घर के बाकी लोग सिर्फ अपने कपड़ों में ही भाग सके थे। वहाँ केवल वे घोड़े बच गए थे, जो कि उस रात चरागाह में गए थे और बाकी सबकुछ जलकर खत्म हो गया था। सभी मवेशी, मुरगियाँ, अनाज, हल, औरतों के बक्से, भंडार में रखा गेहूँ सबकुछ जलकर नष्ट हो गया था।

गैब्रिलो के मवेशी बच गए थे और उनमें से कुछ तो सुरक्षित स्थान पर पहुँचा दिए गए थे। यह आग रात भर जलती रही। ईवान अपने आँगन में खड़ा होकर सिर्फ यही दोहराता रहा, "यह क्या हो गया? यह स्वर्ग है या नरक? सबकुछ नीचे गिरा दो और रेंगकर बाहर निकल आओ।"

मगर जैसे ही उसकी झोंपड़ी की छत नीचे गिरी, वह आगे बढ़ा और उसने जलता हुआ खंभा पकड़ लिया और उसे बाहर की तरफ खींचने की कोशिश करने लगा। उसके घर की औरतों की नजर उस पर पड़ी और वे उसके पीछे चीखती हुई भागीं तथा उसे पीछे की तरफ खींचने लगीं; मगर वह लड़खड़ाकर आग पर ही गिर पड़ा। उसका लड़का उसके पीछे भागा और उसे बाहर निकाला। ईवान की दाढ़ी और बाल आग से झुलस गए थे। उसके कपड़े और दोनों हाथ बुरी तरह से जल चुके थे, फिर भी उसने उनपर ध्यान नहीं दिया। भीड़ में से आवाज आई, "उसने दुःख से अपना आपा खो दिया है।"

अब आग बुझनी शुरू हो चुकी थी, पर ईवान अभी भी उसी जगह खड़ा अपने शब्दों को दोहराता जा रहा था, "स्वर्ग है या नरक! उसे नीचे गिरा दो।"

सुबह-सुबह गाँव के प्रतिनिधि ने अपने लड़के को ईवान के पास भेजा।

''अंकल ईवान, आपके पिता का अंतिम समय आ चुका है और वे चाहते हैं कि आप उनसे मिलें और उन्हें गुड बाय कहें।''

ईवान अपने पिता को भूल ही चुका था और वह यह समझ नहीं पा रहा था कि वे लोग उससे क्या कह रहे थे।

''कौन पिता? किसके पिता?''

उस लड़के ने दुबारा कहा, ''अंकल ईवान, वह आपसे मिलना चाहते हैं। वे हमारी झोंपड़ी में अपनी अंतिम साँसें गिन रहे हैं। आइए और उन्हें गुड बाय कहिए।'' लड़के ने ईवान का हाथ पकड़ लिया और अपने घर की तरफ ले चला।

जब उस बुजुर्ग की जान बचाई जा रही थी, तभी उसके चारों तरफ जलता हुआ भूसा गिर गया था, जिससे वह बुरी तरह से जल गया था। उसे गाँव के प्रतिनिधि के घर, गाँव के बाहर ले जाकर रखा गया था। उस आग का असर वहाँ तक नहीं पहुँच सका था। जब ईवान अपने पिता के पास पहुँचा, उस समय झोंपड़ी में प्रतिनिधि की पत्नी और कुछ बच्चों के सिवा कोई नहीं था। सभी लोग आगवाली जगह पर थे। वह बूढ़ा चुपचाप बेंच पर पड़ा था। उसके हाथ में एक मोमबत्ती थी और वह दरवाजे की तरफ टकटकी लगाए देख रहा था। जैसे ही उसका लड़का कमरे में घुसा, उसकी औरत ने बूढ़े से जाकर बताया कि उसका बेटा आ रहा है। बूढ़े ने ईवान को अपने पास बुलाया और कहा, ''वन्या, मैं तुम्हें पहले ही बता चुका था। बताओ, इस गाँव को किसने जलाया है?''

ईवान ने जवाब दिया, ''उसी दुष्ट आदमी ने आग लगाई है। मैंने उसे पकड़ भी लिया था। मेरी आँखों के सामने उसने छत पर आग लगाई थी। मैं उस जलते हुए छप्पर को नीचे करना चाहता था। यदि वह नीचे गिर गया होता, तब ऐसा कुछ भी नहीं होता।''

बूढ़े ने कहा, ''ईवान, मेरी मौत आ चुकी है। तुम्हें भी एक दिन मरना है। यह अपराध किसका है?''

ईवान ने अपने पिता की तरफ देखा और कुछ भी नहीं बोला। उसके मुँह से एक भी शब्द नहीं निकला।

''ईश्वर को साक्षी मानकर मुझे बताओ, यह अपराध किसने किया था? मैंने तुमसे क्या कहा था?''

अब ईवान को सबकुछ समझ में आ गया था। उसने अपनी नाक सुड़की और कहा, ''मैंने पिताजी, मैंने…'' वह अपने घुटनों के बल बैठ गया और रोने लगा।

"पिताजी, मुझे माफ कर दीजिए। मैं आपका और ईश्वर दोनों का ही अपराधी हूँ।"

बूढ़े ने अपने हाथ हिलाए और उस मोमबत्ती को अपने बाएँ हाथ में पकड़कर दाहिने हाथ को ऊपर उठाते हुए क्रॉस बनाया; मगर वह अपना हाथ पूरी तरह से ऊपर नहीं उठा पा रहा था।

अपने लड़के की तरफ देखते हुए उसने कहा, "ईश्वर की प्रार्थना करो! वन्या, वन्या..."

"हाँ, पिताजी।"

"तुम्हें अब क्या करना चाहिए?"

ईवान ने कहा, "मुझे नहीं पता है, अब हम आगे का जीवन किस तरह से जिएँगे?"

उस बुजुर्ग ने अपनी आँखें बंद कर लीं और अपने होंठ इस तरह से गोल बनाए कि जैसे वह ताकत बटोर रहा हो। फिर उसने अपनी आँखें खोलीं और कहा, "यदि तुम ईश्वर के साथ रहोगे, तब तुम सही रास्ते पर चल सकोगे।"

बुजुर्ग ने थोड़ी देर चुप रहने और मुसकराने के बाद कहा, "देखो वन्या, यह किसी को मत बताना कि आग किसने लगाई थी। अपने पड़ोसी का अपराध छिपा लो, ईश्वर तुम्हारे दो अपराध क्षमा कर देगा।"

ईवान के पिता ने अपने दोनों हाथों में मोमबत्ती को पकड़ लिया और अपनी छाती के पास रखकर क्रॉस बनाया, गहरी साँस भरी और अंतिम नींद में सो गया।

ईवान ने गैब्रिलो के बारे में कुछ भी नहीं बताया और गाँव के किसी भी आदमी को नहीं पता चला कि वह आग किसने लगाई थी?

अब ईवान के दिल में गैब्रिलो के लिए कोई कटुता नहीं थी। उधर गैब्रिलो को इस बात का आश्चर्य था कि ईवान ने किसी को भी उसके बारे में नहीं बताया था। शुरू-शुरू में गैब्रिलो उससे डरा हुआ था, पर धीरे-धीरे वह अभ्यस्त हो गया। उन किसानों ने और उनकी औरतों ने आपस में लड़ना बंद कर दिया था। उन लोगों ने अपनी-अपनी झोंपड़ियाँ फिर से बना ली थीं। दोनों परिवार अब एक ही दालान का इस्तेमाल करते थे और जब सारा गाँव फिर से बस गया, तब ईवान और उसका पड़ोसी फिर से एक ही स्थान में रहने लगे।

ईवान और गैब्रिलो अब उसी पुराने तरीके से रहते थे, जैसे उनके बुजुर्ग रहा करते थे। ईवान को अपने बुजुर्ग पिता की नसीहत हमेशा के लिए याद थी कि ईश्वर ने साबित कर दिया था कि आग को शुरू में ही बुझा देना चाहिए और

अगर कोई उसे नुकसान पहुँचाता है, तब उसको जवाब नहीं देना चाहिए, बल्कि उसे हालात को सुधारने की कोशिश करनी चाहिए। यदि कोई उसे गाली देता है, तब उसे दूसरे को गाली से ही जवाब नहीं देना चाहिए; बल्कि उसे यह शिक्षा देने की कोशिश करनी चाहिए कि बुरे शब्दों को नहीं बोलना चाहिए। इस प्रकार उसने अपने यहाँ की औरतों व बच्चों को यही सिखाया और ईवान शेखरबकोफ में भी बेहतर बदलाव आ गया। वह पहले से अच्छी जिंदगी जीने लगा।

□□□